金匠小農女 1

藍爛 著

風文創 1131

目錄

序文

藍斕

生活中每一天都是清奇的，所見所聞都能帶給我新的靈感、觸動或想法。我喜歡用文字把這些靈感和想法描述出來，因此我喜歡上了寫作。

寫作讓我很快樂，因為每寫一本小說，我就像經歷了書中世界所有人物的快樂與痛苦，脆弱和堅強……寫作會讓我內心變得更加充實、更加了解自己，也更加了解這個世界。

因此，對於寫作，我樂此不疲。

《金匠小農女》靈感來自家鄉老人的木工影視記錄，他手中的每一件木工作品都令我喜愛，讓我有所觸動。

因此，有了這個故事。

我喜愛自己筆下的每一個故事，也希望每一個故事能得到更多人的喜愛。

第一章

冰冷刺骨，簡秋栩全身打著顫，睜開了眼。

冷水浸身，滿身污泥，僅一眼便知道自己此刻身陷陌生的湖水中。

怎麼會？她明明躺在自己暖和的被窩裡，難道是睡覺的時候被子掉了，才作了這樣冷的夢？

簡秋栩撐著身子站了起來，然而一陣天旋地轉，後腦勺一抽抽地痛著，紅色的血液順著頭髮滴落在潮濕的泥土上。

「咦，竟然還沒死？」還沒等她反應過來，岸上冒出一個三十五歲左右、身穿古裝的男子。他舉著手中的樹杈，用力把她重新壓進了水中。

身體被水浸沒，冷水灌喉，簡秋栩嗆到了，呼吸難受，死亡的窒息感瞬間席捲全身。

不，這並不是夢！她掙扎著要浮出水面，然而按著她的那個人力氣巨大，她無法掙脫半分。

她要死了嗎？簡秋栩不甘心地用雙手去推著那根樹杈。男人見她掙扎，又加大了力氣。水中的她見到了他猙獰得意的臉，也看到了自己手上那個熟悉的裝備。

全自動小弓弩，這是她最近一段時間的興趣。她記得睡覺之前還有一半的結構還沒做好，而此刻，它卻完好地戴在她的右手上。
簡秋栩無暇他想，用左手扳動開關，如牙籤大小的鋼針破水而出，一針針地射到了男人身上。
岸上一陣哀號，壓著她的樹杈鬆動，簡秋栩掙脫樹杈，急忙浮出水面。劇烈的咳嗽讓她喉嚨發燙，更是牽動著後腦勺上的傷。然而她無暇顧及，舉著右手警惕地看向岸邊。
男人一手抱著眼睛，一手捂著脖子哀號，漸漸地沒了聲音，倒在地上。
她殺人了。
簡秋栩覺得全身更加冰冷。她不知道自己現在身處何地，疼痛冰冷驚慌，全身彷彿要虛脫了。她用意志撐著，一步一步艱難地走到了岸上，半跪著不讓自己倒地。
不能停在這裡。儘管頭昏眼花，她依舊要離開這裡。
她站起來，一抬頭，看到岸上站著一個人。簡秋栩心下一驚，防備著朝著他舉起了右手的小弓弩。
「大膽！」隨著一聲厲喝，有什麼東西朝她砸了過來，頭部再一次劇痛，她昏倒在地。
看著倒地的簡秋栩，禁衛軍統領林泰立即上前。「臣護主不力，請皇上責罰。」
武德帝擺了擺手。「去看看什麼情況。」
「是。」林泰立即走過來察看那個男人和簡秋栩。常年接觸兵器的他一眼就看出眼前的男子是被一種遠程利器所殺，不過這利器並不是他熟悉的武器。「啟稟皇上，這個男人不知道被什麼利器射中了喉嚨，窒息而死。這個姑娘還活著……皇上，有人來了。」

不遠處有短促的叫喊聲。

武德帝看了地上的兩人一眼。「把那個男人處理掉，把她手上的東西拿下來。」

看到簡秋栩手上的小弓弩，林泰眼睛一亮，小心地解繩子，發現越解結越緊，變成了死結，最後只好用刀把繩子割斷，摘下它交給武德帝。

武德帝把小弓弩放在手中，翻看了幾眼，當下決斷。「把人引過來，派人跟著她，走吧！」

「是。」林泰護著武德帝離開湖邊，而後出現兩個黑衣人，快速扛走那個男人，清理好現場。

「姑娘？姑娘在哪兒？」蘇麗娘帶著女兒覃小芮沿著湖邊焦急地找著。

「娘，姑娘在這裡！」覃小芮帶著哭聲喊著。

昏迷中的簡秋栩慢慢有了意識，頭依舊痛，然而隨著這一次疼痛，無數記憶片段噴湧而出。

如她所猜測一般，她穿越了。

只是她不是現在才穿越，而是在十四年前就已經穿越到了這個叫大晉的國家。由於記憶被封鎖，這十四年來，她懵懂無知，被砸傷後腦才恢復了記憶。剛剛兩世記憶沒有融合，她才不知道自己在哪裡。

這一世她原本叫羅志綺，出生於廣安伯府。五年前，廣安伯羅平去世，父親羅炳元降等承爵，廣安伯府變成了廣安男府。她本是羅炳元嫡女，上頭還有兩個哥哥，作為羅炳元唯一的女兒，由於她懵懂無知，並沒有受到伯府的看重，而是被忽視苛待地長到了十四歲。

原本以為會被忽視地生活下去，但一個月前，府裡發生了一件大事。府外來了一個揹著包袱的十四歲小姑娘簡方檸，攔住外出的鄭氏，告訴她，自己才是鄭氏親生的女兒。有人告訴她，十四年前在驛站客棧，她被鄭氏身邊的嬤嬤換到了簡家。

鄭氏第一時間就相信了，因為簡方檸長得跟她有七、八分像，而且在她的心裡，她厭惡整天對著木塊癡傻的簡秋栩，打心裡就不希望她是自己的女兒。

經過嚴刑拷問，趙嬤嬤說出了真相，因為鄭氏杖責了她的女兒，導致女兒病死，她一直懷恨在心，所以趁著鄭氏在驛站生產時，偷偷地把她的女兒跟剛生下不久的簡家女兒調換。

如此，簡方檸成功回到廣安男府，成為府裡的三小姐，改名羅志綺。

而原本叫羅志綺的簡秋栩，從簡方檸回到廣安男府的那一天起，就被府裡奪了名字，並告知等著她親生父母上門帶她走。

那時的她懵懂，沒有意識到其中的變化，依舊沈迷於木頭的世界。院子裡僅有的兩個丫鬟很快被調走了，只剩下多年照顧她的嬤嬤蘇麗娘和女兒覃小芮。

自簡秋栩的身分大白後，廣安男府除了蘇麗娘母女，其他人更加不待見她了。蘇麗娘和女兒小心翼翼，就怕她出了什麼事，不敢讓她出院子。

只是改名為羅志綺的簡方檸跟府裡人不同，她經常來簡秋栩的院子，很是好心地跟懵懂的她說著自己親生父母和兄弟姊妹的事，什麼大冬天要去河裡洗衣服，要扛大木頭，還要掃地做飯等等……總而言之，就是想要跟她說，她的親生父母和兄弟姊妹並不好。

簡秋栩沒反應，蘇麗娘卻憂心忡忡。她不知道簡家人是怎樣的，擔心簡家人不能善待簡秋栩。同時，她也看出來這個剛回到廣安男府的三小姐心思不善。

她和女兒小心提防，卻沒想到她家姑娘還是出事了。

蘇麗娘和女兒焦急地揹著渾身濕透的簡秋栩從後門回了廣安男府。

前院熱熱鬧鬧，並沒有人關心簡秋栩的生死，除了跪在廣安男府老夫人身邊的羅志綺。

宣旨的太監剛走，跪地領旨的廣安男府眾人喜氣洋洋。羅炳元捧著升爵的聖旨，內心激動。

他們廣安男府又重新升為廣安伯府了！這一切都是他剛回府裡的女兒帶來的！

「快，把聖旨放香案上供起來！老祖宗保佑，我們廣安伯府永遠繁榮昌盛！」老伯夫人指示羅炳元重新燃香，供奉聖意。

廣安伯府眾人虔誠又激動地看著羅炳元把明黃的聖旨放到香案上。看大門的小廝一臉喜氣地跑過來。「老夫人，伯爺，明慧大師在大門外，他想進來拜訪。」

羅老夫人一喜。「快請、快請！」

明慧大師是大晉有名的得道高僧，如今在護國寺修道，他們想見都見不到。大師要來伯府，這可是好事。

「阿彌陀佛，老衲見貴府福光大盛，進來沾沾福氣，多有打擾，希望老夫人見諒。」明慧雙手合十，臉帶歉意，眸光卻打量著廣安伯府的一草一木。普通的風水結構，卻能有這樣強盛的福運，了不得、了不得。

「不打擾，不打擾，明慧大師能來廣安伯府，是我們府的福氣。」老夫人示意小廝給明慧看座。「大師說我們廣安伯府福光大盛，不知能否告知，如何福光？」

明慧看了一眼廣安伯府正中央的金光。「貴府已起勢，前途不可限量也。」

前途不可限量？這是說他們伯府以後能夠上到三公九卿的位置嗎？聞聲，廣安伯府眾人心中激動。

鄭氏忍不住插話。「大師能否告知我府何時開始起勢？」

明慧大師看了她一眼。「近日。」

「近日？大師，近日我們廣安伯府確實發生了大事，我女兒認祖歸宗了。大師，府裡的福運是不是我女兒帶回來的？」鄭氏一聽明慧的話，就認定了廣安伯府的福運是羅志綺帶回來的。看，女兒剛回來，就給府裡獻上了了不得的東西。正因為這個東西，他們伯府才能透過在宮裡當婕妤的羅芷茵，把它獻給皇上，從而恢復了伯府的爵位。「大師，您看我女兒……」

明慧抬頭看了一眼緊張地握著拳頭的羅志綺，見她周邊氣運雜亂，不似常人，打量她幾眼，沈思一番說道：「貴府福運確實與她有關。」再多卻不說了。

「我就說，老夫人，志綺可真是我們伯府的福星。」鄭氏笑容滿面，有些驕傲地說著，同時心裡想著，要盡快把那個占了她女兒十四年位置的癡兒送走。

羅志綺見明慧收回目光，沒有發現自己的異常才舒了一口氣，心中有些得意。她重生回來了，前世那個羅志綺的所有一切都會是她的了。她心中喜悅，沒想到自己重生竟然身帶福運，這肯定是上天覺得她上輩子過得悲慘，贈與她的福氣。

想到前世的種種，羅志綺心中的喜悅慢慢被戾氣替代。

前世得知身世的時候，自己已經三十歲了，而伯府也已經變成了侯府。她當了三十年的簡方檸，嫁給了隔壁村泥匠家的兒子，婚姻不幸，生活不順，被婆婆折磨，被丈夫毆打，子女不孝，娘家扯後腿；三十歲的她已經滿鬢斑白，神情漠然，面色晦暗，疾病纏身，回到侯府卻享受不到半點榮華富貴，不到兩個月就過世了。

而占了她身分的假羅志綺卻鮮妍如花，嫁給了從小訂婚的林錦平，不僅兒女雙全，夫妻恩愛，還在三十歲的時候當上了上州刺史夫人。

死後，因為不甘，她魂魄一直未曾離去，怨恨地看著那個占了她身分的假羅志綺一生過得順順利利，丈夫、兒子、女婿一個個大有出息；更是在五十歲的時候成為了皇帝敬重的老封君，享盡天倫之樂和福祿。

越想，羅志綺心中的戾氣越重。如今她重生回來了，她才是羅志綺，而那個占了她位置的女人，只能當那個窮困潦倒，備受折磨的簡方櫸。她身帶福運，以後肯定能事事順心，前世那個羅志綺享盡的榮華富貴都將是她的！

明慧感受到了她的戾氣，看了她一眼，說了一句阿彌陀佛。

被這一聲阿彌陀佛驚醒，羅志綺小心地收起了自己的心思。

鄭氏看著明慧大師，心中打起了小九九。她拿出一張紙條，上面寫著一人的生辰八字。

「明慧大師，您可否幫忙批一下八字？」

羅老夫人覺得她沒眼色，睨了她一眼，卻沒有用言語阻止她。

「今日老衲多有打擾，正好欠你們廣安伯府一卦。」明慧接過鄭氏手中的紙條，看著其中的八字，合算一番。「如無意外，此人日後必定位列三公。不過，須以不變應萬變，不然則變。」

明慧覺得此人卦象多變，變化一方在廣安伯府，所以出言提醒。

「三公?!」

只是鄭氏等人被位列三公這一卦象震驚到了，根本沒有把那句以不變應萬變放在心上。

明慧見廣安府眾人神色多變，府裡的金光也已經沾染不少，便辭行離開。到了府外，他再看廣安伯府，卻發覺剛剛籠罩伯府的金光隱隱有背離之感。

明慧搖了搖頭。命裡有時終須有，命裡無時莫強求……阿彌陀佛。

「老夫人，林錦平以後會位列三公！這原本是我親女兒的姻緣，現在他婚書上的八字還是那個癡兒的，得趕緊把八字換過來。」鄭氏心中有些著急了，位列三公啊，這樣的女婿哪裡找？可恨的趙氏，當年竟然把她女兒的八字也給換了，不然她女兒的八字和林錦平的八字放在一起多年，福運會更旺盛。

那個癡兒的八字和林錦平的八字在同一張婚書上一天，她都覺得是玷污他的貴氣，搶奪親生女兒的福運。

羅老夫人因為明慧大師的批語，心中也激盪著。「這樁婚事確實要換回來。老大媳婦，妳去給潁川郡林家夫人遞個帖子，言明志綺身分被換的事，我想，她肯定非常樂意換婚書。」

第二章

老夫人說得信心滿滿是有原因的。

十五年前，廣安伯府與潁川郡林家旗鼓相當，老伯爺和林老太爺是同窗，兩人袍澤之誼甚好，定下了結親之約。羅志綺出世後，兩家便簽訂了婚書。那時，林錦平的母親李蓉青雖然不滿林老太爺擅作主張，卻也無奈應下。

五年前，老伯爺羅平去世，林夫人李蓉青派人過來弔唁，沒想到無意間發現林老太爺給她兒子定下的媳婦是個癡兒，這讓她如何能接受？她兒子林錦平雖然只有十二歲，卻已嶄露頭角，看得出成年後必定是人中龍鳳，風華無雙。這樣的兒子，哪怕配公主都綽綽有餘，怎麼能去娶一個傻子？

林夫人想要退掉這門親事，但這個時候廣安伯降爵成為了廣安男，她擔心退親會被外人說林家勢利，影響兒子的名譽。於是她跟廣安男府羅老夫人提出，希望他們能夠自動退親，林家會給補償。

然而羅老夫人及羅家不肯放棄這門親事，只要林家退親了，他們羅家就再也不能替癡兒一樣的羅志綺找到更好的夫家。雙方僵持不下，多年不通信件。

不過兩年前，林老太爺過世，林家勢頭一下就下去了，還遠不如他們廣安男府。羅老夫人和羅炳元想要跟林家結親的念頭就淡下去了。

真正的羅志綺剛回府，羅老夫人就想著退了林家的親事，尤其剛剛明慧大師說羅志綺身帶福運的時候，她心中退親的想法更甚。只是後來聽明慧大師對林錦平八字的批示，她又改變了想法。

位列三公，這可是多少人求都求不來的，他們廣安伯府絕不能錯過這門親事。如今他們羅家恢復了爵位，李蓉青兒子還得靠他們伯府提攜，她肯定不想退親；林家不滿癡兒，便把訂親的人換了，李蓉青肯定非常樂意。

鄭氏聽了老夫人的話，坐不住了，立即回自己院子準備起帖子。

羅志綺看著匆匆離開的鄭氏，眼裡有著得意。她果然是身帶福運之人，和林錦平的婚事都還沒提，就有人幫她解決了。

林錦平不僅位列三公，還會成為三公之首的太師。以後，她就是那個被皇帝敬重的太師夫人，而那個占了她身分的女人，只能伏在塵埃裡仰望她。

羅志綺忍不住得意，問身邊的侍女春嬋。「羅明回來沒？」

春嬋搖頭。「女婢去問過小門房了，他還沒回來。」

羅志綺眼中不悅。讓他去劃個傻子的臉都花這麼長的時間，看來不能重用。想到那個占了自己身分的女人前世那張鮮豔如花的臉，她心中嫉恨難平。雖然這一世早早回了伯府，但她前世是三十歲才回到廣安伯府，所以並不知道前世的假羅志綺是不是有一段時間也是癡兒？

她不允許那張討厭的臉對自己有任何影響，毀了最好。

「妳去門口守著，他一回來就讓他過來找我。」

「是。」

「姑娘？姑娘，醒了嗎？」簡秋栩眼皮剛睜開，就看到覃小芮喜極而泣的臉。後腦遭受打擊，讓她串起了記憶，也讓她清楚自己的處境。那個在岸上想要致她死地的人是廣安伯府的車伕，負責廣安伯府女眷的出行。他要致自己死地，肯定是得到了廣安伯府裡某人的指示，而給這個指示的人，便是剛回府的羅志綺。

因為恢復了記憶，她記起羅明砸了自己後腦，把她推到湖裡之前說的話。「劃臉多麻煩，死了對三小姐就沒有威脅了。」

幸好她當時恢復了記憶，不然肯定命喪湖中。

「羅……羅……」她想問羅明的事。雖然羅明的死是她的正當防衛，但在大晉，應該並無正當防衛一說。

羅明一死，她必定要受到相應的處罰。蘇麗娘母女這些年來對她很好，她擔心她們母女驚慌之下會毀屍滅跡，她不希望把她們母女牽扯進去。

然而她張嘴才發現，因為自己十四年來幾乎不說話，現在開口說話很是艱難。

「姑娘渴了嗎？小芮去給妳倒水。」覃小芮聽不清她說什麼，以為她要喝水，趕緊去給她倒水。

簡秋栩想伸手抓住她，卻發現渾身無力，後腦勺一陣陣抽痛。後腦的傷口必定很深，她能撿回一條小命也算命大了。

覃小芮端著一杯溫水匆匆回來，小心地用小勺子給她餵著。

簡秋栩原以為喝了水會輕鬆一些，卻發現自己還是不能說話，只能用眼神示意她。

「娘去給妳煎藥了，姑娘妳要乖乖躺著不動，不然會壓到傷口，傷口會痛的。」覃小芮並不知道她已經好了，以為她要找蘇麗娘，幫她側躺擺好睡姿，開始像往常一樣絮叨起來。

「姑娘，妳怎麼一個人出去了？我們不是說好了不能一個人出去嗎？我和娘在湖邊看到妳躺在那裡，流著血，都嚇死了。」

「羅……人？」簡秋栩艱難地說出了兩個字。

「人？什麼人？天殺的，也不知道誰傷了姑娘，讓我知道了，看我不打死他！」覃小芮憤憤地咬牙。

簡秋栩舒了一口氣。看來蘇麗娘和覃小芮出現在湖邊的時候，羅明的屍身已經不見了。

簡秋栩想起那個突然出現在湖岸上的人，猜測可能是他幫忙把羅明屍身帶走了。

他為什麼這麼做？

簡秋栩想了想，想不通，索性不想了。算了，兵來將擋，水來土掩吧，現在當務之急，是離開廣安伯府回自己的家。

之前自己懵懂不知，現在知道自己不是廣安伯羅炳元的女兒，她沒必要待在這裡討人嫌。況且，她在這裡多待一天，小命就少一分保障，還是早早離開得好。

雖然不知道自己這一世的家人是什麼樣的，但從羅志綺「好心」跟她說的那些話中，她聽得出來，親生父母和兄弟姊妹並不是什麼惡人。什麼冬天洗衣，早上掃地做飯、扛木頭那些……這些根本就不是事，在農家，做這些是很正常的。

簡秋栩從小跟爺爺住在農村，爺爺是木匠，她五歲開始就跟著爺爺上山砍樹搬樹，給爺爺洗衣做飯，什麼粗活都做過，並不覺得苦。很小的時候，她就立志當個小木匠，跟爺爺學習木工，不過爺爺覺得當木匠沒有前途，讓她好好學習，以後到大城市找個好工作。

簡秋栩大學讀的是物理，畢業後卻沒有從事物理方面的工作，在市郊區開了一家小工作室，專門做各種特色的木質玩具，立志把那些有趣的木質玩具推廣到全國。只是，她的目標還沒實現，就一睡睡到大晉了。

她努力回想，依舊想不起來自己為什麼就穿了，昏昏沈沈之際，想起了右手那個射殺了羅明的機械弓弩。

穿越之前做這個，只是因為興趣；來了大晉後做這個，卻是因為廣安伯府眾人的不待見，讓懵懂無知的她心裡藏著危機感。

簡秋栩看向右手，手上的機械連弩已經沒了蹤影。

覃小芮察覺到了她的視線，又開始絮叨起來。「姑娘，別擔心，妳的玩具肯定是掉落在湖邊了，我明天再過去幫妳找找，肯定能找到的。」

找不到了。簡秋栩肯定，因為她用的是連環結，這種結必須按著順序才能解開，不然會變成死結，而這個順序只有她知道。所以，弓弩絕對不會從手臂上掉落，除非用刀把繩子割斷。

肯定是那個突然出現的人拿走了她的弓弩。所以，幫她處理掉羅明，是給她的報酬嗎？如果是這樣，這個報酬她接受了。

至於他拿走弓弩想要用來做什麼，簡秋栩並不願多想。她現在最緊要的是養好傷，盡快離開廣安伯府。

「姑娘醒了？」蘇麗娘端著藥進來，看到簡秋栩醒著，驚喜地快步走了過來。「醒了好，姑娘要嚇死奶娘了。以後聽話，不要出去了知道嗎？外面危險，壞人多。」

蘇麗娘看到全身濕答答，後腦滴著血，一動不動地躺在岸邊的簡秋栩，心裡嚇壞了，現在都沒有緩過勁來。

簡秋栩看著她，嗯了一聲。恢復了記憶，她對蘇麗娘心懷感激。這些年來，廣安伯府把她扔在這偏僻的嵐欣園，只有蘇麗娘一心一意、無微不至地照顧她。可以說，她在這個世界充當著母親的角色。如果沒有蘇麗娘，她在伯府的日子肯定更加艱難。

「姑娘真乖！」聽到簡秋栩的應答，蘇麗娘心裡很高興，把藥端了過來。「姑娘，喝藥，喝完藥頭就不痛了。」
蘇麗娘用勺子小心地給她餵著藥，簡秋栩喝完藥，忍不住昏沈沈地睡過去了。
睡著之前，她想，如果蘇麗娘母女願意跟她離開廣安伯府，她一定會想辦法帶她們離開，不管有多難。
看著簡秋栩睡去，蘇麗娘眼神裡慢慢染上了憂愁。自從她家姑娘身分大白，鄭氏便停了嵐欣園的一切供應。最近一段時間，吃喝都得花錢，她身上的錢已經不多了，肯定撐不到姑娘痊癒。
希望姑娘家裡的人快點來吧。
「娘，今天煎藥怎麼花了這麼長的時間？」覃小芮算了一下，她娘煎藥花了差不多一個半時辰。幸好這不是救命藥，不然她家姑娘病情就要被耽誤了。
蘇麗娘無奈。「前院有喜事，廚房那邊不讓我在旁邊煎藥，說晦氣。我找隔壁家借爐子煎的。」
「真是太過分了！煎個藥晦什麼氣！姑娘好歹也在這個府裡生活了這麼多年，他們卻連煎個藥的情分都不願意給。」覃小芮憤憤不平。「這些人太可惡了！」
「人都是見風使舵的，幸好姑娘過不了多久就離開了，不用再看他們臉色。」
「娘，姑娘要回家了，我們怎麼辦？」覃小芮突然想到這個問題。姑娘從小不受府裡待見，她們母女也不受府裡待見，如果姑娘走了，她們肯定也不會得到好的安排。而且她也不放心姑娘。「娘，不如我去求老夫人，求她讓我們跟姑娘走。」

「別亂來，妳再怎麼求，老夫人都不會讓我們跟姑娘走的。行了，別亂想，去幫姑娘收拾東西，她的家人應該這幾天就來了。我去把碗還回去。」蘇麗娘是了解羅老夫人和鄭氏的，她們是不會讓她們母女跟著姑娘離開的。

覃小芮有些不甘。外面的人都說廣安伯府好，好什麼好，姑娘連肚子都吃不飽。廣安伯府的人慣會在外面做面子，一個個假得要死！

雖然憤憤不平，她還是給簡秋栩收拾著要帶走的東西。她恨不得把屋裡的東西都給簡秋栩打包帶走，然而收拾了半天，也就收拾出兩包裹的衣服，一些木雕以及一套做好的木碗套組。那套木碗套組還是姑娘用湖邊撿回來的酸棗木做的。

沒什麼值錢的東西了，姑娘回家怎麼辦？覃小芮有些難過，再想到姑娘平時用來射鳥兒的弓弩沒有找到，便滿屋找了起來。

怎麼不見了？

屋外，等不到羅明的春嬋從小門房那裡知道簡秋栩被蘇麗娘揹回來了，而且蘇麗娘還去請了大夫，於是便如入無人之地，快速地進了嵐欣園，往簡秋栩的房間走去。

「妳來這裡有什麼事？」覃小芮迅速跑出來擋住她。

春嬋看到她，親熱地道：「欸，小芮妳在啊？我以為沒人。院子裡的樹葉都落了一地，都沒人掃，院裡的其他人呢？」

覃小芮看不上她的小得意，不回答她，不耐煩地問道：「妳闖進來做什麼？」

別怪她這種態度，春嬋原本是嵐欣園的人，一知道姑娘的身分，第一時間就跑去跟羅志綺表忠心去了。羅志綺知道她原本是嵐欣園的人，立馬把她提成了二等丫鬟，讓她天天盯著這裡。覃小芮特別看不起這種背主的小人。

「我們家三小姐心善，聽說簡家姑娘傷了，派我過來看看。」

覃小芮呵了一聲。「妳家三小姐消息收到得可真快。」

春嬋得意。「那是當然，我們家三小姐可是伯爺的親女兒，府裡人當然向著三小姐，有什麼東西都第一時間告訴三小姐的——」

覃小芮不想聽她炫耀，打斷她的話。「三小姐這麼心善，這麼關心我家姑娘，怎麼不自己過來，而是讓妳空手過來？」

春嬋眼睛滴溜轉了一下，而後又得意道：「妳不知道吧，今天府裡有喜事，皇上下旨，我們羅府又升為伯府了，而且明慧大師還說我們三小姐身帶福運。明慧大師是誰妳知道吧？他說我們小姐身帶福運，那必定是真的。府裡雙喜臨門，三小姐是那一喜，自然走不開，只是我們三小姐心善，擔心著簡家姑娘，先讓我過來看看情況。」

「現在看到了，妳可以回去了。」覃小芮攔住她想要往裡探的頭。

春嬋推了推她的手，沒推開，臉上的笑意瞬間沒了。「覃小芮，妳攔著我幹什麼？我可是按三小姐的指示過來的，難道妳連三小姐都不放在眼裡了嗎？」

覃小芮的手放了放，而後又攔了起來。

春嬋見她死腦筋，翻了個白眼，大聲說了起來。「我們家三小姐心善，就是可憐被換了。既然妳不讓我進去幫三小姐看看簡家姑娘，那就算了。我家三小姐人好，來之前她還讓我告訴妳們，簡家不是好人，一家子都是沒出息的。我家三小姐只有生病的時候才能吃到肉，冬天要洗碗，還要做飯掃地，可憐我們三小姐手都長繭子了。簡家姑娘受傷了，不養好傷，回家日子不好過。妳可得聽聽三小姐的話，好好給簡家姑娘養傷，囑咐簡家姑娘，以後回家要提防著她親生父母。」

「妳小聲點，我家姑娘睡著了。」覃小芮把她推出去。

春嬋見她說了半天都沒見簡秋栩出來，看不到她的臉，她不好回去跟三小姐交代，於是眼睛一滴溜，轉身作勢離開，趁覃小芮不備，虛晃一招跑了進去。

覃小芮氣急敗壞地扯住她。「春嬋，妳要幹什麼？妳給我滾出去！」

「滾？覃小芮，妳現在敢這樣跟我說話？妳也不看看我現在是什麼身分，剛剛跟妳客氣，那是看在我們多年情誼的分上！」春嬋喝斥覃小芮。「放開妳的手，別扯壞了我的衣服。這衣服可是三小姐賞給我的，扯壞了，妳和妳那個窮酸的娘合起來賣了都賠不起！」

覃小芮才不管她衣服貴不貴，她絕不能讓春嬋打擾她家姑娘休息。

春嬋看衣服被覃小芮扯出了褶子，心疼壞了，尖叫著罵道：「覃小芮，趕緊放開，妳個貧賤貨！」叫罵著把覃小芮推到了一邊，邊心疼衣服，邊往裡面跑。

「砰」的一聲，從床上飛來一塊沈重的木塊，狠狠地砸在她的額頭上。春蟬的額頭瞬間起了大包。

春嬋疼得很，狠狠地朝床上瞪過去，對上了一雙黑黝黝的大眼睛，接著另一塊大木塊又朝她飛了過來。

春嬋大叫一聲，嚇得往外跑，邊跑還邊喊著「死傻子」。

簡秋栩見她跑了，喘了兩口氣。剛剛砸出那兩塊木頭，可是用盡了她全身的力氣。她是個護短的人，欺負她身邊的人，她肯定要替她們回報過去。

至於春嬋是否找人告狀，她才不管，她現在在伯府眾人眼中是個傻子，傻子什麼都能做出來。

第三章

「姑娘沒事吧？」覃小芮見她坐起來，趕緊跑過來看她的傷口有沒有扯到。仔細看了眼紗布，見沒有見紅，才放心地扶著她重新躺下。「姑娘剛剛聽到春嬋說的話了？別信她的話，簡家人肯定沒有三小姐和春嬋說的那麼差，她們是故意這麼說的。姑娘妳這麼好，姑娘家裡的人肯定會對姑娘好的。」

「沒……」算了，她還是說不好話，先不說了。至於春嬋故意大聲說給她聽的話，她是一點都不在意的。

她只是沒想到，羅志綺彷彿怕她記不住簡家人有多差一樣，這是多怕自己和簡家人好好相處？

羅志綺越是這樣，簡秋栩越覺得她親生父母並不差，因為羅志綺說來說去也不過就是表明吃穿住這幾個方面差而已，簡家人根本就沒有苛待過她。

只是羅志綺可不是這麼想，一回廣安伯府，就向整個廣安伯府的人說簡家人對她有多差，把自己說得可憐兮兮，一切的錯都是簡家的錯，想讓每一個人都疼惜她，話裡話外都是對簡家的怨恨。

簡秋栩冷笑。羅志綺要怨恨，就怨恨廣安伯府，怨恨簡家做什麼？她被換掉可是廣安伯府的人幹的。

簡秋栩可不覺得簡家人欠了羅志綺。簡家窮，卻依舊讓她健康長大了；自己雖然在廣安伯府長大，可這十四年來，在伯府也不過混個溫飽而已，雖然不用幹活，卻要承受他們的冷言冷語。誰都不比誰好，誰都不比誰差。

羅志綺不僅怨恨著簡家人，更怨恨著她，不然也不會出現羅明想要殺害她的事了。今天春嬋過來，無非是羅志綺想看看自己讓羅明做的事成不成。對自己這樣一個傻子都不放過，可見是個心胸狹隘之人。

儘管簡秋栩知道羅志綺要害自己，她也沒辦法拿出證據。羅明已死，想要證據就得翻出他。然而即使翻出他，也無法拿羅志綺怎麼樣，反而會讓自己身陷困境。

簡秋栩不想惹禍上身，只能提防著羅志綺，不讓她再害自己就是了。

想想，她心裡有些煩。自己在前世就是個沈迷木工的宅女，最是厭惡這些彎彎曲曲的事，無奈自己有傷，不然她記憶一恢復就離開了。

也不知道她家裡人什麼時候來？簡秋栩想著，抵不住昏沈，又睡了過去。

春嬋捂著額頭回了明馨園，垂著腦袋。「三小姐，那個女人頭受傷了，臉沒有受傷。」

「成事不足，敗事有餘！羅明回來了嗎？」羅志綺狠狠地拿著手中的金簪子劃著銅鏡，彷彿像在劃簡秋栩的臉一樣。

「沒有，小門房說他一早出去後還沒回來過。」春嬋見她這樣，有些害怕，趕緊說道：「三小姐，那個女人的臉雖然沒有劃傷，但她傷了腦，好像更傻了。」

春嬋有些不明白，那個姓簡的是個傻子，簡家又窮，她回去簡家以後跟三小姐比，就是一個天上、一個地下，三小姐怎麼這麼在意她？

「傻子，那她就該傻到死好了。」羅志綺看著外面的藍天。

既然她身帶福運，上天就應該聽從她的意願。這一世，誰都別想阻止她享受榮華富貴！

工部尚書楊擎和兵部尚書廖戰匆匆趕到練習場。

武德帝把手中的小弓弩遞過去。「兩位愛卿看看。」

楊擎眼睛一亮，搶在廖戰前把小弓弩接了過去，裡裡外外觀察擺弄起來，越看眼神越亮。「皇上，這弓弩妙啊！」

「哦，妙在哪兒？」武德帝問道。

「這是個機械連弩，各個齒輪相互連接，只要按動開關，弓箭自動上弦，可以連續射擊。這把弓弩設計巧妙，一環連一環，臣慚愧，還未全部弄懂。」

「我看看！」廖戰聽楊擎這麼一說，把弓弩搶了過去。「這弓弩設計確實精妙，不知用起來怎麼樣。」

廖戰是管兵部的，看重的是實戰。

武德帝揮了下手，一旁的林泰拿出了十枚跟射在羅明身上大小一樣的針放進了小弓弩的劍盒裡。他把弓弩對準十幾公尺處的松樹，輕按下開關。

齒輪啟動，針極速飛出，連續深深地射到松樹上。

楊擎和廖戰朝松樹跑過去，發現十根針都扎進了一半，驚訝。「威力竟然如此大？」

武德帝走了過來。「與羅炳元獻上來的比較如何？」

楊擎拔著松樹上的針。「回皇上，若是同等大小，這個機械弓弩的威力是羅炳元那個的十倍之大，且這機械連弩可以自動連發，羅炳元獻上的那個弓弩根本不能跟它比。」

楊擎以為羅炳元獻上來的連弩已經夠精妙了，沒想到現在看到比它更甚的，也不知道是哪個能人做出來如此巧妙的東西。

武德帝彷彿看穿了楊擎的想法，也不瞞著他。「這是從羅炳元女兒身上拿到的……哦，他以前的女兒。」

林泰已經調查出簡秋栩的身分，她不是羅炳元親生女兒的事，武德帝自然知道了。

廖戰皺眉。「皇上，羅炳元女兒怎麼會有這樣精妙的武器？她從哪裡拿到的？羅炳元知不知道？如果知道，怎麼不把它獻上來？他想做什麼？」

大晉建國不過兩代，內憂外患，內有各封王覬覦皇位，外有敵國虎視眈眈，武德帝這個皇位坐得並不安穩。作為武德帝的近臣，廖戰自然憂心國家，防備一切對武德帝有威脅的事。

武德帝想到暗衛給他的匯報。「恐怕他並不知道，如果知道，他肯定不會讓它繼續戴在簡家女兒手上。他獻上來的弓弩，十有八九也是從簡家女兒那裡拿來的。林泰，你派人去盯著廣安伯府，還有，派人盯著簡家的女兒。」

廖戰疑惑。「皇上認為這弓弩是她做的？臣略有耳聞，她好像是個癡兒。」

「癡兒？我看不像。」武德帝想了一下她看著自己的眼神，那警惕的眼神可不像一個癡兒會有的。「如果不是她，其背後定有他人。楊愛卿，這弓弩就交給你了，盡快讓工部做出幾個大的出來。」

簡秋栩再次醒來時，已經是第二天早上了。

經過一個晚上的休養，後腦勺的疼痛消減了一些，人也沒有那麼昏沈，並且恢復了些力氣。

簡秋栩慢慢坐起來下了床，慢慢走到門邊。

冬天的冷風呼呼地颳著，覃小芮在外面曬被子，兩隻手凍得紅通通的。院子裡那棵高達十公尺的白蠟樹葉子已經掉光，光禿禿地立在牆邊，上面連隻鳥兒都沒有，整個嵐欣園顯得相當蕭條。

簡秋栩站在門邊半分鐘就進去了，門外冷風太大，她擔心受寒，怕會影響她痊癒的速度。

不過說來也怪，昨天她在冰冷的湖裡泡了那麼久，竟然都沒有感冒發燒，看來她現在的身體跟前世的一樣健康。

前世因為從小跟著爺爺做木工，她身體素質特別棒，而且力氣特別大，她爺爺常常打趣，說她就是一人拖拉機。

想起爺爺，簡秋栩臉上不由得帶起了懷念的笑意。她摸了摸自己的臉，走到桌子邊拿起了鏡子。這一世容貌與前世無異，不過有點不一樣，這一世的她很白。

「姑娘醒了？怎麼下床了，頭痛不痛？姑娘，快躺著，躺著恢復快。」覃小芮一進屋看到她下了床，大驚小怪地絮叨著，拉著她繼續回床上躺著。

簡秋栩開口難，說不過她，只能乖乖躺回去了。

「姑娘，妳要乖乖的，別亂動，小芮去給妳拿藥。」覃小芮像以往一樣哄著她，等她點頭了，匆匆往外跑。

簡秋栩有些無奈，小芮竟然還沒看出來她的不同，她現在的神情明明跟以往差很多了。不過想想也不奇怪，畢竟她癡了這麼多年，覃小芮和蘇麗娘心裡可能認為她不會好了。

躺著有些無聊，她努力回憶一些內容，想要了解這個世界。來到這個世界十四年，她去得最遠的地方就是昨天的湖邊。這十四年來，她幾乎窩在這個偏僻的嵐欣園裡，接觸的人少之又少；因為癡傻，也沒有接觸過書籍，所以對這個朝代知之甚少。

好在她見過這個朝代的字，是繁體的楷書，能確認自己不會成為一個文盲。

簡秋栩想，回到簡家後一定要多找機會了解這個世界。不管在哪個國家，了解一個國家的歷史發展以及法律制度，是過好生活的必要條件。

門外熟悉的腳步聲傳來，覃小芮臉上帶著些憤憤之色回來，見到簡秋栩看著自己，才把那憤憤之色藏了下去。「姑娘，藥還沒煎好，要等等。」

簡秋栩疑惑地看向她，還沒等她說出話，覃小芮便忍不住說了出來。「姑娘，廚房的人說府裡今天也有大喜事，不給娘煎藥。娘又去隔壁家借爐子了，藥要等一會兒。他們說林家夫人上門來換婚書了，是大喜事。姑娘，妳知道婚書嗎？那個婚書以前是妳的，現在他們要換掉了。如果林夫人不換多好，姑娘就可以嫁到他們家，不用回簡家受苦了。」

覃小芮也知道她家姑娘的這個親事肯定會換掉，但還是有些幻想的。她幻想著林家夫人不換親，能接受姑娘。今天，這個幻想直接破滅了，她人有些怏怏的。

簡秋栩卻覺得這個親事換掉正好，少了麻煩。

廣安伯府會客廳裡和樂融融，管家引著一位梳著回鶻髻，身穿湖藍錦緞鳳銜折枝花翻領小袖外衣，下穿素色長裙的婦人進了大廳。

這個婦人正是林夫人李蓉青，身邊身高七尺，面如冠玉的男子便是兒子林錦平。

林錦平一走進來，羅老夫人和鄭氏就朝他看了過去，而後忍不住心中喜悅，更加堅信明慧大師的話。林錦平這樣好樣貌又有著這樣氣度，以後肯定能位列三公，老伯爺真是為他們廣安伯府謀了一門好親事。

見到了林錦平，躲在偏廳裡的羅志綺非常興奮。她沒想到年輕時的林錦平如此讓人移不開眼，想像以後與他成親，她肯定能做得比前世的假羅志綺好，他們必定更加琴瑟和鳴，恩愛有加。

羅志綺緊緊地盯著大廳裡的林錦平，心中得意著，帖子才發出一天，林家夫人就上門來了，果然老天都幫著她，想讓她早點拿回這份好姻緣。

給羅老夫人和鄭氏問了安，寒暄一番後，因為男女不同席，林錦平便跟著鄭氏大兒子羅志輝前往智世堂。男人們一離開，羅老夫人就和林夫人說起了正事。

自聽說那癡兒並不是廣安伯羅炳元的親生女兒，其親生女兒已經回來後，李蓉青就有些坐不住了。她不知道廣安伯府是怎麼個想法，等了半個月沒等到消息，她便忍不住親自上門了。沒想到剛到京城，便收到了鄭氏要給她遞的帖子。

換親，她當然願意，這樣不違背林老太爺的遺願，她兒子也不用娶一個癡兒當媳婦了，而且羅府又變回了伯府，對她兒子也有好處。至於在鄉下長大的羅志綺，離嫁入他們林家還有幾年，還來得及調教，再差也差不過癡兒。於是她歇了一天後便上門來了。

雙方各有心思，因此相談甚歡。

鄭氏忍不住得意。「林夫人，我家志綺可是明慧大師親自說的身帶福運之人，能娶到我們家志綺，這可是你們林家的福氣。」

「真的？」李蓉青不是很相信。羅志綺若真的身帶福運，怎麼不旺她長大的農家？聽說那農家現在還窮著，只覺得這是鄭氏為了讓自己重視女兒故意說的。

「當然是真的！昨天明慧大師為了沾到福氣，還特地進了府。他親口說我家志綺是身帶福運之人，我們伯府近日起開始走運了！這事，府裡的人都知道。我家伯爺升了爵位，可都是志綺給我們帶來的福運。」

李蓉青知道廣安伯羅炳元並沒有什麼本事，她還納悶皇帝怎麼無緣無故將他升了爵位，這難道真的是他親生女兒帶來的福運？

明慧大師的話肯定不會假，羅志綺不旺她養父母家，肯定是因為她的福運在近日才開始起作用，所以一回府，伯府就走運了。李蓉青心中歡喜，身帶福運之人，那必定也會讓她身邊的人沾上福氣，這對她兒子肯定是有好處的。

這下親事換得沒有任何疑慮了，雙方同意今天就把婚書換了。

婚書重簽，需要找證婚人。雙方都早已找好了證婚人，新的婚書擺在了案上，就等著重新簽名。

羅志綺躲在偏廳一直看著事態進展，看著林夫人提筆簽下名字，心中激盪。再過十年，她就是中州刺史夫人，而後是上州刺史夫人、尚書夫人，再然後便是皇帝都敬重的太師夫人。而那個占了她身分的女人，一輩子都要面朝黃土，備受婆婆折磨，丈夫打罵……越想，羅志綺越激動，恨不得現在就是十年後。

而在智世堂和羅志輝交流學識的林錦平，在林夫人落筆的一剎那，突然感覺到有什麼東西離自己而去，腦子有些渾噩起來，身上帶著那股世家底蘊養出來的氣度，也變得淡了。

第四章

婚事已換，廣安伯府從上到下喜悅不已。

鄭氏指揮著丫鬟、嬤嬤擺宴席，羅老夫人依舊和林夫人歡談。

李嬤嬤剛聽了門房媳婦的匯報，垂著腦袋在羅老夫人耳邊低語兩句。羅老夫人皺了皺眉，眼神中有些不悅。「讓他們先等著。」而後彷彿無事一般，繼續和林夫人說話。

蘇麗娘小心地端著藥從隔壁回來時，發現伯府大門外站著兩個裹著麻布長衣的男人。她掃了一眼，發現兩人一個四十歲左右，一個二十歲左右，看得出他們在寒風中站了不短的時間，鼻子都凍得通紅了。

蘇麗娘掃了一眼後便不在意了，小心地護著藥進了大門。

不過她走了幾步，腳步一頓，又匆匆折了回去。

嵐欣園裡，覃小芮時不時探頭往院外看，終於看到了蘇麗娘的身影，忍不住抱怨道：「娘，怎麼現在才回來？都過了姑娘吃藥的時間了。」

「隔壁人家今天用爐子，我等了段時間。還好，還沒過了時辰，姑娘，吃藥了。」蘇麗娘把藥從食盒裡端出來。

簡秋栩見她回來，從床上坐了起來。

覃小芮接過藥，皺了下眉。「這藥有些涼了。娘，伯府的人為難妳了嗎？妳回來花的時間有些長了。」

「不是，我剛剛在大門外碰到姑娘的家人了，說了些話。」她剛剛折回去，便是發現那個年輕人長得跟姑娘很像，心裡猜測是不是姑娘的家人過來接人，沒想到上前一問，還真是，他們早早就過來了。

她家人來了？簡秋栩一喜，看來她今天就能離開廣安伯府了。

「姑娘家人來了？他們現在在哪兒？」覃小芮一聽，趕緊問道。

蘇麗娘有些無奈。「還在大門外。他們讓門房通報了老夫人，老夫人讓他們在門外等著。」

簡秋栩聽了，臉色一沈。

「太過分了！外面這麼冷，怎麼能讓姑娘的家人在外面等！」覃小芮神色有些憤怒。

簡秋栩伸手拿過她手上的藥，一口喝了下去。

「姑娘！」蘇麗娘驚了一下，要阻止她，簡秋栩卻已經把藥迅速喝完。

「走！」簡秋栩把碗放下，逕自下了床。

「走去哪兒？」覃小芮有些呆。她第一次見到她姑娘這樣有神采的模樣，有些反應不過來。

「回……家！」既然她家裡人來了，她沒必要再待在這裡了。今天林家人過來，廣安伯府有喜事，羅老夫人和鄭氏肯定不想見到簡家人，哪怕她親人在外面等一天都進不來的。

廣安伯府的人不想見簡家人，那她就讓他們見簡家人。

「可姑娘，妳回去得經過羅老夫人和夫人那邊，要和她們說一聲，不然以後不占理。」蘇麗娘趕緊拉住她。「今天老夫人他們肯定不願見姑娘的，要不等明天。明天，姑娘的傷也能好一些，我現在出去讓妳家人先回去，明天再過來。」

「去燕……堂。」簡秋栩一天都不想多待了。天寒地凍，她不想讓自己的家人來來回回地受罪。

「等等姑娘，我幫妳把包裹帶上。」覃小芮跑到偏房，把昨天打包好的東西都掛在了身上。

「不……要……」簡秋栩指了指她身上的兩個包裹。「放下……都……不要，只這……個。」

既然要走，就要走得乾脆。廣安伯府的東西一件都不要帶走，免得落人口實。

她只把那套酸棗木木碗套組帶走。酸棗木是她從外面的湖邊撿回來的，不屬於廣安伯府。

都不要，姑娘回簡家拿什麼換洗？覃小芮有些為難，但見簡秋栩這麼堅決，最後還是把其他東西都丟下，只帶上了那套木碗套組。

蘇麗娘這個時候也看出簡秋栩跟以前不一樣了，開心又難過。開心她家姑娘變好了，難過以後可能就見不著了。

果然如蘇麗娘所說，簡秋栩三人被攔在了燕堂外面。在燕堂門口值守的小廝瞥了一眼她們，很是不客氣地說：「蘇麗娘，妳帶著這個傻子過來做什麼？難道她知道今天林夫人過來，想過來搗亂？去去去，妳們快離開，老夫人和夫人不想見到她。」

那個小廝根本不聽蘇麗娘和覃小芮的話，趕著她們離開。

簡秋栩看了他一眼，身子一側，朝他身上撞了過去。她今天身體已經恢復了一些，那個小廝沒想到她的力氣這麼大，沒防備地跌向燕堂的大門，門一下被撞開，人跟著跌了進去。

「發生什麼事了？」宴席上的眾人見門突然打開，還跌了一個人進來，都朝門口看了過來。

看到門口的簡秋栩，羅老夫人皺了皺眉。她身邊的李嬤嬤立即責問旁邊的蘇麗娘。「蘇麗娘，今天羅、林兩家締結姻親，妳帶著簡家姑娘過來是何意？」

席上的李蓉青聞言，皺了皺眉，眼神不悅地看向蘇麗娘，也看見她身邊的簡秋栩。這癡兒可真是長了一副好樣貌，李蓉青心想，而後看了一眼坐在鄭氏身旁的羅志綺，發現羅志綺單看還行，跟簡家這個癡兒一比就落了下風，顯得小家子氣起來。

但想到羅志綺是明慧大師點名的身帶福運之人，這想法也就消逝了。

羅志綺看到簡秋栩，得意地扯了扯嘴角。這一世已經改變了，她是老天都幫著的人，如今她已經拿回了屬於自己的姻緣，接下來要拿回更多屬於自己的東西。這個占了她一輩子身分的女人注定要伏在她腳底下過活，現在過來又有何用？

蘇麗娘立即告罪。「請老夫人和夫人恕罪，姑娘聽說她的家人一大早就在門外等著她了，她心裡急著跟家人回去，所以過來跟老夫人和夫人辭行。」

羅老夫人聽了她的話，心中不悅，但林家人在，她是個非常要面子的人。「簡家來人了？怎麼沒人告訴我？李嬤嬤，快去把人請進來。」

很快，小廝就領著蘇麗娘在門口見到的簡家人進了燕堂。

這兩人正是簡秋栩的大伯簡明義和她親哥哥簡方樺。

簡秋栩看了一眼簡方樺，一愣，親哥跟她也太像了，至少有六、七分相似，其中眉眼最像。加上他有些黑，乍一看，她還以為這是自己前世十七、八歲的模樣。

簡秋栩看著他，心裡一瞬間就有了一種歸屬感。

簡方樺感受到她的視線，朝她看了過來，也愣了愣，心中有個聲音告訴他，這便是他嫡親妹妹，而後咧嘴朝她笑了笑。

簡秋栩心想，她親哥肯定是個可愛的人，根本就不可能是羅志綺口中那個冷漠、不顧兄妹之情，對她一點都不好的人。簡秋栩看了一眼羅志綺，想看看她的反應，卻發現她眼神憤恨地看著簡方樺。

羅志綺心中對簡方樺是非常怨恨的。前世她兒子賭博欠了一大筆錢，如果還不上錢，債主就要砍掉她兒子的手指。

羅志綺非常害怕，跑去找簡方樺借錢。

簡方樺當時在城裡的泰豐樓當小二，每個月都有一千文錢的收入，然而他沒有把錢借給自己，卻把錢借給了簡方榆，讓她帶那個快病死的兒子看病。

簡方榆的兒子根本就不可能救回來，他憑什麼借錢給一個快死的人看病也不借她救兒子？害她兒子被砍掉了三根手指。她兒子沒了手指，婆婆、丈夫天天打罵她，連兒子都怨恨她。她過得那麼苦，都是簡方樺的錯！她恨簡方樺，恨簡方榆，恨所有的簡家人！如果簡家人當初不出現在驛站，她就不會被換，一切都是簡家人的錯！

簡秋栩不知道羅志綺複雜的內心，卻從她的眼神確定羅志綺不僅心胸狹隘，人也薄情記仇。簡方樺再怎麼對她不好，也不會對她做出什麼深仇大恨的事來吧，用得著如此憤恨嗎？

簡明義朝燕堂上首的羅老夫人作揖。「老夫人，多有打擾，今天我和小姪代表簡家，過來帶簡家小女歸家。」

雖然家境不好，但簡方樺和簡明義在伯府眾人面前卻是不卑不亢，這讓簡秋栩有些意外。她的家人品行看來比她想得好。只是心中有些疑惑，為什麼是大伯和大哥過來，而不是她的親生父親過來？

老夫人表現出一臉驚訝。「這麼著急？我心中不捨呀，不然你們先住下，過兩天再走？」

「多謝老夫人，不用了，父母在家中正等著孫女歸家，我們不敢耽誤。」客套話誰都會說，在冷風中等了大半天，簡方樺和簡明義再看不出來廣安伯府是什麼態度，那他們便是傻子了。

他們來之前打探過了，知道簡秋栩從小就是個癡兒，廣安伯府的人對她並不好。在寒風中站了大半天，也說明了這一事實，伯府對她並沒有什麼情誼。

簡方樺看妹妹頭上裹著紗布，臉色慘白，心想妹妹這段日子肯定更不好過，只想快點帶她離開這裡。

「既然如此，老身就不挽留了。志……簡家姑娘，妳就跟妳大伯和親哥歸家吧，我們就不送了。」羅老夫人擺了擺手，做出一副不捨卻又不得不放人走的姿態。

覃小芮一聽，心有些急，撲通一聲跪下。「老夫人，請讓我和我娘一起隨姑娘走吧！姑娘離不開我和我娘，老夫人，您深明大義，最是體恤他人，為人大氣，請您念在和姑娘祖孫一場的分上，讓我和我娘繼續照顧姑娘。」

不得不說，覃小芮是有些小聰明的。她知道羅老夫人最是好面子，此時林家人都在，若讓覃小芮母女隨簡秋栩離開，那便是全了她為人大氣的好名聲；若是不讓，便在林家人面前丟了面子。

果然，羅老夫人很是大方地說道：「既然如此，妳們母女就隨簡家姑娘離開，也算圓了十四年來的祖孫情分。」

「多謝老夫人。」覃小芮和蘇麗娘磕頭道謝。覃小芮心中是異常欣喜，她終於又可以跟著姑娘了。不過蘇麗娘心中有些擔憂，因為前路未知，不知道離開伯府對她們母女是好是壞。

簡秋栩卻並不覺得欣喜。羅老夫人只是讓蘇麗娘母女跟著她離開，卻隻字不提賣身契的事，這代表著即使蘇麗娘母女離開了，自由仍掌握在伯府手中。而且在外人看來，伯府給她送了人，她和伯府還是有關係。

簡秋栩很是討厭這些拖泥帶水的關係，要斷就要斷得乾淨！原本她想著等自己離開伯府，以後再找機會把覃小芮和蘇麗娘帶出來，現在卻不得不提前了。

她看了一眼簡家大伯，心中猜測大伯和親哥來伯府，身上肯定帶著一些錢撐場面的。於是走了過去，伸出了手。「借……錢。」

簡明義疑惑了一下，也沒有問為什麼，把身上的錢都放到她手上。簡方樺很敏銳地發現，妹妹好像並沒有癡傻。他看了她一眼，也把自己身上的錢放到了她的手上，想看看她要做什麼。

簡明義和簡方樺不問緣由，爽快地借錢給她的行為，讓簡秋栩對自己家人的好感再一次上了一個臺階。

她算了算手上的錢，發現將近有四十兩，估計大伯兩人把家裡的錢都帶在身上了。正好，這些錢夠了。

簡秋栩把錢遞到了羅老夫人面前。「買，賣身……契。」

羅老夫人驚訝這個癡兒竟然知道賣身契，這肯定是蘇麗娘母女教她的，當下心中不悅，但面上卻是很慈祥。「傻孩子，蘇麗娘母女是伯府送給妳的，哪裡用什麼錢？錢拿回去吧。」

「賣身契！買。」簡秋栩可不想跟她們裝模作樣，把錢放到了她的面前。怎奈話說得不索利，表達不出決心，心中有些暗惱。「買！」

一旁的簡方樺明白了她的意思，妹妹這是想要與廣安伯府斷個乾淨。這原本就是一個錯誤，錯誤糾正了，自然不該再有什麼勾連。

「鄭氏，讓人去把蘇麗娘母女的賣身契拿過來。」羅老夫人有些不耐煩了，她懶得跟一個癡兒計較。賣了趕緊走，這以後也不是什麼出息的人，在她身邊留兩個伯府的奴僕，到時候說不定她們還會打著伯府的名義做事，壞了伯府的名聲。

鄭氏原本就不喜蘇麗娘母女，原本想著等這個癡兒走了就把她們發賣了，但心中也不願意把人賣給這個癡兒的。這兩個人一直盡心照顧著這個癡兒，把她們賣給她，不是以後回了簡家，這癡兒也能享受著被人照顧的日子？憑什麼她女兒在簡家受苦受累，而這個癡兒回去還能被人伺候？

可雖然不願意，鄭氏也不得不讓管事嬤嬤去把蘇麗娘母女的賣身契拿了過來。

坐在旁邊的羅志綺，在聽到簡秋栩說出口的第一個字，內心憤憤不滿。這個女人竟然還能恢復？她的福運為什麼不能用在詛咒上面？羅志綺想到了前世那個正常的假羅志綺聰慧的模樣，揪著手絹，眼神嫉恨。

不行，絕對不能讓她恢復。她就該傻一輩子！

第五章

簡秋栩接過了蘇麗娘母女的賣身契，走過去拉住簡方樺的手。「哥，走！」

事情已經解決，沒必要在這兒浪費時間了。

「慢著！」憤恨中的羅志綺看到了覃小芮身上的包裹，立即喊住幾人。「這個包裹是不是不應該帶走？包袱裡的東西可都是我們廣安伯府的東西。」可不能讓她從伯府帶走任何值錢的東西，那些都是自己的。

她的話一出，一旁的羅老夫人氣得心肝疼。她沒想到羅志綺竟然能說出這麼小氣的話來，這讓她在林家人面前丟了大面子。她惱怒地瞪了一眼鄭氏。

雖然鄭氏想法和羅志綺一樣，但她也知道林夫人在場，女兒這話講得不合時宜。她偷偷了拉了一把羅志綺，但羅志綺依舊盯著覃小芮身上的包裹。她已經把整個伯府的東西視為己有了，絕不能讓簡秋栩占到分毫。

席位上的林夫人聽了羅志綺這番話，皺了皺眉。坐在一旁的羅二夫人掩著嘴巴譏笑。她很是看不慣這個一回府就搶了女兒風頭的羅志綺，巴不得她出糗。

「這可不是伯府的東西，這是我們姑娘從外面撿的木頭做的木碗，我們可沒帶伯府的東西走。」覃小芮見不得人冤枉她家姑娘，把包裹打開，各種木碗、木碟子鋪了滿地。

伯府眾人見了都覺得有些尷尬。

羅志綺見裡面都是些木碗、木勺，沒有值錢的東西，才放下心來。

簡明義聽了羅志綺的話，想想現在還躺著床上的弟弟，心裡搖頭嘆息。他弟弟、弟媳養了個白眼狼啊！

簡方樺就沒有這麼好脾氣了，朝羅志綺嗤了一聲。「怎麼，妳回伯府大包袱、小包袱，還把我爹娘的錢都拿走了，我親妹帶走自己在外面撿的木頭都不行？簡直是天大的笑話。妹妹，我們走。」

簡秋栩很驚訝親哥會這樣不給面子地把羅志綺做的事揭開來，看來他和羅志綺的感情確實並不好。

今天他這麼一說，羅志綺肯定更加嫉恨他了。

羅志綺果真更加憤恨，不過她並不覺得自己做錯了。她心裡認定那是簡家欠她的，她拿走銀子補償自己並沒有錯。

羅老夫人見她這樣一副神態，更氣惱了，原本想著待會兒好好教訓教訓她，但想到她身帶福運，也就忍下了。

簡方樺拉著簡秋栩走出了燕堂，一行人沿著剛剛小廝帶的路往院外走。

簡方樺擔心她的傷，讓她走在他和大伯中間，給她擋風。簡秋栩翹起了嘴角，心裡暖暖的。

一行人只顧著往外走，誰都沒有發現迴廊一側的林錦平。他看著走在眾人中間的簡秋栩，神色疑惑，有些渾噩地站在原地，待了很長一段時間才離開。

會客的院子裡，李蓉青也已經從燕堂回來，看到林錦平回來，招他過來談話。

林家母子二人相對而坐。

「婚事已經換了，可為娘心裡不得勁。羅志綺畢竟從小在鄉野長大，為人小氣了些。不過幸好離嫁入我們林府還有幾年，還來得及調教。」若不是因為明慧大師說羅志綺身帶福運，李蓉青剛剛在燕堂就沒有好臉色了。

「那就麻煩娘了。」林錦平並不想聽這些。他情緒不高，總覺得失去了什麼，心裡空盪盪的。

「錦平，你告訴娘，你是不是不喜羅志綺？」知子莫若母，李蓉青感覺到兒子情緒不佳。婚書重簽後，兒子見過羅志綺，好像從那時起，他情緒就不好了。

李蓉青想起了兒子事事追求完美的性格，以為他不滿意羅志綺的外貌。「羅志綺外貌是差了些，但這沒關係，她還小，以後多多培養，氣質也能彌補外貌的不足。」

「娘，妳多想了，兒子並不是看重容色的人。今天兒子情緒不佳，與她無關。」至於為什麼會這樣，他也不清楚。

他站起來，腦海中卻閃過剛剛那個翹著嘴角的姑娘……

出了廣安伯府，簡秋栩覺得整個人都輕快了。「出……府，回家……了！」

「姑娘，妳真的好了，真是太好了！」出了廣安伯府，覃小芮才敢確定這件事。「娘，姑娘好了！」

「對啊，姑娘好了。」蘇麗娘剛剛已經發現了，這些年來，她早已把簡秋栩當成了自己女兒，她好了，她比誰都開心。

「好了就好，家裡人也都會開心的。」簡大伯也很欣慰。他們簡家已經做好了養個癡兒的準備了，沒想到老天保佑，小姪女好了。「方樺，你帶你妹妹去石紡路那邊等我，我去找輛車。」

外面冰天雪地的，如今小姪女還帶著傷，肯定得找輛馬車才行。

「好，妹妹，我們先過去。」簡方樺擔心風還是會吹到她，便跑到前面的店借了一把傘給她擋風。

簡秋栩心想，她這親哥的心還挺細的。「哥，家？」

趁著大伯去找車，簡秋栩想先把家裡的情況了解一下。她從羅志綺那裡只知道簡家有爺奶，有大伯、父母，還有哥哥、姊姊、弟弟，其他的就不是很清楚了。

「我們村叫萬祝村，就在京郊的郭赤縣，離這裡有七、八十里地。妹妹，我們不是故意過了這麼久才來接妳的，其實家裡是三天前才得到消息。爹腿有傷，走不動，娘在家照顧爹沒辦法離開，所以就讓大伯和我過來接妳。」

簡方樺在泰豐樓當跑堂的，一個月前，大伯跑來找他，說他爹命在旦夕，他嚇得趕緊跑回家。回了家後才知道，他爹因為要給人做家具，上山砍木，不小心被樹壓斷了雙腿。

當時他爹簡明忠是帶著當時還是簡方檸的羅志綺一起去的，他爹腿被壓斷時，羅志綺就在旁邊。

簡明忠疼得快暈了，讓她下山喊人，然而羅志綺卻一去不回，直到天黑了，簡家人才發現簡明忠還沒下山，這才上山找人。

找到人時，簡明忠已經暈了好長一段時間，大夫也沒有多大把握。好在簡明忠求生意識強烈，最終人醒了過來。

簡明忠醒過來後，簡家人才舒了口氣，找起羅志綺來。簡家人都以為她失蹤了，一個個擔心得不行。

然而一找，卻從村口放牛的小孩那兒得知，羅志綺當天就揹著兩個沈重的包袱離開村裡，不慌不忙地往城裡去了。

簡家人剛開始是不信的，然而到她房間一看，果然東西都帶走了。不僅如此，還拿走了簡明忠兩夫妻存了多年的十兩銀子。

簡家人不知道她為什麼要離開，卻被她有時間收拾包裹，卻不找人救父親的行為寒了心。

羅家來人後，簡家人才知道他們的女兒被換了，也才知道羅志綺當天揹著包裹進城是去找親生父母了，也知道她那時就知道簡明忠不是她的父親。

然而即使簡明忠不是她的親生父親，那也是養了她十四年的養父啊，她就這樣冷心冷肺地把身受重傷的養父丟在荒山，生死不管，簡家人心寒啊！

簡秋栩被驚到。即使是不認識的人，看到一個重傷的人都會想辦法救人，羅志綺卻對自己的養父做出這樣見死不救的事，簡秋栩不明白，這怨恨從哪兒來？她怎麼能做出這樣的事來？

她當然不知道，羅志綺就重生在和簡父上山砍樹的那一天。

那天早上，羅志綺一醒來，就記起了上輩子的所有事。她知道今天簡明忠會被大樹壓到雙腿，因此不慌不忙，照舊跟著他上山。看到簡明忠如前世一樣被樹壓了雙腿後，這才安心地回簡家收拾包袱離開。

她從重生的那一刻起，就沒有打算救簡明忠。因為她心裡憤恨，憤恨前世簡明忠因為傷腿掏空了家底，害她沒有好嫁妝嫁人，才過得那麼苦。她想讓前世那個占了她身分的假羅志綺過她上輩子過的日子！

所以，她怎麼會去救簡明忠？

簡明忠要治腿，至少要花五、六十兩，簡家人沒有什麼錢，簡大伯那裡零零碎碎加起來也只有八、九兩，根本就不夠。簡方樺沒有辦法，厚著臉皮纏著泰豐樓掌櫃李誠借了一百兩，這才請到大夫給簡明忠治腿。

治了將近一個月，借來的銀子也花得七七八八了。三天前接到女兒被換的消息，簡家人東拼西湊了些錢，讓簡方樺和簡明義帶著過來接人。如今簡秋栩用這些錢買下了蘇麗娘和覃小芮，簡家也就沒錢了。

不過簡方樺不打算告訴簡秋栩這件事。沒錢了，大不了他再去纏著掌櫃借點。他年輕力壯，手腳索利，一個人可以幹好幾個人的活，以後肯定能還上錢的。

他知道妹妹想要知道家裡有什麼人，所以說了家裡為什麼這麼遲才過來接她後，又跟她說起了家裡的情況。

簡秋栩認真聽著，大概了解了簡家環境。爺爺、奶奶在世，大伯簡明義有兩兒一女，大堂哥和二堂哥已經娶妻生子；父親有兩兒兩女，大兒子便是簡方樺，姊姊簡方榆，還有一個弟弟簡方樟。看起來只有十七、八歲的簡方樺，今年正好二十二歲，三年前也已經娶妻了。

真是個大家子，肯定很熱鬧，簡秋栩很是期待。她雖然是個宅女，但也希望有個熱鬧家庭，一個人太孤單了。「哥，家好。」

她是真的覺得好，所以拉住了簡方樺的手，表達著她的期待。

看妹妹抱著自己的手，簡方樺咧著嘴朝她笑，心想，這才是他親妹妹，看，才一見面，就跟他親。

簡明義坐著車過來的時候，就見到簡方樺對著小姪女笑，心裡也是開心的。他這個小姪女看來也是好相處的人，回了簡家應該能很快和家裡人處好。

考慮到簡秋栩後腦有傷，不能太過顛簸，所以簡明義找了比較舒適，速度慢一點的牛車。「快上車吧，風大，我們現在回家。」

簡秋栩看了看車，發現這輛牛車車廂比較大，五個人也能坐得下。而牛車有車篷，車廂也加上了圍擋，可以阻擋外面的冷風。她大伯也是個心細的人。

「妹妹，我扶妳上去。」

「謝謝……哥。」簡秋栩把手遞給他，一隻腳蹬上了牛車，另一隻腳剛要上去，牛車底下突然竄出來一團黑白的東西，撞在她的腿上。

「呀！姑娘，有東西！」覃小芮嚇了一跳。

簡秋栩低頭，發現她被一隻小狗碰瓷了。不知道是不是因為撞得太過用力，小狗倒在地上起不來，嗯嗯叫著。牠毛髮上結著一層冰渣，估計是之前掉到水中，從水中爬出來後，毛髮沾到的水結冰了，冷得渾身哆嗦。

簡秋栩下了車，想要看看牠，簡方樺卻把她攔住了。「妹妹小心，這是小狼，很凶的！」

「不，是……狗！」這是狗，是隻小狼狗。簡秋栩前世作為一個宅女，最大的愛好是木工，而第二大愛好便是警犬。她的電腦裡除了木工資料，剩下的幾乎都是警犬的相關資料。前世的她一直想養一隻狼犬，然後訓練成警犬那樣，但一直沒找著機會。

這隻碰瓷了她的小狗看毛髮和特徵，十有八九是狼犬。她彎腰想要把牠抱起來看看，蘇麗娘搶在她前面把小狗抓了起來。「姑娘，我幫妳抓著，牠髒兮兮的，會弄髒姑娘的衣服。」

「好，車裡。」簡秋栩讓她把小狗放到牛車上，有些迫不及待地上了車。

那隻小狗縮在一旁，眼神警惕地看著眾人。簡方樺怕小狗抓傷他妹妹，用手按住牠脖子，心中依舊疑惑，這明明是狼，他妹妹怎麼說是狗？

「哥，給我，不怕。」簡秋栩從他手中接過小狗，在車裡找到了一塊小木片，輕輕地把牠身上的冰渣子刮掉，毛髮逐漸展現出來，外貌也更加明顯。

簡秋栩高興地撓了撓小狗的腦袋，這隻小奶狗感覺到了善意，慢慢放下了警惕，伏在她腳下，縮著身子睡了起來。但因為冷，還發著抖，簡秋栩怕牠生病，在牛車上找到了一個麻袋蓋到牠身上。

「妹妹要養牠？」簡方樺看出來了，妹妹很喜歡這隻像狼的狗。「小狗小時候好玩，長大了就不好玩了。」

簡方樺以為簡秋栩是小女孩心性，喜歡毛茸茸的動物，但這隻像狼的狗長大後肯定不好玩，而且一定吃得多，他提前告訴她小狗長大後的模樣，就是想打消她的念頭。

「是。」簡秋栩點頭。她不僅要養，還要好好訓練，讓牠成為家裡的忠實夥伴。

算了，妹妹想養就養吧，吃得多也沒關係，到時候他從酒樓裡撿些骨頭剩飯，也能讓牠吃飽的。

第六章

簡秋栩剛離開廣安伯府，武德帝那邊就知道了。

那個小弓弩已經讓楊擎拿去研究，但卡在了齒輪上。拆了之後，楊擎等人才發現齒輪結構只要拆了一個，其他齒輪便會全部脫落；最大的齒輪只有拇指大小，小的小到指甲蓋大小。大大小小的齒輪加起來有二十個，而齒輪的排列方式有上百種。

他們嘗試了幾十種排列，還是沒能把正確的方式找出來。

工部的匠人是大晉目前最厲害的，花了這麼長的時間還是沒找出正確的排法，可見這個機械弓弩設計有多精妙。

這個人若是被別國招攬了，肯定會大大提高他國軍力，對大晉來說是很大的威脅，武德帝絕不能讓這種情況出現。

「林泰，讓人盯緊點，隨時把她的情況報上來，出現在她周邊的人都要調查。」武德帝相信，能把這麼精妙的弓弩送給她，這個人必定與簡家小女兒關係非凡。他一定要在其他國家發現之前把人找到。

「是！」

從廣安伯府回到郭赤縣，花了將近半日，進入郭赤縣一刻鐘左右便到了萬祝村。

「妹妹，這就是咱們的萬祝村了，以前我們村叫萬竹村，因為竹子多。後來村裡出了個官老爺，覺得萬祝村更合適，便改為萬祝村了。妳看，我們家就在那座山頭下面。」簡方樺指著一座大約兩、三百公尺高的山說道。

儘管已是寒冬，山上還是蒼翠的，竹子四季常綠，萬祝村仍舊是一片深綠，顯得生機勃勃。聞一口帶著竹葉氣息的空氣，簡秋栩覺得整個人都清香起來。

「咱們村是個大村，有兩百來戶人家、三千五百多人。村裡只有簡、方兩個姓，是兩個宗族。村子南邊的地都是方氏一族的，我們簡氏一族的地在北邊靠著山那一頭。」簡明義介紹道。

「誰多？」一個村兩個家族，必然會涉及到誰強誰弱的事。

「我們簡氏一族目前有五十戶，一千人。」簡方樺說道：「妹妹，坐好了，前面路比較崎嶇。」

看來簡氏一族在萬祝村是屬於弱勢的一方。

牛車從大路轉入萬祝村的小路，牛車上下顛簸著。簡秋栩有些慶幸郭赤縣就在京都近郊，不然以後想要進京都一趟，坐車都得把屁股坐散架。

離那座山越來越近，簡秋栩知道快到家了，心中有些激動，看著車外的景象。

深綠色的竹子底部埋著積雪，低矮的房屋上冒著炊煙，家家戶戶都種著樹。路上遇上外出砍竹的村人，他們看到坐在車前的簡明義和簡方樺，好奇地往車裡看。

「簡家大伯回來了，是不是把明忠的親生女兒帶回來了？」

「是啊。」簡明義也不瞞著他們。當初他們全家找羅志綺，村裡人都知道她離開萬祝村了。後來羅家的人過來，大家也都知道簡明忠的女兒被人換了，養了多年的簡方檸是城裡廣安伯府女兒。如今簡方檸回了親生父母家，簡明忠的女兒可不是要接回來嗎？

「伯府捨得讓人回來啊？簡家大伯，伯府可是有錢人，你這姪女想必帶了不少東西回來吧？」他們邊說話，邊探著頭往車裡張望，想看看裡面是不是有好東西。

「沒有，我們是去把人接回來的，不是走親戚。人換回來了，我們跟伯府也就沒有關係了，怎麼會要他們的東西？」簡方樺把簾子掀開，讓他們看清車裡。妹妹已經和伯府斷乾淨了，他不能讓村裡人還覺得自己家和伯府有關係。

村裡幾個人看清了車裡，除了車裡三個陌生人和一隻縮在裙襬下面的小狗，果真沒有看到什麼值錢東西。而後他們的視線轉到了簡秋栩幾人身上，一眼就看出頭上綁著紗布的姑娘就是簡明忠的親閨女，因為長得跟簡方樺太像了。

簡秋栩朝他們笑了笑。幾個村民心想，簡明忠這親閨女比那個假閨女好看多了，人看起來也比那假閨女友善。

「好了，叔叔、伯伯，家裡人還在等著，我們先走了。」簡方樺把簾子放下，讓車伕繼續趕車。

那幾個村民見車子離開了，嘀咕。「簡明忠這一家是不是傻啊，伯府那麼有錢，讓女兒要點東西回來，都夠他們吃上幾年了。」

「人家都要斷乾淨了，要什麼東西？」

「聽說女兒是個傻子，我看這些年肯定在伯府過得不好，不然也不會空手回來。」

「那簡明忠一家不就要養個傻子？他腿都斷了，都不知道還能不能好，養個傻子不是拖累？我要是他們，我就乾脆不要這個女兒了，伯府那麼有錢，又不是養不起。」

半道上又遇上另一些村民，簡方樺和簡明義依舊光明正大地撩開簾子給他們看。

簡秋栩知道，她回來，村民肯定都在猜測。既然她已經跟伯府斷乾淨了，那就讓他們清楚，她真的跟伯府沒有任何關係了，沒有帶回伯府的一針一線。

牛車響聲漸近，在院子裡堆木塊的簡方樟耳朵一動，拔腿跑出院外，站在門口的石頭堆上往路上望，而後一溜煙跑了回去。「爺奶，爹娘，大伯和哥回來了，他們坐著牛車回來的！」

「真的？」簡樂親放下手中正在磨的鉋子，激動得站了起來。床上的簡明忠聽到了，也激動得想下床，怎奈雙腿無法動彈，只得巴巴地看著門外。

「真的，快到了！」簡方樟說完，一溜煙又跑出去了。

「肯定是把人帶回來了！不然明義和方樺不會租牛車回來的。」簡樂親的老伴金吉放下了手中的掃帚，叫著廚房裡的鐘玲和簡方榆。「二媳婦，方榆，快出來，明義他們把人帶回來了！」

「欸！」鐘玲和簡方榆一聽到喊聲，火都不顧了，全都跑了出來。

「大媳婦，方欅，方松都快出來，人回來了！」金吉又跑到另一邊喊人。

「來了！」簡明義的媳婦帶著兩個兒子和兒媳全都走了出來。

今天簡明義和簡方樺去伯府接人，他們都在家裡等著，擔心伯府為難，各種焦慮，此刻聽說人回來了，懸著的心總算落了地，全都跑到了門口等著。

牛車很快到了門口，簡方樺看到家人都在門口，掀開了簾子。「妹妹，到家了，哥哥扶妳下來。」

到了家，簡秋栩才發現自己有些緊張。她吸了口氣，面帶笑容地探出身子。

簡家眾人一個恍惚，原來他們簡家的小女兒長這樣子，她和方樺太像了，一眼就看出這是他們簡家的姑娘。

簡方樺扶著簡秋栩下了車，覃小芮抱著那隻小狗，跟著蘇麗娘也一起下了車，站到他們身後。

牛車駛離了簡家院子，簡方樺拉著簡秋栩朝簡家人走去。「妹妹，哥帶妳認認家裡人。」

簡秋栩點頭，跟著他走向簡家眾人。

「這是爺爺，這是奶奶，這是娘，大堂哥，大堂嫂……」簡方樺一一地給她介紹。

「爺……爺！奶奶！娘……」簡秋栩也不矯情，一個個跟著喊。這些以後都是她的親人了，她自然要給家裡人好印象，接下來才能愉快相處。

「好，好！」簡樂親和金吉高興地應道。雖然簡秋栩講話不索利，但他們都看出來了，這個小女兒根本不癡傻。這讓他們內心都鬆了一口氣，不用再擔心她以後的生活了。

「方……」鐘玲走上前，想要拉著這個剛回家的女兒回院裡，卻發現不知道該叫她什麼。

「娘，我叫……簡秋栩。」簡秋栩是不會用羅志綺之前的名字，既然這一世依舊姓簡，那她依舊要叫簡秋栩。

「好，秋栩，外面風大，快跟娘進去。」

「對對，秋栩頭上還帶著傷，快進屋去，別讓風吹著。」奶奶金吉催著大家回屋去，有話屋裡說。

回屋前，簡秋栩給他們介紹蘇麗娘和覃小芮。「這是……奶娘，這……是小芮，以後一起……生活。」

「老太爺、老夫人好，夫人好……」蘇麗娘和覃小芮上前向他們一一行禮。

簡家人被一聲聲老爺、夫人叫得有些反應不過來。大戶人家都是這麼稱呼的嗎？

鐘玲被驚得朝她們擺了擺手，想讓她們不用叫自己夫人，但一時半刻想不出來應該讓她們叫自己什麼，只能作罷。雖然心裡疑惑為什麼女兒的奶娘和婢女一起跟著過來，但也沒有問出來，招呼著蘇麗娘和覃小芮一起回屋裡。

簡家是個標準的農村大家庭，她爺爺簡樂親一共生了兩個孩子，大伯簡明義和她爹簡明忠。大伯有兩兒一女，她爹有兩兒兩女。大堂哥簡方櫸育有一子一女，二堂哥育有一子，而她親哥簡方樺也育有一子。如今簡家四代同堂，全家二十幾口人進了正屋，寬敞的正屋都顯得狹小了。

但其實一大家子並不住在一起，只是因為她今天回來，所以才全都聚在這兒而已。在大伯成親的時候，簡家就分房不分家了；大伯簡明義一家住在右側那一排六間的屋裡，而他們家住在左側這一排五間的房屋。兩家房屋只隔了兩尺寬，共用院子，爺爺、奶奶和大伯他們一起住。

兩側房屋都是夯土牆，茅草屋頂，整個萬祝村看過去，幾乎都是這樣的房子。不過簡家的跟他們的不同，簡家的房屋稍微高一些，顯得更亮堂一些。

從院子走向正屋的那一段路上，簡秋栩知道簡家是個木匠家庭，靠給人做家具為生，心中欣喜。冥冥之中，他們就該是一家人。

進了屋，奶奶金吉和大伯母張金花她們關心起她的身體來，對她在伯府的生活並沒有多問。而後讓鐘玲領著她去看簡明忠，想讓她看完簡明忠後回屋休息，畢竟她頭上還有傷，不宜太過疲累。

簡秋栩跟著鐘玲去看了簡明忠。簡明忠雙腿還在固定，根本起不來床。簡秋栩朝他叫了一聲爹，簡明忠很高興地欸了一聲。

簡秋栩問起他的腿傷，從他口中得知大夫說的話，判斷出她爹的腿骨只是被壓斷，而不是粉碎性骨折，才放下心來。

在這個時代，粉碎性骨折沒有透過手術治療，肯定會有很嚴重的後遺症，即使治療了，能不能重新走路都是個問題。幸好她爹的腿骨只是被壓斷了，兩、三個月後就能重新走路了。

鐘玲催著她回屋休息。房間是之前羅志綺住的，但裡面的一應被褥都清洗過了。簡秋栩進來的時候，十五歲的姊姊簡方榆已經俐落地幫她把床和被子鋪好了。「小妹先休息，等晚飯做好了，我再來叫妳。」

「謝謝……姊姊。」

簡方榆是個俐落的姑娘，皮膚有些黝黑，但五官跟她也有五、六分相似，也是個漂亮的小姑娘。讓她躺下後，簡方榆就趕去廚房幫忙了。

屋裡沒了人，簡秋栩打量起房間。土牆夯得很平，地面的泥土也很實，很乾淨，浮塵很少，角落裡也沒有坑坑洞洞，看來家裡人把房子維護得很好。這種泥土茅草房最受老鼠和蜈蚣喜歡，如果維護不好，房屋內多的是各種老鼠、蟲子的洞。

房間擺設很簡單，一床一桌一櫃。她觀察過其他房間，也是這樣簡陋，除了家具，家裡並沒有什麼值錢的東西。簡秋栩想，家裡的條件比她想得要差，她得盡快把借的那四十兩銀子還給家人，她爹的後續治療還需要花錢。

院外，奶奶金吉吩咐大堂哥他們弄一張新床，打算放在簡秋栩的房間給蘇麗娘母女用。家裡屋少，只能先這樣擠一擠。

簡家男丁除了小孩和簡方樺都會做木工，大堂哥他們很快就弄好了一張新床，放在外面，打算等簡秋栩休息好就搬進她的房間。

簡樂親拿著一個舊木盆，抓了幾把做木工時刨下的木屑，把覃小芮懷裡的小奶狗放了進去。小奶狗進了木盆就不動了，還往木屑裡鑽。簡家的五個小孩被小狗吸引了注意，全蹲在木盆旁看著那隻小奶狗，不時用手指戳戳牠的腦袋，咬耳朵低語。

覃小芮怕小狗突然抓傷小孩，站著一旁看著。然而小奶狗也不膽怯，鑽到木屑中繼續呼呼大睡。

鐘玲從屋裡出來，指使簡方樺去抓隻雞，轉身到屋後的地裡扒開雪，摘了兩顆菘菜。

簡方樺的妻子羅葵看到簡方樺抓到了雞，趕緊進廚房煮水拔雞毛。

「秋栩睡了？」見簡方榆正在洗米，羅葵便試探問道：「方榆，妳覺得她和方檸比如何？」

羅葵嫁入簡家三年多，雖然簡家沒有什麼錢，但家庭和睦，公婆人好，她過得還是比較舒心，唯一有些糟心的就是叫簡方檸的小姑。

她也不知道自己哪裡惹到簡方檸了，每次簡方檸見到她都不給她好臉色，她嫁入簡家這麼多年，簡方檸都沒開口叫過她嫂子。這幾年來，兩人在家裡遇上就當不認識一樣。還有她最煩簡方檸的就是，她動不動就找簡方樺要錢，每次都是十幾二十文的要，而且要過去的錢都一個人藏起來，從來不給家裡花半分。

簡方樺在京都泰豐樓當跑堂的，一個月能拿三百文錢，簡方檸剛開始要時，他還會給，後來她越要越多，簡方樺就不給了。簡方檸覺得是她不讓簡方樺給錢，更是對她沒有好臉色，還跑到鐘玲和金吉面前說她的壞話。幸好鐘玲和金吉知道簡方檸的為人，並不當一回事。

這樣就算了，簡方檸自簡方樺不給她錢後，總是趁家裡人不在時往她房間裡跑，看到房裡有什麼就拿到自己房間去，即使家裡人說她了，她也照拿不誤。若罵得狠了，簡方檸就在地上撒潑打滾說家裡人不疼她，公婆他們根本就拿她沒辦法。

羅葵一肚子氣，可作為媳婦，即使對簡方檸不滿，她也只能忍著。一個月前簡方檸離開，她心裡是高興的，現在簡秋栩回來了，便擔心家裡又多了一個簡方檸。

「小妹很乖巧。」簡方榆把米倒進鍋中，看了她一眼。「嫂子，放心吧，小妹不是簡方檸。」

雖然只是短短接觸了一番，簡方榆還是感覺得出親妹根本就不是簡方檸那樣的人。

「希望吧。」羅葵當然希望簡秋栩是個好相處的，至於能不能幫家裡幹活，她就不指望了。她這個小姑白白嫩嫩的，一看就是沒幹過活的人。

羅葵探頭往外看了一眼幫著婆婆摘菜的蘇麗娘。小姑不會幹活，她帶回來的奶娘和丫鬟倒能幹活，以後說不定自己的活也能少幹點。

只是家裡又多了兩張嘴，不，三張嘴，還有那隻小狗……羅葵算了下，這樣一個月，家裡又要多支出一筆錢，她有點頭疼。心想，她家男人在她小姑要帶人回來的時候，怎麼不攔一下？

第七章

簡秋栩雖然不累，但畢竟是受傷的人，氣有些虛，在床上躺了一會兒，便睡著了。

簡母擔心家裡的被子對簡秋栩來說不暖和，從櫃子裡搬出一套新棉被。這套新棉被是當出準備給簡方榆的嫁妝，現在小女兒帶著奶娘回來了，這棉被也只能先拿出來用了。

簡母把被子蓋在簡秋栩身上，站在床頭定定地看了一會兒，想起了簡方櫸，心情有些複雜。雖然簡方櫸做出了那麼讓人寒心的事，但畢竟是她養了十四年的女兒，心裡對她還是有感情的。不過她也知道有些東西該斷就斷了，簡方櫸現在是廣安伯府的小姐了，跟他們簡家沒有任何關係，床上的簡秋栩才是她的親生女兒。

從她什麼都沒帶回來就看得出來，這個女兒是個乾脆的人，並不希望家裡和廣安伯府以後有什麼聯繫。

簡母幫簡秋栩蓋好被子，轉身進了廚房。

羅葵和簡方榆都是手腳索利的人，加上大伯母和兩個大堂嫂的幫忙，很快就做好了飯菜。簡家人多，兩個大圓桌才能坐得下。大伯和大堂哥回家裡把大圓桌和凳子都搬了過來，大堂嫂和二堂嫂也回去把碗筷和勺子拿過來。

簡秋栩被叫起來的時候，嫂子羅葵和大堂嫂余星光已經把兩桌飯菜分好了。兩桌各一盤雞肉燉冬筍，一大盆雞湯白菜粉絲，一盤白蘿蔔炒豬油渣，一盤韭菜炒雞蛋以及一碟小蔥炒臘肉，飯是一大盆的糙米飯。在農家，油水這麼足的飯菜，可是相當豐盛了。

男女分桌，但因為今天是為了歡迎簡秋栩回家，所以奶奶拉著她坐到了主桌位置，而簡家的男人們坐到了外側的那一張圓桌。

農村人家沒有什麼食不言的規矩，飯桌上熱熱鬧鬧的。簡母給簡秋栩舀了一碗雞湯白菜，還把那隻特意留下的雞腿給她，讓她多吃點，而後端著準備好的飯菜去了簡明忠的房間。

碗裡的雞腿油亮亮的，幾個小孩的目光瞬間盯了過來，一副饞嘴的模樣。農家人一年到頭沒幾天能吃到肉，今天殺的一隻雞只夠簡家人一人一塊，那還是大堂嫂把雞切得很小塊才夠的。一小塊的雞肉能吃出什麼來？也就只能沾沾肉味，幾個小孩沾了肉味，可不是更饞了。

簡秋栩拿起雞腿，把雞腿上的肉都撕了下來，在他們眼巴巴的眼神下，一人給他們小碗裡分了一點雞腿肉，只留下雞腿骨頭。

大堂嫂她們見簡秋栩將雞腿肉都分給了家裡的小孩，都欣喜地對視一眼。這個小姑，不是個喜歡吃獨食的人。

二堂嫂林曉佳高興地站起來給簡秋栩挾菜。「妹子，多吃點，妳大堂嫂做飯很好吃。」

「謝謝嫂子。」簡秋栩朝她靦覥地笑了笑，拿起筷子吃起飯，心裡卻在想著，得趕緊賺點錢，給家裡多買點肉。家裡的幾個小孩長期缺肉，長得都瘦瘦小小的，得多吃點肉。

簡秋栩挾起蘿蔔，吃下去才發現大堂嫂的廚藝確實好，蘿蔔清脆可口，全部吸入豬油渣的油香味，吃了一塊還想吃第二塊。

不過她忍住了，挾了兩、三塊便不吃了。桌上油水最足的就是這道豬油渣炒蘿蔔，還是讓大嫂和堂嫂多吃點，才有力氣幹活。

簡秋栩喝了半碗湯，飯也只吃了半碗。她把剩下的雞湯白菜和糙米飯混到了一起，看大家都吃得差不多了，才拿著混好的湯飯下了飯桌，找了一個破舊的木碗把湯飯倒了進去。

小奶狗被爺爺放在廚房外面的牆邊，那邊靠著灶臺，比較暖和。簡秋栩端著湯飯過去的時候，牠顯然餓壞了，一下子從木屑盆裡跳了出來。

簡秋栩把碗放下去，牠大口不帶歇地迅速吃了起來。「小傢伙胃口挺好啊。給你取個名字，以後你就叫簡sir吧！簡sir你要聽話，乖乖吃飯，乖乖長大，要努力訓練，成為一隻威武帥氣的警犬知道嗎？這樣才能對得起簡sir這個名字。」

年幼的簡sir根本聽不懂她在說什麼，吃飽後心滿意足地開始朝她搖尾巴，簡秋栩拍了一下牠的小腦袋，回了房間。

吃完飯，天已經黑了，蘇麗娘端著一碗藥過來。簡秋栩驚訝。「奶娘，怎麼有藥？」

她們離開伯府的時候，蘇麗娘明明什麼都沒帶的，她還以為自己的藥要斷了。想著可能要麻煩大哥幫她買些藥，沒想到奶娘竟然有藥。

「藥一直在衣服裡，我沒有拿出來。」蘇麗娘從衣服一側拿出一小盒藥膏。「姑娘，喝完藥我給妳換藥。」

原來她一直把所有的東西都帶在身上，難怪簡秋栩覺得她的衣服比別人臃腫。

這麼多年來，蘇麗娘和覃小芮一直對她很好，現在她們的賣身契在自己身上，簡秋栩想，等她有錢了，便把賣身契還給她們，讓她們自己選擇要離開還是留下。如果她們要離開，自己便給她們一筆錢，讓她們生活無憂。

現在還不是時候，因為她沒錢，而且還欠著錢。

簡秋栩換好藥，發現外面的桌子碗筷都已經收拾好了。大堂哥他們把做好的床搬進了她房間，而後都回了自己家。

簡秋栩讓覃小芮把從伯府帶回來的木碗套組拿去正屋大堂，轉身去找簡方樺。

「哥，你出來一下。」簡秋栩睡醒後，語言能力便恢復不少，現在說話沒有那種被卡住的感覺了。她敲了敲簡方樺的房門，把他喊出來。

「小妹怎麼了？」簡方樺以為她可能有什麼不適應，匆匆走了出來。

「哥，你知道哪裡賣碗筷嗎？」簡方樺在京城泰豐樓當跑堂的，應該對京城比較熟悉。他明天就回去上工了，她想讓他幫忙把自己帶回來的木套碗組賣了，把錢還給他和大伯。

「小妹要買碗筷？」簡方樺疑惑地問道：「不用買，明天可以讓爺爺給妳做。」

此時，大嫂羅葵在房間整理著櫃子裡的東西，聽到簡秋栩要買東西，不由得抿了抿嘴。

這小姑不會也想著讓她家的給她買東西吧？別走了一個又來了一個。

「不是。」簡秋栩搖頭。「哥，我是要讓你幫我賣。你知道，我帶回來一套木碗。哥你熟悉京城，所以我想請你幫我拿到城裡賣掉。」

聽到這兒，羅葵才鬆了一口氣。不是要買東西就好，她公爹傷了腿花了不少錢，借的錢都不知道什麼時候才能還上，她現在最怕花錢了。

「我知道賣碗筷的地方，可是小妹，木碗賣不了幾個錢。」簡方樺先跟她說，怕到時候木碗賣不出去，打擊小妹賺錢的心。

「我知道普通木碗便宜，但我這個肯定不便宜。哥，你先過來看看。」簡秋栩讓他跟自己去正堂。簡方樺見她這麼有信心，也是很好奇，跟著她出去。

羅葵關上櫃門，吹滅房間裡的燈，也匆匆跟了出去。

正堂裡，覃小芮已經把包裹放到正中央的八仙桌上，桌上點著一盞暗黃的桐油燈。

簡秋栩把包裹打開，把碗一個個拿出來擺在八仙桌上，把桐油燈拿了過來，讓燈光能夠照到木碗上。「哥，你看。」

簡方樺湊過頭，眼睛一亮。

之前在伯府，他以為妹妹要帶走的只是普通的木碗，現在一看，才發現這些木碗一點都不普通。他長這麼大，還沒有見過這麼好看的木碗。「小妹，妳怎麼做出這樣的木碗？這些木碗看上去好像畫，好有詩意，對，有詩意！」

簡方樺說著，忍不住拿起一只中間赤紅形似砂地、邊緣青綠的碗。這碗看起來真的就像一幅畫。

「我只是按著紋路鑿出來，是這根木頭奇特。」簡秋栩撿到的酸棗木並不是普通的酸棗木。這半棵酸棗木被沖下來之前，不知道經過了什麼，木頭逐層色變，年輪中心顏色更是色彩斑斕，顏色形狀不一，形成了各式各樣的圖案，每鋸一段都會得到不同的圖案。

簡秋栩依照年輪中心的色澤和形狀，鑿出了十只碗。中間赤紅形似砂地，邊緣青綠的砂地碗；中間形似兩瓣紅色楓葉，其餘白褐色的楓葉碗；渾身藍色，中間點綴著白，彷彿梅花的藍梅花碗……每一只碗都如油墨畫，色彩豐富，自帶詩意。除此之外，還有根據形狀做出的魚形湯盤，裡面裝水，魚彷彿在游動，以及自帶裝盤功能的月兔平盤等。

這一套木碗套組一共三十件，木碗十只，調羹十把，無把杯四個，湯盤兩只，平盤兩只。她用簡陋的鉋子、鉋刀、鑿子和鋸子，花了整整四年才完成的。

想到這個，簡秋栩不由得誇一下自己，都變成傻子了，竟然還不忘做木工，看來自己對木工果真是愛到骨子裡了。也幸好自己癡傻的時候也不忘做木工，才撿到這麼半根奇特的酸棗木。這些碗至少能賣一些錢，這也是簡秋栩要把它們帶回來的原因。

她如果只是一個人回家，沒給家裡半分錢就吃家裡的飯，無所謂，因為她是簡家的女兒。但如今她帶回了蘇麗娘和覃小芮，家裡白白多了兩口人，而她們又和簡家沒關係，時間久了自然就有矛盾。既然是她把人帶回來的，就得對她們負責。等賺了錢，她就給家裡生活費，只要生活費給得夠，她相信家裡人就不會有什麼意見。

「真漂亮，這個肯定值錢。」為了看清楚一點，羅葵跑回房間把桐油燈拿了出來，越看越喜歡，她沒想到這個親小姑還會做這些。她看了簡秋栩一眼，不是說她以前是癡兒嗎？難道有人天生就能做木工？不過不管是不是天生的，只要能幫家裡賺錢，那就是好的。

「小妹放心，哥肯定幫妳賣出去。」知道了這些木碗值錢，簡方樺很小心地把它們重新放回包裹中，打好結，而後抱到了身上。「哥明天就去城裡，等著哥的好消息吧！」

「謝謝哥。」簡秋栩朝簡方樺一笑。她挺喜歡她哥的性格，爽朗樂觀。「哥，木碗賣掉後，你能去幫我買些紙嗎？不用多好，能畫畫就行。」

她要做一個東西，那個東西比較麻煩，結構比較複雜，需要先把設計圖畫下來。

「行，哥幫妳買。」簡方樺答應道，心裡在想，他妹妹從哪裡學會做木工又學會畫畫的？可能他妹妹比較聰明，不學自會。

木碗套組交給了簡方樺，簡秋栩讓覃小芮舉著桐油燈，兩人去看她爹簡明忠。跟她爹聊了一會兒，簡秋栩才回了房。原本她想去跟簡方榆和弟弟簡方樟溝通溝通感情，沒想到他們為了省燈油，都睡了。

談天不成，簡秋栩只能去找簡sir交流感情。簡sir給她奶聲奶氣地汪了幾聲，她便滿足了。

月亮才剛剛爬上半山腰，晚上八點都不到，不過入鄉隨俗，她也回了房，讓覃小芮吹了燈睡覺。

簡母看簡秋栩進了房間，才關了門，而後坐到簡明忠身邊，低聲說道：「秋栩是個會關心人的姑娘，性子也好，和方檸不一樣。」

方檸小氣愛鬧，嫉恨心強，自私自利，這些年來她一心想要把方檸的性格糾正過來，一直不得法。而秋栩完全沒有方檸的性子，人比較大氣懂理，善解人意。這一比較，孰好孰壞，顯而易見。

簡明忠點了點頭，表示贊同，轉而提醒簡母。「雖然秋栩性子好，但妳記住以後不要在她面前提起方檸，方檸現在和我們沒有關係了，秋栩才是我們的女兒。」

簡母張了張嘴，最後點頭。

第八章

簡秋栩第二天醒來時已經是卯時，從大嫂口中得知，簡方樺寅時一刻便出了門。她大嫂早早做好了早飯，一鍋糙米粥，一盤清炒菘菜和一小碟鹹菜乾。清炒菘菜是真的清炒，看不到一絲油水。

覃小芮見她醒來，去廚房準備了些熱水給她漱洗。

簡秋栩漱洗完，趁著早飯還熱，喝了半碗粥，剩下的半碗粥挾了些菘菜混在一起倒給了簡sir。

昨晚下了小雪，院外白茫茫的。奶奶金吉正拿著大掃把掃雪，蘇麗娘和覃小芮幫著她把雪掃到一邊。

吃飽喝足的簡sir經過一天的相處，膽子大了起來，蹦蹦跳跳地追著掃帚的蹤跡，屁股一撅，撲騰起不少雪。

簡秋栩走過去把牠揪了過來，讓牠和姪子們玩耍。

大堂哥在壘木材，蹲在他面前玩木塊的五歲兒子簡和鑫看到簡和淼和簡sir玩，拉著妹妹簡和溪跑了過來。蹦跳的簡sir瞬間就被三個小孩淹沒，開始你追我趕。

簡秋栩看到家裡人都忙活起來，覺得自己有些無所事事。

爺爺和大伯也出來了，拎著鋸子、斧頭，走向了院子中間的那棵大木材。

只需一眼，簡秋栩認出院子中的那棵木材是紅松。紅松是軟木，不需雕飾，紋理清晰，線條細膩帶有松香味，非常適合做家具。而這棵紅松木材已經經過脫脂烘乾處理，她爺爺和大伯拿著工具過來，肯定是做工了。

簡家木匠技藝是一代代傳承下來的，如今大堂哥簡方櫸也跟著爺爺學。

原本二堂哥簡方松和她哥簡方樺也是跟著爺爺學木工的，後來兩個人都跑了。二堂哥覺得做木工賺不到錢，跑去縣裡跟著一個鐵匠當學徒去了。簡方樺則是個跳脫的性子，沒耐心對著一根木頭刨來刨去，他還是比較喜歡對著人張嘴，不知怎麼的，就找到了泰豐樓跑堂的工作。

簡秋栩看到他們要開工，感興趣地走了過去。「爺爺，大伯。」

「妳怎麼過來了？風大，趕緊回屋去，別吹到傷口。」簡樂親看到她頂著傷過來，趕緊催她回房。

「沒事的爺爺，紗布纏得厚，吹不到傷口的。爺爺，你和大伯是要做家具嗎？」回房間也不過是無所事事，簡秋栩不想回去。

「沒有，這木材原本是要做家具的，現在別人不要了，我和妳大伯打算把這木頭鋸斷，放起來，等明年有人做家具再用。」她爺爺用手指量了一下長度，在木材上畫了幾道線。

之前隔壁村嫁女，來找簡家做衣櫃和床。後來簡明忠砍樹被壓了腿，那家人覺得不吉利，便不要簡家人做家具了，找了別家，所以這個木材也就用不上了。

「爺爺，我們家平常不做家具賣嗎？」簡秋栩問道，對於大晉，她還是陌生的。所以想盡可能地從更多人口中了解這個朝代百姓的生活習慣和習俗，也想從中找到賺錢的門路。

「平時哪有人買？」她大伯用鋸子照著爺爺畫的線開始鋸木。「這些家具都是大件，平常村裡沒人捨得花錢買的。」

簡家沒有幾畝地，平時都是靠著給人做家具賺點家用錢。但農村，一年到頭也就婚假、喬遷的時候要做大件家具，要做家具的也就三、五戶，因此簡家一年到頭也沒有什麼餘錢。

「大件沒人買，小件呢？」簡秋栩想，平常百姓人家總會要買一些其他的家具或木製品吧？「村裡沒人買，縣裡或城裡應該有人買。」

縣裡或城裡流動人口大，根據喜好換家具的人應該不少吧？只要做的家具實用好看，有錢的人不一定要等到有喜事才會換家具。

「縣裡和城裡確實有人買，但我們做的家具，他們不喜歡。」大伯換了另一邊繼續鋸。「家具太大件，我們也不好搬到縣裡和城裡賣。」

所以說，是他們家做的家具款式太老套了，城裡人不喜歡？

「爺爺，大伯，那我們為什麼不做一些小件呢？我哥在城裡做工，可以讓他帶一些小件去城裡，然後找個店寄賣？」簡秋栩覺得，花點時間做點其他小型輕巧的家具放在別人店裡寄賣，也許十天半個月還能賣出一件，這樣也總比把木頭放著，等人上門好吧，雖然放在別人店裡寄賣要給別人分成，但至少也能賺些小錢。

「我和妳爺爺他們就只會做大件，小件也只會做桌椅，桌椅拿去賣也賺不到錢，所以我們就不做了。」大伯有些無奈地說道，也因為這個，他家二小子才跑去跟鐵匠學打鐵去了。鐵匠也辛苦，但人家賺得比他們多。

簡秋栩意識到問題在哪裡了，是技藝傳承和創新的問題。她太爺爺只會做衣櫃和床這種大件，所以爺爺和大伯也只學了衣櫃和床的做法，其他別的東西的做法他們都沒有學到，所以就不會做了。

這個朝代，這些技藝都必須要找師傅學的，不像前世，在網上有一堆資料，只要你想學就能學得到。

簡家一家靠給人做家具維生，但這技藝也太單調了，難怪賺不到錢。簡秋栩腦海裡有成千上百種的木製品做法，她想了想。「爺爺，大伯，我知道將軍案的做法，你們說我們能不能做將軍案去賣？」

將軍案即魯班桌，是用一整塊木頭，不用任何固定，做出一張桌子。桌子可用來當書案，也可以用來當茶几，因為可以摺疊，非常輕巧方便。

郭赤縣就在京郊，讀書人多，有馬車、牛車的人也多，出行的時候在車上放一張輕巧的將軍案當桌子，應該會有人買的。

「將軍案？小妹妳真的有將軍案的做法？」在一旁壘木材的大堂哥聽到了，驚訝地問道。他木材也不壘了，走了過來。爺爺和大伯也有些驚訝地看著她。

簡秋栩點頭。「我在伯府見過，所以知道怎麼做。大堂哥，你要做嗎？」

「做，怎麼不做！」簡方櫸一直以來都覺得自家的木工工藝太單調了，賺不了幾個錢，現在家裡人多，這樣下去不行。他心中想著找個師傅學習，但又找不到機會，現在聽到簡秋栩說有做其他家具的方法，當下高興又著急。「小妹，快教教妳大堂哥。」

爺爺和大伯也放下了工具，顯然他們也想學。

這樣就好，簡秋栩就怕他們守舊，不肯學習新事物。

「大哥，我現在就告訴你做法。不過我需要一塊一尺長，一寸厚，十八鑿子寬的木板。」將軍案做之前要先畫線，對木板的厚度和長度是有要求的，比例不對，做出來的將軍案根本就不能摺疊。

做出的將軍案比較好看的是厚度和長度一比十的比例，木板的寬度以鑿子的寬度而定，做將軍案一般做五道、七道或者九道。簡秋栩今天打算教他們做九道的，所以讓大堂哥鋸十八鑿子寬的木板。

「等著，大哥現在就給妳鋸一塊。」大堂哥摩拳擦掌，非常積極。

「不，大堂哥，鋸四塊，大伯和爺爺也一起。」將軍案只要把線畫好，接下來的刮刺鑿工作，爺爺和大伯應該能輕易應對，一下子教三個人是很簡單的。

「好咧！」大堂哥一個飛奔跑回房拿工具。

「做什麼呢？這麼急？」縫補衣服的大堂嫂見他拿著工具又跑出去喊了他一聲。

「小妹要教我和爺爺他們做將軍案。」大堂哥高興地回了一句，一下子就沒影了。

大堂嫂納悶，怎麼做東西還需要小堂妹教了？

工具一拿來，大堂哥和爺爺他們迅速用量尺和墨線定長寬，不一會兒就開始鋸了起來。木屑被大風吹飛，隱隱還帶著松脂的香味。

簡秋栩聽著鋸子鋸木頭的聲音，手有些癢，於是從地上撿了一些廢木條、木塊。

「小妹，妳撿這些做什麼？」大堂哥邊鋸木頭，邊關心地問道。

「我打算做個小屋。」

「做小屋？給誰住？」大堂哥不是很明白。「這麼小的屋子，誰能住得下？」

「給簡sir。簡sir就是我帶回來的那隻小狗。外面太冷了，我怕牠凍傷了。」家裡人不習慣讓狗睡房間，簡秋栩也不好把牠搬到房間來，所以打算給牠做個小屋子，裡面多鋪一些木屑，這樣牠在外面睡就不會被冷風吹到。「大堂哥，爺爺，以後你們要叫牠簡sir。」

簡秋栩想讓家裡人叫簡sir的名字，這樣漸漸就能培養家裡人和簡sir之間的感情。

「簡舍？這小狗有名字又要住屋子，這是富貴狗。」大堂哥開玩笑地笑了一聲，心裡想，他這個妹子也太有愛心了，一隻狗住什麼屋子，隨便找個避風的地方不一樣能睡？不過他也就想想，沒說。他這個妹子是在伯府長大的，可能不知道農村的狗都是隨便鑽個地方就睡的。

「做屋子可不簡單，爺爺晚點給妳做。」

「不用爺爺，我會做。」只是一個普通的狗屋，對她來說輕而易舉。簡秋栩打算先給簡sir做個小的避寒屋子。等有條件了，再給牠做個狗屋別墅，不僅有屋子，還有院子的那種。畢竟牠長大後體形不小，房子大一點，住得也舒適一些。

簡秋栩把木條、木塊固定好，去大堂哥拿過來的那些工具中找了鋸子、斧子和牽鑽，打算先把木條鋸成一樣的長度，而後打孔拼起來。

「小妹啊，鋸子鋒利，妳可別傷到手了。」大堂哥瞄了一眼小堂妹那雙白嫩的手，這雙手一看就是沒幹過木工活的，要是被割到了，那得多疼。

「放心吧大堂哥，傷不到。」簡秋栩左腳踩住木條，右手拿起鋸子，很快，木條便被鋸成了兩段。

大堂哥咦了一聲，這堂妹的動作看起來比他熟練多了。

大伯誇道：「秋栩這動作索利，果然是我們簡家人，有天賦！」

爺爺也跟著誇讚。「確實，妳大堂哥剛開始學的時候，鋸子都不會用，妳比大堂哥有天賦。」

大堂哥摸摸鼻子，努力鋸著自己的木頭。

簡秋栩心想，她都做了二十幾年的木工了，這只是熟能生巧而已。但她不好解釋，只好靦覥地笑笑。

刨木聲交響，狗屋的底座剛做好，大堂哥和爺爺他們就刨好了四塊木板。

「妹妹，下面怎麼做？」大堂哥不覺得累，興致勃勃地想要知道下一個步驟。

「下面開始畫線。」簡秋栩把狗屋放到一邊，從工具箱中找出方角尺和墨斗。「做將軍案主要的步驟是畫線。現在我們把這個木板分為九道，取中間三分之一的地方，畫下鑿的線，剃一個，留一個。將軍案有面和底，面上剃掉的是三分之一厚度，底部剃掉三分之二的厚度，剃的背面和正面是交錯的。正面剃邊的時候，背面就錯過一格；剃完以後，用鋸子把中間一道開開，開開以後從頂上三分之一的線刺開到尖角，刺開以後就能打開了。現在我先教你們把面和底的線先畫出來，面和底的做好後再畫下一個步驟。」

簡秋栩用方角尺和墨鬥把面前的木板正面和底部等量劃分為九道，而後把側面劃分為三道，把要鑿的地方都標注出來。「好了，第一步就是這樣畫。爺爺，大伯，大堂哥，你們先按著我這個方法畫，畫完就可以開鑿了。」

線畫好了，接下來的步驟就簡單了。

爺爺和大伯他們畢竟是做了多年木工，看了她的畫線方法後，很快就照著她的方式也畫好了線。

簡秋栩讓他們開始鑿，她並沒有鑿手裡的這塊木板，因為鑿一個豁子需要一刻鐘左右的時間，並不是一時半刻就能做出來的。而且做好的面和底，接下來腿子和翹頭的畫線很簡單，告訴他們就知道怎麼畫了。

大堂哥他們開始鑿豁子，簡秋栩鋸起自己的木條，打算先把狗屋做好。看這天氣，肯定還會再冷下去，她可不能讓簡sir給凍傷了。

鑿木聲在院子裡此起彼伏，簡sir突然朝著院子外汪汪叫了起來，把兩個挎著籃子的婦人嚇得往後退了幾步。

第九章

「娘，大嫂，妳們怎麼來了？」簡母鐘玲在廚房裡聽到熟悉聲音，走出來一看，果然是她老娘和嫂子。

「哎喲，妳家什麼時候養狗了？還挺凶的。」簡秋栩的外婆瞅了一眼奶聲奶氣的小狗，有些好笑。她們兩個竟然被這麼一個小東西給嚇到了。

「剛養的。」簡母笑道：「沒見過妳們才凶的，平時不凶。」

簡秋栩看到是外婆和舅媽來了，放下手中的木條，整了下衣服走過去。

「太姥姥！太姥姥！」三歲的簡和淼認識太姥姥，知道太姥姥來了就有好吃的，邁著小短腿飛撲了過去。大堂哥家的兒子簡和鑫和女兒簡和溪也跟著叫。

簡秋栩的外婆把籃子遞給簡母，伸手一個一個地抱一會兒，然後從口袋裡拿出三塊糖，塞到他們的小嘴裡。

三個小人喜孜孜地含著，依舊像三條小尾巴墜在身邊。簡秋栩的外婆一個個地點了腦門，而後看向走近的簡秋栩。

外婆是個瘦高的婦人，姓李，今年五十五歲，長得和簡母有七、八分相像。因為常年在外幹活，臉色有著莊稼人都有的黑紅，顴骨四周還長著不少斑，但她眼睛明亮，人看起來很精神。

「外婆好，舅媽好。」簡秋栩朝她們笑著打招呼。

「好，好。」外婆點了點頭，拉著她的手端詳了一番，跟她說了幾句話後，放開她的手，示意簡母跟自己進屋。

而舅媽接過籃子，也跟著大嫂羅葵進了廚房。

好吧，她們肯定都是打聽自己的情況去了。簡秋栩無所謂，走回去繼續做狗屋。

「娘，大冷天的，您和嫂子怎麼就來了？我還想著等天好一點再帶她去給妳們看看。」外面下著雪，天太冷了，所以簡母並沒有跟娘家人說簡秋栩接回來了，就是不想她們大冷天地過來。

「消息都傳開了，我坐不住，便帶著妳嫂子過來看看。」

簡母的娘家鐘莊村離萬祝村就十里地左右，昨天簡秋栩一回來，萬祝村就傳開了；鐘莊村有人在萬祝村做工，便把消息帶回去。現在鐘莊村的人都知道她女兒鐘玲養了十四年的女兒不是自己親生的，而是城裡廣安伯府的女兒；親女兒是個癡兒，昨天被換回來了。

李氏探頭往外看了看。「我看妳這個親生女兒不像癡兒，眼神挺清亮的，說話也有條有理。」

「前些日子磕到後腦，回來那一天就好了。」簡母有些慶幸。

「那真是祖宗保佑，她人怎麼樣？」李氏比較關心的是這個。

之前的簡方檸簡直是讓她頭大，女兒也操碎了心，簡方檸性子就是糾正不過來，後來還做出了丟下重傷的養父的事，讓李氏對她厭惡異常。李氏希望女兒過得好，可不希望家裡走了一個攪家精又回來一個。

「挺好的。」簡母細細地將簡秋栩回家後的表現告訴她，雖然相處不到兩天，但看她和爺爺、大伯、堂哥都能相處得好，便知道她是個好性子。

李氏聽了，才放心地點了點頭。「看來是個明理孝順的姑娘，這下不用妳操心了。」

「是啊。」簡母聲音裡有些感慨。

廚房裡，舅媽把籃子交給大嫂羅葵，看蘇麗娘和覃小芮走開了，才低聲問道：「那兩個是誰？」

「小姑帶回來的，她之前的奶娘和婢女。」

「還把奶娘和婢女帶回來？家裡不是又要多兩張嘴？」大舅媽忍不住聲音大了起來。「我聽說了，她是空手回來的，現在把人帶回來了，還不得你們養著？妳家裡人怎麼也不攔一下，家裡都吃不飽了，還帶兩張嘴回來，到時候日子怎麼過？」

「小姑以前是個癡兒，伯府的人對她不好，全靠她們照顧的。現在她離開了，伯府肯定不會好好待她們母女，小姑總不能把人丟下吧？」昨天晚上，簡方樺跟她說了這件事，她雖然也覺得家裡多了兩張嘴，但想想昨天晚上簡秋栩交給她男人拿去賣的碗，便覺得這個小姑應該是個有成算的。她把蘇麗娘母女帶回來，可能不需要簡家養著。

「那也不能把人帶回來啊，把賣身契還給她們，讓她們離開，這也算是報恩了吧？」

「她們也沒地方去。我問過了，她們老家都沒人了，而且身上也沒錢，天寒地凍的，讓她們住哪兒去？」蘇麗娘和覃小芮幫她幹活的時候，她乘機問的。「我們家也沒錢給她們離開，現在讓人離開，萬一人在外面凍傷了、生病了，小姑這就不是報恩了，會影響她的名聲的。」

舅媽想想也是，這年頭，名聲比命都重要。「那現在先不讓她們走，等開春了，妳跟妳婆婆好好說說，讓她們離開。」

她沒應答。這個事不能跟她婆婆提，一提，不就變成她容不下小姑了嗎？

舅媽沒聽到她應答，看了她一眼，知道她的小心思。「算了，這事妳也不好提。不說她們了，妳這個小姑怎麼樣？」

「還好，跟家裡人都處得來，性子比較和善，家裡小孩也喜歡跟她玩。」羅葵說著。

「如果一直都這樣那就好，不過她現在才回來兩天不到，不知道是不是藏著性子，得過段時間看看。」舅媽看了門外，廚房大門正好對著院子。簡秋栩身邊蹲著三個小孩，在看她搭房子。「她在搗鼓啥？」

「不知道，我沒問。」羅葵知道簡秋栩在給那隻小狗做房子，她怕說出來舅媽又惱，便沒有說實話。

舅媽看了幾下簡秋栩，把眼神收了回來。「妳這小姑真的什麼都沒帶回來？伯府家大業大，怎麼就讓她空著手離開？」

「真沒有，小姑連衣服都沒要，換洗衣服還是跟她姊拿的。我家的說要斷就斷乾淨，免得讓人說我們要跟伯府攀關係。」

「攀關係有什麼不好，那可是伯府，大官啊！怎麼說斷就斷了？方樺在京城當跑堂，有這關係不是對他更好？說不定還能靠這關係當上掌櫃。現在斷了，方樺得熬多少年才當得上掌櫃？」說到這個，舅媽一臉可惜。

「伯府對小姑不好，要這關係不是膈應？而且，簡方檸的性子妳又不是不知道，我們跟她如果還有關係，她還不知道怎麼折騰。」羅葵覺得斷了挺好的，不斷，到時候簡方檸不知道又要做出什麼來，她可不想對著她忍氣吞聲。

「折騰就折騰唄，怕她做什麼？」舅媽心中很是可惜，這一門關係怎麼說斷就斷了呢？跟伯府有關係是多少人求都求不來的呢！

冬天，天黑得快，李氏怕回去天黑了，沒多久就帶著舅媽離開了。

簡母把家裡剩下的最後一塊臘肉放進籃子裡讓她們帶著，李氏拿出來讓她收回去。

舅媽見了，癟了癟嘴。送外婆離開的簡秋栩看到了，心想，還是得盡快賺錢買肉，下次她舅媽來的時候，嘴巴肯定就是咧著了。

剛送走兩人，就遇到了匆匆跑回來的簡方樟。他喘著氣喊道：「爺爺，大伯，二叔公和方家那些人又打起來了！」

她弟嗓門特大，整個院子都迴盪著他的聲音。

爺爺、大伯和大堂哥立馬丟下手中的工具衝了出去，她奶奶和大伯母也跑了出去。

簡秋栩想也不想就跟了出去，被簡母拉了回來。「還有傷，別過去。那邊肯定亂糟糟的，到時候磕碰到就不好了。」

好吧，簡秋栩去不了，便示意了一下覃小芮，讓她跟上簡母，而後進了父親簡明忠的房間。

她弟那個「又」字說明二叔公和方家那些人起摩擦已經不止一次了，她剛回萬祝村，什麼情況都不知道，正好去問問。

簡明忠躺在床上，剛剛簡方樟的話他也聽到了，但他站不起來，只能暗自著急。簡秋栩進去的時候，他正朝門口張望。

「爹，小心些，別扯到了腿。」簡秋栩趕緊上前去幫他擺好腿。她爹焦急，下意識牽動靠床邊的左腿，都快掉下床了。

「妳爺爺、大伯過去了？」簡明忠問道。

「過去了，大堂哥他們也過去了。爹，二叔公是不是經常和方家人有摩擦，他們有什麼恩怨嗎？」簡秋栩乘機問道。

「不是二叔公與方家人有摩擦，是我們簡氏一族與方氏一族有摩擦。」簡明忠嘆了一聲，臉上有些愁容。

簡秋栩驚訝了一下。那二叔公這件事就不是小事，而是兩個家族之間的大事了，難怪家裡人都過去了。「爹，這其中有什麼淵源？」

「我們簡氏一族祖籍原本是在京城以南的興安府，前朝戰事不斷，簡氏為躲戰亂，舉族北遷。那時候，北上逃亡的家族很多，大晉建國後，便把我們這些族地已經被占領的家族和其他人少的村子合併為一個村子。我們簡氏劃分到萬祝村，朝廷把萬祝村靠山無主的地分給了我們。但這些無主之地以前是方氏一族耕作的，方氏一族認定這些地是他們的，認為我們簡氏和他們併村是搶了他們的地，所以多年來為了地，我們兩族摩擦不斷，常年有打架事件。」

「無主之地是誰耕作就屬於誰的嗎？」簡秋栩並不了解大晉的土地法，於是問道。

簡明忠搖頭。「不是，無主的地都是歸朝廷的。」

「那這地就不是方氏一族的啊，難道方氏一族不知道這條律法嗎？」

「知道，怎麼會不知道?!當年併村時，郭赤縣的縣官和里正當著全村人的面唸了律法的。」

簡秋栩疑惑了。「既然他們都知道這些無主的地都是歸朝廷的，怎麼就認定了這些無主之地是他們的？」

「當時方氏一族有個舉人，說是有辦法可以讓朝廷把那些無主的地劃分給他們。方氏一族湊了錢，讓那個舉人去找關係，那個舉人拿著錢離村不久，朝廷就把地劃分給我們簡氏了。後來那舉人回來說，他已經找好關係，原本地就要劃分給他們方氏，現在因為我們簡氏一族出現，地分不成了，那些錢也拿不回來了。方氏一族沒了錢又沒有地，所以認定是我們搶了他們的地。」簡明忠說著，有些無奈。

這些年來，他們簡氏一族和方氏一族不知道打了多少次架了，但簡氏一族人少，總是吃虧，所以他不能過去，心裡著急。

「爹，那個舉人是不是很快就離開萬祝村了？」簡秋栩挑眉。哪有這麼碰巧的事，十有八九是那個舉人貪墨了那筆錢，把鍋扣到了他們簡氏身上。

「是啊，他說愧對族人，第二天就帶著妻女離開了。不過我們都猜是他拿走了方氏一族的錢，不過方氏一族的人不信，認定是我們搶了他們的地。」

簡秋栩不覺得方氏一族的人猜不到錢是被那個舉人拿走的，或許他們也去找過那個舉人，知道上當受騙了。不過找不回錢又得不到地，便把怨氣撒到他們簡氏頭上，認為是他們害的，自欺欺人罷了。

「爹，你別擔心，二叔公他們不會有事的。」簡秋栩看不到現場，知道爹焦慮，只能安慰。

不過她不去現場，也能想像得出兩個家族打架的場面。她以前跟爺爺在農村生活，小時候，自己村子和隔壁村常常因為水溝裡的水打群架。兩個村的壯丁拿著扁擔、鋤頭互毆，場面慘不忍睹。每次打架都會有人受重傷，甚至還死了幾個人。

想到這些，簡秋栩也有些擔憂起來，讓蘇麗娘幫大嫂看著孩子，請大嫂出去看看情況，希望爺爺和大伯、大堂哥他們沒事。

簡秋栩在門口探了好幾回，直到天快黑了，才看到他們的身影。

「爺爺，娘，大伯，沒事吧？」簡秋栩一個快步走了過去，看到他們都沒事才放下心。不過大堂哥額頭被砸到了，烏青一塊，還起了包。「大堂哥，你沒事吧？」

眾人臉色都不好，隱隱都帶著憤怒。

「沒事，只是被扁擔打了一下。」大堂哥對頭上的傷不在意，悶悶地跟在眾人身後走了回去。

簡秋栩見大家都一肚子氣，也不好開口問，打算待會兒問小芮。

不過一回到院子，大堂哥就忍不住了，憤怒地說：「爺爺，方氏一族實在是欺人太甚！自方安平當了村長，他們方氏一族就更加肆無忌憚了，方安平每一次都光明正大地偏袒方氏，打壓欺負我們簡氏的人，他根本就沒資格當萬祝村的村長！」

「再這樣下去，我們簡氏一族難呀！」大伯在一旁嘆了口氣。

「他沒資格當村長，我們又能怎麼樣？方平安是村裡推薦的，里正簽署的，我們能拿他怎麼辦？把他趕下去，下一個被推薦上去的還不是方氏一族的人？」簡樂親說出了事實。

方氏一族人多，在推薦上占了大頭，他們簡氏根本就不可能當上村長，這是簡家人都明白的事情。因為明白這件事，簡家人臉色更差了。

簡樂親擺擺手。「好了，天黑了，不說了，都回去吧。」

院子裡的眾人憤怒又無奈地散了。

第十章

簡秋栩見大家各自離開，把覃小芮招了過來。覃小芮已經憋了好久了，跟倒豆子一樣把事情倒了出來。

二叔公家與方園一家只隔了一尺寬的小路，兩家都沒有圍牆，做什麼事，雙方都能摸個七、八分。

今天，二叔公的兒子簡明仁上山抓了隻山雞，剛殺了燉好，方園一家就跑過來說自己家丟了雞，肯定是二叔公家偷了，鍋裡燉的那隻雞就是他們家的。

二叔公罵他們不要臉，雙方吵了起來。吵架中，方園的小兒子方海唸叨著雞肉往廚房跑，被簡明仁的兒子擋了一下，摔到地上。

方海摔倒後在地上打滾著嚎啕大哭，方園一家大喊著二叔公偷雞又打人，朝二叔公打了過去。

二叔公一家怎麼能忍，也動起手來。嚎啕大哭的方海見大人打架，爬起來就去喊人，沒一會兒，方氏一族的人就來了二十幾人，個個拿著長棍。簡明仁見勢不對，也讓兒子去喊人。

於是因為一隻雞，原本就有仇的兩族人又開始互毆。

雙方打了很久，村長方安平才出現。一出現查都不查，就認定了二叔家的雞是方園家的，勸二叔公家把雞還給方園一家。

二叔公憤怒，當著他的面把那一瓦罐的雞肉倒進了臭水溝裡。

「姑娘，好大一瓦罐的雞肉呢！」覃小芮憤怒又惋惜地說著。

這方安平以權謀私，光明正大地用村長職務欺壓簡氏一族，難怪方氏越來越囂張。有這樣私心重的村長，也難怪大伯說他們簡氏會越來越難。

如今這種情況想要改變，並不容易，畢竟簡氏在人數上被方氏壓著。

因為二叔公的事，家裡人興致都不高，飯桌上有些沈悶。

簡秋栩也想著二叔公的事，不過她想的卻是二叔公的那隻雞。

二叔公家的那隻雞是在山上抓的，說明山上有野物，她也想上山去看看，捉不到雞，抓鳥也行啊。還有一點，她想看山上有什麼木材，得趕緊賺點錢。

沒有油水，簡秋栩覺得自己都沒力氣了。還有爹現在受傷了，更是需要補充蛋白質的時候，得吃肉。

簡秋栩想著事，吃得慢了起來，等她抬起頭時，她姪子已經滿足地抱著碗舔了。沒肉都能吃得這麼香，簡秋栩有些羨慕，因為她吃不下了。

她要吃肉，烤肉、燉肉、炒肉、煎肉……無奈之餘，只好把菘菜想像成肉吃了下去。

簡秋栩把剩下的飯菜倒給了簡sir，簡sir也是一隻要吃肉的狗狗。

「爹，娘。」簡秋栩看她娘進屋收拾她爹用飯的碗，於是跟了進去，幫她收拾碗筷。

「放著，娘收拾就好了。」簡母把她手中的筷子拿了過來，心中覺得這親生女兒真的是個懂事的閨女，每天都會來看一下她爹。

簡秋栩也不搶活，把筷子遞給了她，搬著張凳子坐到了她爹旁邊。「爹，山上的野雞那些多不多啊？」

她爹經常上山砍木，應該比較了解。

簡明忠搖了搖頭。「不多，不常見到。村裡人多，上山抓野味的人也多，我們這座山頭小，不夠抓。」

簡秋栩有些失望。看來想靠山吃頓肉的想法破滅了，不過她還是想去山上看看能不能發現些什麼。

「看到二叔公捉了雞，想吃肉了？」簡明忠看到閨女失望的臉，瞬間明白了，他想著親生女兒在伯府，應該能天天吃到肉，現在回來了，沒肉吃，肯定不習慣。「妳爺爺和大伯過兩天應該會上山一趟，看到時候能不能捉上一隻。」

「爺爺和大伯過兩天上山做什麼？」簡秋栩心中一喜。到時候她讓爺爺和大伯帶她一起去。

「過陣子天會更冷，妳爺爺和大伯上山多砍一些柴火、製點炭過冬，不然過陣子雪更大，砍柴就難了，沒有炭，冬日會很難過。」

這兩天，她房間裡已經放上了炭盆，幸好有這些炭，晚上睡覺才不會被冷醒。不過晚上燒炭，她總是有些不放心，囑咐家裡人睡覺前給窗戶留一道縫。

她爹說天還會更冷，簡秋栩想想廚房角落裡那兩、三籮筐黑炭，算了算，確實不夠用了。炭盆畢竟不蓄熱，要保證房間暖，一個晚上得燒兩、三盆。如果家裡睡的是前世北方那種土炕，估計就不需要用這麼多炭了。

不過現在應該還沒有土炕的出現，簡秋栩因為對土炕不感興趣，也沒有研究過它的結構，不好讓爺爺、大伯他們嘗試。幸好農家人都會自己製作炭，不然冬天真的難熬。唉，她想念前世的暖氣。

「小妹！」院外，簡方樺有些興奮地喊了她幾句，知道她在簡明忠這裡，直接過來了。

簡秋栩站起來。「哥，你怎麼今天回來了？賣出去了？」

簡方樺在京都泰豐樓做工，從家裡往返一趟需要三個時辰左右，往返一次要四文錢，如果每天都回家，一個月就要花費一百二十文的車錢。他一個月工錢才三百文，每天回家肯定是不划算的，所以平時都是住在泰豐樓提供的地方，每隔五天才回來一趟。

他今早揹著那些碗離開，晚上就回來，肯定是把那些碗賣掉了。

「對啊，賣出去了，我一進城就賣出去了！」簡方樺高興地答道。

「這麼快？」簡秋栩有些驚訝，還以為那些碗至少要花些日子才能賣出去，沒想到她哥一進城就賣掉了。

「對啊，我一進城就碰到個要買碗的人。我見他像個讀書人，應該識貨，所以把碗給他看。他看了以後，把所有的都買了，還給我留了地址，說以後有什麼好的東西都可以拿過去賣給他。」簡方樺見那個叫李九的白面書生很大方，便答應了。

這麼巧？簡秋栩覺得這事情太過巧合了吧？不過她想想自己也沒有什麼可被圖的，也不關心是不是真巧了，比較關心錢。「賣了多少錢？」

「看。」簡方樺從衣服裡掏出一個沈甸甸的錢袋子。「五十兩！沒想到這些碗這麼值錢，妹啊，如果妳能多做幾套就好了。」

「哥，木材難得，可遇而不可求。」看到錢，簡秋栩眼睛都笑瞇起來了。她不貪心，能撿到那一截木材已經很滿足了。這個賣價，她很滿意，看來那個人真的是識貨之人。

簡秋栩把錢袋子打開，從中拿出了十兩，剩下的那些還給簡方樺。「哥，剩下的錢還你和大伯的，你幫我把錢還給大伯。」

「放心，哥待會兒就去還給大伯。」簡方樺把錢袋重新放回了衣服裡，而後從衣服裡拿出了一沓紙。「小妹，這是掌櫃送給妳的。他聽說我要去給妳買紙，便讓我拿一些回來給妳。這可是大晉最好的紙，肯定能讓妳畫畫。」

「謝謝哥！哥，麻煩你替我謝謝你們掌櫃，你們掌櫃人真好。」簡秋栩接過紙看了看，發現這個紙有些發黃，質地有些硬，不過用來畫畫完全是可以的。

「哥替妳謝過掌櫃了。」簡方樺笑道。

簡秋栩從自己手中拿出一兩銀子，放到了簡方樺的手中。「哥，這一兩給你，跑腿費。」

這些碗多虧了她哥才賣得這麼快，自然要給些辛苦費。親兄妹還是要明算帳的，有來有往，感情才好。

簡方樺沒想到他妹子這麼大方，很是開心地接了過來。「謝謝妹妹，哥不客氣了。天晚了，我先去找大伯。」

「好。」簡秋栩見他出了門，從中拿出五兩銀子放到她娘的手中。「娘，這些錢妳拿著，給爹治腿。」

「這……這錢娘不要，妳好好收著，以後當嫁妝。」剛剛簡母和簡明忠聽到那些碗竟然賣了五十兩，兩人震驚得呆住了，一直看著兩兄妹也沒說話，心中都在想著，女兒這麼有本事，一回家就賺了五十兩。

簡秋栩跟家裡借錢買了蘇麗娘母女的賣身契，她是知道的，原以為這些錢閨女估計還不上，她都想著等開春了，出去找點活賺點錢，慢慢幫她把大伯的錢還上，家裡的錢還不上就不還了。沒想到才兩天，閨女不僅還了大伯和家裡的錢，還賺了十兩。

現在簡秋栩拿錢給她，她還有些反應不過來。

簡秋栩把錢推了過去。「嫁妝總有機會賺，爹的腿可不能等。娘，爹傷了腿肯定需要補補，補得不夠，腿好得慢，說不定還長不好。這些錢是女兒孝敬爹養傷的，娘就收著吧。」

簡母也知道要給簡父補補，但家裡條件太差，也買不起肉。現在聽簡秋栩這麼一說，錢就收下了。她握著手中的錢，心裡軟軟的，她這個親生女兒，真的好太多了。

簡秋栩看她娘收了錢，也不多待，回了自己的房間。

「姑娘回來了。」覃小芮和蘇麗娘在給她鋪床，看到她回來了，覃小芮去廚房給她端熱水漱洗。

「奶娘，這個錢給妳。」簡秋栩拿出二兩銀子遞給了蘇麗娘。

羅志綺回府後，簡秋栩吃飯和找大夫吃藥，花得都是蘇麗娘母女的月例。她知道她們母女身上已經沒有錢了，如今跟她回了簡家，身上沒錢，心中肯定會不安。簡秋栩把錢還給她，也是想讓她們心安一些。

「姑娘，這……」蘇麗娘有些驚訝。「姑娘，這錢從哪裡來的？」

「我哥把碗賣了，賣了五十兩呢。奶娘，我現在有錢了，這些錢妳先拿著，等以後我賺了錢，再給妳們發月例。」

「謝謝姑娘。」蘇麗娘接過錢，眼眶有些熱。這兩天來，她心裡是有著擔憂和不安的。簡家的條件比她想像得還要差，她和女兒這兩天都有些小心翼翼，飯都不敢多吃，就怕惹簡家人不快。現在，拿了錢，心裡安定多了，她家姑娘是好的。

簡秋栩稍稍漱洗一番就鑽進被窩裡了。還了錢，又給了她娘一點錢，她心裡輕鬆多了，雖然手上只剩下二兩銀子，但畢竟有錢了。不過她也知道，這點錢根本就做不了什麼，幸好自己還有點能力，錢肯定能繼續掙，所以明天先去買點肉吧。

簡秋栩不是個虧待自己的人，可以說是個懂得享受的人。以前該吃吃、該喝喝，過得很是瀟灑。不過前世，她一人吃飽全家不餓，現在多了家人，得悠著點。

另一邊的屋裡，簡方樺把那一兩銀子交給了羅葵。羅葵有些激動，小姑才回來一天，她家的就賺了一兩銀子。以後小姑若是真能做出更好的東西，不就能賺得更多？

「小妹若是多帶幾套碗回來就好了，賣幾套碗就抵你一年的工錢了。」

簡方樺聽了，心想他媳婦果然和他一樣心思。「小妹說就只有這麼一截木頭，做不了多的。我現在想想，賣得不划算，這碗這麼稀罕，說不定是大晉獨一份，等過段時日，說不定還能賣更高的價錢。」

越想，簡方樺越覺得自己急了些，下次若還有這樣的東西，絕不能第一時間就賣了。想要的人多了，自然能賣更好的價錢。

而此刻，大晉獨一份的碗正擺在武德帝的書案上。

「這些碗真的是那癡女做的？」廖戰是個武將，為人有些粗獷，不過他也看得出這些碗比家裡用的都精緻，就像畫。他心中納悶，一個癡兒怎麼能做出這樣好看的碗？

「確實。」一旁的林泰點頭。

「楊愛卿能看出什麼？」武德帝問道。

楊擎拿起一只碗端詳。「從這碗的構造來看，此女對木材的了解非常透澈，木工技藝掌握純熟。不過，臣不能從中看出她師承何人，機械弓弩是否是她做的，未知。」

武德帝敲了敲桌。「林泰調查過，此女從三歲起就開始玩木頭，並無師承。」

「有些人有天賦，無師承能做出木碗也是有可能的。」畢竟每一行都有天賦之人，無師自通做出些東西，楊擎只覺得此女在木工這一方面天賦極好。

「確實，但無師承卻會做將軍案，這就不是天賦了。」武德帝敲了敲桌面。「她背後必定是有人的。」

第十一章

晚上雨夾雪，到了早上，變成大雨，溫度降低了好幾度。簡秋栩打開大門，被裹著雨水的冷風一吹，狠狠地哆嗦了一番。

她趕緊跑到廚房角落看簡sir，看到牠活蹦亂跳地跟在她娘屁股後面，才放了心。

雨估計一時半刻停不下來，今天要去買肉的計劃破滅了。

簡秋栩看了看院子中搭的茅草棚，今天天太冷，爺爺、大伯和大堂哥還沒有出來，她便轉身回房。

因為下雨，之前還乾燥的泥土地面變得潮濕，多踩幾下，還有些黏膩，屋裡的泥地也有些濕潤。

簡秋栩瞬間覺得全身都有些濕答答、黏黏膩膩的，非常不舒服。這就是土夯茅草屋不好的地方，一下雨就顯得整個房間都髒。

現在是冬天，雨水還少，到了春夏，那房間肯定潮濕得更明顯。到時候，一腳一個泥腳印，想想她就覺得不爽。

賺錢賺錢，她要住大房子！

簡秋栩打算回廚房找兩根細木炭，削一削當炭筆用，把自己要做的東西結構圖先畫下來。走到廚房門口，卻看到簡方樟右手拿著細木棍在比比劃劃。

她探頭看了一眼，原來是在寫字，「學」、「時」兩個字寫得有模有樣的。簡秋栩驚訝了，她弟竟然識字。

別怪她驚訝，簡家除了灶臺上貼著灶神兩字，其他地方都找不出與字相關的東西了。

「小弟，你從哪裡認識的字？」簡秋栩也不進去了，停在一旁問他。

回來兩天，簡秋栩基本摸清了家裡人，除了這個弟弟，因為他有些神龍見首不見尾。她早上醒來時，他人已經不在家了，只有在晚飯時才看得到。所以回來兩、三天，她也就見了他匆匆來去的幾面。

「我跟方雲哥學的。」簡方樟沒抬頭，用棍子把字推平，又重新寫了起來，想想這個親姊應該不知道方雲哥是誰，便解釋道：「方雲哥是族長的大孫子，他現在在縣裡讀書。兩天前書院放假了，回來了。」

難怪她弟來去匆匆，原來是找人認字去了，她還以為他出去玩了，看來她這個弟弟是個好學的人。「那你跟方雲哥學了多少字？」

「我這三天學了二十個字！」簡方樟抬起了頭，語氣裡有些小驕傲。「我認的字最多呢，方元、方行他們才認了十個字。」

「哇，那你挺厲害的。這麼多，你都記得啊？」簡秋栩看他驕傲的模樣，誇了下。

「方雲哥借書給我，我多看幾遍就記住了。」

書？簡秋栩眼睛亮了一下。「小弟，方雲哥借給你的書在哪兒？能不能借給我看看？」

農家人不關心國事，不說時事，簡秋栩都還不知道她所處的大晉到底是個怎樣的情況。蘇麗娘和覃小芮倒是知道一些，但她們大字不識，多年生活在伯府內宅，也只是知道一些類似當今皇帝年號是什麼的皮毛東西，再往深一點問，也問不出什麼了。

有書，說不定能深入地了解一下這朝代。

簡方樟搖頭。「方雲哥說書不能借給別人。」

「我是你姊，當然不是別人。」

簡方樟歪頭看了她一會兒，想想也是，站了起來，簡秋栩立即跟他走。進了房間，才知道書被他放在衣櫃的最上面，拿下來時還包著一層布。

看來，她這個弟弟是個愛書的人。

簡秋栩接過書。簡方樟一直看著她手中的書，就怕她弄掉了。她直接掀開了那層布。

「《論語》？」

她翻了翻，內容跟前世學的一模一樣。看來，戰國初期的歷史跟前世一模一樣，大晉估計是歷史時間的一個分支。

簡秋栩把書合上。「小弟，我考考你，大晉以前是什麼朝代？前前一個又是什麼朝代？」

簡方樟識字，或許他從簡方雲那裡也學了些什麼東西。

果然，她弟有些小驕傲地說道：「我知道，大晉之前是隋，再之前是魏晉南北朝，漢朝，秦朝，戰國……」

所以，這一個世界的歷史在隋朝末年走向了不同的時間流，隋朝之後沒了唐，而有了大晉。

從簡方樟的口中，簡秋栩對大晉有了個大概了解。

隋朝末年，以尊隋為名起兵，每戰必克、直入長安的不是前世的李淵，而是晉太祖端凌。晉太祖與李淵一樣，也是從晉陽起兵，在隋恭帝楊侑禪讓帝位後便以「晉」為國號。如今的皇帝，是晉明慧的三兒子，年號武德。

其他的，簡方樟也說不出什麼來了。簡秋栩把書還給他，心想，希望這個武德帝是個明君，這樣她的日子能過得悠閒點。

簡方樟接過了書，卻沒有立馬把書放好，而是雙眼晶亮地看著她。「二姊，妳是不是識字？」

「對。」簡秋栩沒有瞞他，果然看到她弟羨慕的眼光。她拍了拍他的腦袋。「只要你好好識字，等家裡有錢了，我讓爹娘送你去讀書，跟方雲哥一樣。」

「真的嗎？」簡方樟的眼神更亮了。

「真的。」她看得出來這個弟弟心裡是非常想要讀書的，既然他有這個念頭與興趣，那就應該讓他去讀書。讓他去讀書的錢，她怎麼都能賺得到。她也不指望她這個弟弟能讀書做什麼大官，能明事理就好。

簡方樟開心得激動，小臉神采飛揚。「二姊，我一定好好認字！二姊，後面的字妳能教給我嗎？方雲哥教得有些慢，我可以認更多字的。」

「行。」簡秋栩拿過《論語》按著上面的順序教他讀，很快就發現弟弟記性很好，認字也非常快。在讀書認字上，他應該是有些天賦的。

簡秋栩教他讀完〈學而篇〉前面六行，便停止了，讓他在地上練字。貪多嚼不爛，先把字都練熟了，她再教他下面的。

廚房裡，切著菘菜打算用來醃鹹菜的羅葵聽到簡秋栩教簡方樟讀書認字的聲音，心裡想著，下次讓她家和淼也跟著學。等有錢了，她也送她家兒子去讀書。

小姑回來後，她覺得自己生活有了勁頭。

簡秋栩吃了飯後，爺爺、大伯和大堂哥也出來了。她讓簡方樟自己一個人練字，去把昨天還未做好的狗屋完工。

只剩下屋頂，她把木板拼合後，大堂哥他們也把將軍案的頂和面鑿好了。

「可以動了。」大堂哥拉扯著將軍案的兩邊，發現它真的能來回展開，有些迫不及待。

「小堂妹啊，下一步怎麼做？」

「下一步是畫腿和翹邊的線，沿著這個豁子畫三分之一的弧線，豁子的對面也畫三分之的弧線，把它們鑿開就好。」

大堂哥拿出一塊細長黑炭，把線畫了出來。而後，簡秋栩又教著爺爺和大伯把線畫好，鑿木聲在院子裡響了起來。

簡秋栩把做好的狗屋拎到廚房邊，盛了兩簸箕的木屑。回來時，發現家裡的小孩一個個好奇地盯著狗屋，這裡摸摸，那裡看看。

簡sir圍著他們翹著尾巴繞圈，吐著舌頭一副討好的模樣。

嘖嘖，裝乖賣巧，學得挺快的嘛！

簡秋栩把木屑倒進狗窩，招招手。「來，簡sir，認認你的新家。」

簡sir在屋子門口嗅了嗅，蹦跳著進了屋子。大概是感覺到屋子裡面暖和，在裡面滾了兩圈，前爪刨著木屑，撒了自己全身。

「狗狗笨！」三歲的簡和淼奶聲奶氣地笑了起來。「笨狗狗！」

簡sir聽不懂，以為簡和淼在誇自己，又刨了幾腳，這回頭上都被木屑蓋住了，只露出一雙褐色的眼珠子。鼻子上沾了木屑，牠大大地打了幾個噴嚏，把木屑都吹起來了。

幾個小孩覺得有趣，拍著手掌哈哈笑著。

簡秋栩覺得小孩真好玩，站在一旁看著。

突然，一雙冷冰冰的手捏在她的臉上，簡秋栩一個條件反射打了過去。

被打的女人哎喲了一聲，聲音尖銳。「哎喲，這小姑娘手勁可真大。這就是我小姑子剛認回來的親妹子吧？人雖然癡傻，但這小臉長得白嫩嫩的，不錯不錯。」

女人眼神滿意地打量著簡秋栩，說話的當下，又想朝她的臉捏過來。

簡秋栩皺了皺眉，側身躲過，心中很是不爽。這人誰啊？

「嫂子，妳怎麼來了？」在房間裡給兒子縫補衣服的羅葵一聽這熟悉的聲音，皺著眉頭跑出來。一出來就看到她大嫂對著小姑子動手，小姑子的臉都被掐出了兩道紅印子，趕忙拉住她。「嫂子，說話就說話，動什麼手。小妹對不住，我嫂子這人有掐人臉的癖好，莫見怪。嫂子，快跟我進來。」

羅葵給簡秋栩道歉，把她大嫂拉進房間。不過她嫂子好像不太願意跟她進屋，依舊用那種打量豬肉的眼神看著簡秋栩。簡秋栩被看得有些惡寒，轉身就走去大伯和爺爺那裡了。這人今天過來肯定沒什麼好事。

「大嫂，今天來這裡做什麼？」進了屋，羅葵對著張氏就沒有好臉色了。她在娘家的時候就討厭張氏這個嫂子。張氏喜歡偷奸耍滑，做一些不著調的事，在外得罪了不少人。

「我這是給妳報喜來了！」張氏誇張地說道。

「什麼喜事？」羅葵心裡嗤了一聲，不以為然，面上卻不動聲色地看著張氏。

「方坪村的李家大兒子看中了你家小姑，人家要出十兩的聘金娶妳家小姑。妳小姑是個癡兒，李家願意花十兩聘金，這不是大喜事是啥？」張氏邀功地說著。「這可是我跟李家說了半天，李家才答應的。小姑子，妳可得謝謝我。妳家癡兒小姑現在有了好婆家，妳也不用擔心家裡多了一張嘴了。」

「好事？妳趕緊走！」李家大兒子，那個瘸腿的懶漢！她就說她這個大嫂肯定沒好事，果然！「我家小姑的事還用不著妳管！妳走！」

羅葵把她拉了出去，張氏扒著門就是不走。「走什麼走，我才剛來，妳還沒招待我！這麼好的親事，妳婆婆呢？讓我跟妳婆婆說。」

「跟我婆婆說是要找打是吧？我小姑好得很，妳收起妳的小心思，快回妳家去！」羅葵真是煩死張氏了，竟然耍奸耍到自己身上來了。

「十兩銀子，妳婆婆肯定願意！快，把妳婆婆喊回來，我跟她說。李家的大兒子配妳家癡傻的小姑，十兩可是賺大發了！」張氏扒拉著門不肯走，聲音大得外面的人都聽得到。

簡母和簡方榆在後面扒著菘菜，自然聽到了。簡母扛著鋤頭就衝了過來。「說什麼？妳要說什麼?!張氏妳主意打到我女兒頭上，妳婆婆知道嗎？要不我現在就跟妳回家和妳婆婆說去！」

聽到簡母說自己婆婆，張氏畏縮了一下，還想說什麼，最後被簡母揮著的鋤頭嚇得灰溜溜地走了。

羅葵見張氏走了，心中煩躁，想著哪一天回娘家，讓她娘好好管管張氏，別老打她婆家的主意。沒了簡方樗，日子才剛開始舒坦，可不想因為張氏讓她婆婆對自己不滿。

簡母看張氏走了，倒沒對羅葵說什麼，拿著鋤頭又去了地裡。

簡秋栩有意無意地關注著張氏，聽了她的話倒不覺得生氣，而是好笑。一個外人，手伸得夠長啊。下次她一定讓簡sir把她記住，看到她就作勢咬她，讓她以後不敢再來簡家。

但她娘讓她有些意外，鐘玲的性格比較柔和，沒想到為了她，氣勢洶洶地揮起了鋤頭，看來她娘是把她放在心上的。

簡秋栩心裡暖暖的。前世，父母在她很小的時候就離婚了，而後又各自成家。她從小就沒有感受到母親的關懷，沒想到來了這裡，卻得到了。簡秋栩覺得重生了也沒什麼不好的，她現在可是有一個熱鬧大家庭的人了。家裡雖然窮，但家庭和睦，她一定要努力，讓家裡的每一個人都過得好起來。

「爺爺，你和大伯最近要上山嗎？」簡秋栩鋸著一塊木頭，打算做幾個魯班鎖，配著將軍案一起賣，心裡念著上山的事，便乘機問起來。

「上，我和妳大伯、大堂哥明天就去。今年的天比以往冷得快，不能再等了。」簡樂親刨著鑿好的將軍案，有些擔憂地望著天。

「爺爺，明天我和你們一起去。」簡秋栩一聽，趕緊跑過來蹲在他身邊。

「妳還有傷，山上風大，對傷口不好，還是在家裡吧，山上也沒有什麼好玩的。」簡樂親以為小孫女沒上過山好奇，便想著打消她的念頭。「等開春了再帶妳上去，那時候花花草草多，可以教妳採採蘑菇。」

「爺爺，我的傷已經好得差不多了。我上山不是想玩的，我要做一個物件，想上山去看看有沒有合適的木材。」簡秋栩的傷口其實還沒有全好，但並不影響上山。作為一個木匠，她喜歡自己親手挑木材，況且要做的東西對木材的要求比較高，所以一定要自己去找找。

第十二章

簡樂親聽她這麼一說，也不拒絕了。

作為木匠都知道，木材千好萬好，還是自己挑的最好。明天讓小孫女把頭包厚一點，上山沒問題。不過也不知道她要做什麼？他這個小孫女，木工懂得比他們一家都多，也不知道從哪裡學來的。

得到了爺爺的同意，簡秋栩開心，拿起筆給切割好的木塊畫形。

「小妹，看，我做好了！」做完最後一道拋光工序，簡方櫸高興地向簡秋栩展示著手中的成品。將軍案在他手中一會兒立著，一會兒收著。立起來的將軍案就是一張桌子，收起來又變回了一塊木板。簡方櫸感嘆。「真是精妙，沒想到一塊木頭，不用拼裝就能成為一張桌子。」

大伯和爺爺的也做好了。他們做了這麼多年的家具，從來沒有嘗試過用一塊木板就能做出一張桌子。此刻，他們也意識到自己之前所學到的東西太淺薄了，除了做家具，他們做不出其他東西，難怪日子越過越窮。他們心想，或許可以試著做不一樣的東西，多跟小孫女好好學學。

簡秋栩不知道她爺爺和大伯的心思，她跑過去看大堂哥的將軍案，誇讚了一番。「大堂哥，你這將軍案做得真不錯，跟爺爺、大伯的沒差多少。」

簡方櫟畢竟做的沒有簡樂親和簡明義多，但今天做出來的東西跟他們兩人做的品質不相上下，看來還是有一些天賦的。

「還行還行。」簡方櫟謙虛地說著，卻很有成就感，目光盯上了簡秋栩手中的方形木塊。「小妹，妳現在做什麼？」

簡方櫟學東西學上癮了，他恨不得小堂妹能多教點東西。

「魯班鎖。我打算做些魯班鎖配著這個將軍案一起賣。」

魯班鎖起源於中國古代建築中首創的卯榫結構，這種三維拼插器內部的凹凸部分組合，十分巧妙，易拆難裝，拼裝時需要仔細觀察，認真思考，分析其內部結構。魯班鎖不用釘子和繩子，完全靠自身結構接連支撐，展現了一種看似簡單，卻凝結著不凡的智慧。

簡秋栩喜歡各種各樣的魯班鎖，自己也動手做了不少。玩這個東西不僅能益智，還能打發時間。

他們做的將軍案的客戶是那些有馬車、牛車的人，長途坐車肯定很無聊，說不定願意買一個魯班鎖打發時間。

「魯班鎖？魯班鎖不長這樣啊？」簡方櫟見過不少魯班鎖，但都沒有小堂妹手中模樣的。

「我這個是蘋果形魯班鎖。」簡秋栩在木板上已經畫好了蘋果形狀，下一步就是裁出形狀。她要做的蘋果魯班鎖，大小就是跟真蘋果一樣大，方便出行的人攜帶。這樣的魯班鎖肯定沒人做過，肯定特殊，更能吸引別人購買。

「蘋果形？」大堂哥的眼睛又亮了起來。「小妹妳等等，大堂哥跟妳一起做！」

簡秋栩不吝嗇地教他，大伯和爺爺也加入了進來。

蘋果魯班鎖的做法比將軍案複雜多了，一個蘋果魯班鎖拆分下來，一共十二部分，需要用到四塊木板畫好形狀，裁出形狀，然後外出榫槽，手工打磨各個榫卯部件，最後拼裝打磨外形，讓它跟蘋果一樣光滑圓潤。

做一個蘋果形魯班鎖的時間不比將軍案少，是非常費力氣的事，今天是做不完的了。

晚飯時，簡秋栩跟她爹娘說了明天要和爺爺、大伯他們上山的事。她娘雖然不是很贊同，但也沒攔著她。

相處幾天，簡母也知道這個小女兒是非常有主見的人，她想上山，她也攔不住。而且她知道女兒上山肯定是有什麼想法，只能囑咐她小心山上的荊棘毛刺，多穿點衣服。

晚飯後，她姊趕做了一頂帽子，在第二天給她戴上了。她娘不放心，但她去不了，要留在家裡照顧她爹，讓簡方榆陪著她去。蘇麗娘也不放心簡秋栩，讓覃小芮跟著去。最後，爺爺、大伯和大堂哥，帶著簡秋栩、簡方榆、覃小芮和簡方樟一起出了門。

「你今天怎麼不在家看書了？」簡秋栩看著揹著個小竹簍的簡方樟，好奇地問道。

她這個弟弟，靠著聽她唸一遍《論語》第一篇〈學而篇〉，竟然就把第一篇的字都給認全了。

「爹和大哥都不能過來，我要幫家裡砍柴。」簡方樟很是認真地說道。

簡秋栩拍了拍他的肩膀。「不錯，是個男子漢，懂得幫家裡分擔活兒。」

簡方樟聽到她的誇讚，朝她咧嘴笑了笑，臉色有些發紅。

簡家就在山腳下，由於村裡人經常上山，踩出了一條小路。沿著小路穿過成片的毛竹林，大概一刻多鐘便可以直接到達山下。毛竹林右側有一條小河，河水一路蜿蜒而下。到了山下，簡秋栩站在高處才發現，那條小河離自己家並不遠，大概只有兩百公尺的距離。

爺爺跟她說，平時他們砍的木材多的時候就會把木頭從山上滾下，滾到小河邊，然後把木頭放在竹筏上順流而下。

這樣好，省時省力，也安全。

聽著潺潺的流水聲，一行人很快就穿過竹林到了山下。爺爺挑了一條他們常走的小道，讓他們跟著往上走。

一路上山，簡秋栩見到不少可以用來做家具的木材，有榆木、柞木、楓木，以及幾棵還小的黃菠蘿樹。山上的木材資源挺豐富的。

再往上走一些，還看到了幾棵長得比較高的核桃樹，不過樹上的核桃已經被摘光了。

已是冬季，連野果都沒有，更別說野雞、野兔了。爺爺直接帶著他們到了可以砍柴的地方，並沒有走到山頂。

簡秋栩沒有幫忙砍柴，她站在一處比較高的地方往高處眺望，隱隱看到離他們砍柴不遠的高處有一群松樹。「爺爺，我過去那裡看看。」

「小妹，我跟妳去。」簡方榆不放心她和覃小芮過去，畢竟她們兩人對山上的情況不熟。簡方榆經常跟著簡明忠上山，已經熟悉了八、九分。

簡秋栩點點頭，跟在她後面。

簡方榆揹了個小竹簍，原本來時想著順便在山上採一些核桃、野果回去給家裡的幾個小孩當零嘴的，現在竹簍還是空盪盪的。

簡秋栩望了望那一群松樹，心想或許能摘些松果填填她姊的小竹簍。

從砍柴的地方往松樹那裡走，踩踏而成的小路多了起來。看來經常有人來松林裡，估計是來撿松果的，她姊的小竹簍估計沒東西可裝了。

簡秋栩仔細察看四周，村裡人經常來，大概也剩不下什麼可採摘的東西了。她東張西望地跟著她姊往上走，沒想到讓她在松林附近發現了好東西。

一棵低矮的落葉松下面藏了三朵紅蘑菇。

紅蘑菇，學名紅椎菌，前世是野生珍貴的食用真菌，由於顏色鮮紅而得名，能增強免疫力。內含氨基酸、維生素等多種人體必須成分，具有安神補血，特別適合產婦及貧血者食用。

紅蘑菇的味道有著其他蘑菇無與倫比的鮮甜可口，不過因為它要求的生長條件極其苛刻，人工無法栽培，價格非常貴。前世的簡秋栩喜歡買來燉肉，燉湯，蒸蛋……好吃的吃法，她都嘗試過。

這三朵蓋呈扁半球形，中部下凹，深菜紅色，是正紅色的成熟蘑菇，補血效果更好。正好摘回去，買點肉燉給她爹補身子。

簡秋栩小心彎腰採摘，她姊跑過來輕拍她的手。「小妹別摘，這個有毒。」

「有毒？這個沒毒的。」吃了多年的紅蘑菇，簡秋栩自認自己不會認錯它。

「以前有人採紅蘑菇來吃，中毒了，肚子痛，頭還暈，差點死了呢。」

那估計是摘錯了，這棵松樹底下還有一些紅傘蓋、灰白菌桿，長得跟紅蘑菇十分相似的紅辣菌。紅辣菌有毒，吃了會肚子痛，頭昏，估計村裡人把這兩種菌弄混了才中毒。她在這個時節還能在這裡找到紅蘑菇，大概是因為村裡人怕中毒不敢吃，才讓她撿了便宜。「姊，放心吧，這種是紅蘑菇，沒有毒，可以吃，而且很好吃。」

「真的嗎？」簡方榆有些半信半疑。

「是的，姊，它不僅沒毒，還補血呢。我打算摘回去燉給爹吃。姊，妳也找找，多摘點。」紅蘑菇燉小雞很美味。想想，簡秋栩又想吃肉了。

簡方榆一聽這個紅蘑菇不僅能吃還能補血，也專心找了起來。

簡秋栩在另一棵羅漢松下面又找到了三朵紅蘑菇，簡方榆和覃小芮也各找到了兩朵。她們一路仔細踅摸，而後進了松林。

這片松林有將近一百棵松樹，主要是黑松和紅松。可能是多年沒有人砍伐，幾乎每一棵都高達二、三十公尺。在這些挺拔的松樹中，簡秋栩遠遠地看到了幾棵比較特別的，她驚訝了一下，快步朝那幾棵松樹走了過去。

走近一看，樹冠平頂，小枝較粗，樹皮呈現褐黃色，樹幹微具樹脂，頂端芽鱗紅褐色，樹皮邊緣有絲狀缺裂，果真是油松，這真是驚喜的發現。

簡秋栩數了數，有十棵油松。這十棵油松長得稍微矮一些，高大概有十五公尺，直徑有半公尺。簡秋栩高興地拍了拍它們，打算下去砍幾株毛竹製作竹筒。

這幾棵油松沒有被採過脂，油脂肯定很豐富。

「姊，我們下去砍幾株大竹子。」簡秋栩已經想到用這些油脂做什麼了。

「小心些！」簡方榆在背後焦急地喊了一聲。

簡秋栩走得快，不小心被松樹下的樹枝給絆倒了，整個人踉蹌地坐到了地上。

「沒事吧？小妹。」簡方榆和覃小芮跑過來看她。

「沒事。」簡秋栩撐著地站了起來，因為昨天下了雨，地面有些濕滑，手上沾了些泥土，泥土散著的味道像腐葉又像大蒜。

簡秋栩撿了幾片松樹葉，邊走邊清著手掌上的泥，走了幾步，她立即倒轉回去。找到剛剛跌倒的那個地方，撿了根小樹枝慢慢地挖了幾下，聞到的味道更加濃厚起來。

「小妹，妳在挖啥？」簡方榆疑惑地看著小妹。

「好東西。」簡秋栩神秘地笑了一下，小心地把土挖開。不久，一塊只有她拳頭三分之一大，外表棕黑，遍布淺黑色與白色紋理，長得像石頭一樣的東西露出了真容。

簡秋栩聞了聞，好像成熟了。

簡方榆見她聞著，也湊了過來，聞到味道後嫌棄地退了兩步。「小妹，這是啥？黑糊糊、乾巴巴的，還有一股大蒜的味道。」

果然山上都是寶，連黑松露都有。「姊，這是黑松露。」

「黑松露是什麼？」簡方榆沒聽過這個東西。

「是一種塊菌，可以吃的。」簡秋栩想了想，好像黑松露最早的時候是叫做豬拱菌，據說是因為松露氣味與公豬身上發出的雄性激素味道十分相似，所以母豬對其情有獨鍾，輕易就能找到黑松露。後來松露珍貴，那些找松露的人把母豬當作收穫黑松露的得力助手。

「味道這麼難聞，好吃嗎？」簡方榆疑惑。

「回去做來試試就知道了。」

黑松露的味道比較奇特，有人形容它像大蒜，有人形容它像腐葉或者發酵的玉米，還有人形容它的味道像醃泡菜，蜂蜜，瓦斯，濕稻草……反正氣味特殊，難以形容。當然，喜歡吃的人覺得它是上帝的食物，不喜歡吃的人覺得它味同嚼蠟。

簡秋栩其實也不是很喜歡吃，不過黑松露富含豐富的蛋白質、氨基酸，還含有各種維生素、微量元素等等，有很高的營養保健價值，非常合適給家裡人補充營養。

松林裡應該不只一顆黑松露，但是黑松露埋在地裡，想要找到它並不容易。簡秋栩打算讓大堂哥明天再陪自己上來一趟，她帶個挖松露的神器過來，現在最重要的是砍竹子。

第十三章

「砍竹子做什麼？小妹，我們回到家再砍，屋子後面就有大竹子。」簡方櫸以為簡秋栩不知道家裡有竹子，提醒她。

「大堂哥，我要砍竹子做竹筒，用它來採松油。油松就在上面，我和姊到下面一點砍兩根竹子就夠了。」簡秋栩估算了一下，一棵油松樹掛兩個竹筒，應該就夠了。

「松油？松樹的油？松樹能採到油？這油能吃嗎？」簡方櫸驚訝了。

「是從松樹上採到的油，不能吃，但有很多用途，可以做藥材，也可以做膠水。」從簡方櫸的話和表情中，簡秋栩猜到現在應該還沒有人用松油，或者用的人很少，根本沒有流傳開來。她想了想，前世好像也是在唐朝初年才有紀錄到採松脂的方法。除了藥材和膠水，松油還有很多用法。

「藥材，膠水？小妹，我跟妳去。」聽到簡秋栩這麼一說，簡方櫸也不想砍柴了，下去幫她砍了兩根竹子。

聽到油，爺爺和大伯也很驚訝。古代油少，很矜貴，這松油，應該也很矜貴？

大伯和爺爺也不砍柴了，俐落地砍了二十個竹節筒，跟著她進了松林。

「這就是油松？小妹，接下來怎麼做？」簡方櫸認識其他松樹，這幾棵油松長得太偏，他平時上山砍木材都不會走到這裡來，現在是第一次看到了油松。

「這樣，選擇樹脂道，劃一個V字形，V口剛好在竹筒的上方。」簡秋栩在油松離地面十公分左右的高度劃了一個大V字，把樹皮剝開，用刀加深劃口，隱隱有油冒出，刀面都潤滑了不少。

簡方櫸他們聽不懂她說的V字，但看得懂動作，於是學著她在另外的油松上面劃了差不多高度的V字。「接下來呢？」

接下來，簡秋栩用竹子削了一塊薄薄的竹片，把它打進V字形的尾部，向下傾斜角度，讓竹片對著竹筒，這樣能讓松樹上流下來的松油順利地流進竹筒裡面。

簡方櫸和大伯、爺爺他們有一學一，很快就在十棵松樹上割好了口，安置好竹筒。一棵油松放兩個竹筒，若都收滿，一次大概能收十斤。

「這樣就好了嗎？小妹，沒有松油啊？」簡方櫸看了看竹筒，有些疑惑。

「等一陣子，明天我們再來看。」

松油滴落緩慢，往往要等好幾天才能有所收穫。不過她明天還要再上來一趟，正好讓好奇的大堂哥一起來。

眾人一聽要等明天才有收穫，也就不在松林裡等著了，而是回去繼續砍柴。

「小妹，妳怎麼知道油松可以採到松油的？」簡方櫸好奇好久了，小堂妹到底從哪裡知道這些的？不僅會做將軍案，會做蘋果魯班鎖，還知道松樹能採松油。

簡大伯和爺爺他們也有這樣的疑惑，但都沒有問出口。現在簡方櫸問了，一個個都豎著耳朵聽。

「不知道，我看了就知道了，或許這是因為我有慧根？」簡秋栩眨眨眼，這怎麼解釋？只能讓他們認為自己聰明絕頂吧。

「對，小堂妹聰慧。」簡方櫸也想不出來她怎麼懂的，只能認定她聰慧了。不聰慧，哪能知道這麼多？

簡秋栩心虛地呵呵笑了兩聲，發現弟弟偷偷看著她，抬起手捏了捏他的臉。嫩呼呼的，好掐。

簡方樟跑著躲開了。

一行眾人又回去繼續砍柴。簡秋栩因為頭上的傷，爺爺不讓她幫忙，她便在周圍找找，看能不能再發現些什麼。

今天此行已經有了收穫，不過這點收穫還不能實現她心中的想法，只能稍微改善生活。她心中有好多能夠改善家裡條件的想法，不過一切都得慢慢來，要選擇最合適的。沒有人能一口吃成胖子，循序漸進才是最好的。

日頭已從正中往下走，大概兩、三點的時候，爺爺和大伯開始把柴綑了起來。柴有點多，爺爺他們決定把柴滾下山，用竹筏運回去。

簡秋栩幫忙著一起把成捆的柴火滾下山，到了河邊，眾人都累得氣喘吁吁了。不過爺爺和大伯他們沒有停歇，從山後面拉出了一張竹筏。

這張竹筏是他們家的，平時不用的時候就藏在山後面的荊棘裡，因為藏得隱密，倒沒有被偷走過。

他們很快就把柴都裝了上去，竹筏上還有一些空間，爺爺便讓她和簡方樟坐上去，大堂哥和大伯在前面拉著走。

河水是順流而下的，河面大概有兩個竹筏那麼寬，沒有什麼阻礙的東西，大伯和大堂哥拉起竹筏很輕鬆。

簡秋栩坐在竹筏的木材上，欣賞起周邊的景色來。一棵大樹躍入了她的眼中，她眼睛一亮，招手。「大伯，大堂哥，停一停！」

大堂哥見她心急，知道她肯定是發現了什麼，趕緊把竹筏拉住。

竹筏一停下，簡秋栩就跳下來跑向那棵樹。看清後，她心裡歡喜，果然是黑胡桃木，沒想到這裡竟然有黑胡桃樹。

黑胡桃木在前世是極其昂貴的家具木材，大多生長在北美、北歐等溫帶和亞寒帶氣候區。黑胡桃木呈淺黑褐色帶紫色，弦切面為美麗的大拋物線花紋，做出的家具非常漂亮，且耐腐朽，耐衝撞磨擦，少變形，收縮率甚小，具有良好的穩定性，適用於多變的氣候環境。

這棵黑胡桃樹直徑大概半公尺，高達十五公尺左右。簡秋栩圍著這棵樹仔細看了一圈，確定這棵黑胡桃木的品質不比她當年在拍賣會上看到的那棵黑胡桃木差，心裡高興，要做的東西找到木材了！

作為一個木匠，遇到好木材，心中的欣喜是難以言喻的。簡秋栩迫不及待地要把這棵黑胡桃樹砍下帶回去，不過爺爺和大伯都沒有帶砍伐大樹的工具過來，簡秋栩心裡遺憾，只能坐在竹筏上離它越來越遠。

她一定要盡快把它砍回家，萬一被別人砍了，她就虧大了。

她爺爺、大伯和大堂哥顯然看出了她的心急，把柴火運回家後，拿著鋸子和斧頭，拖著竹筏就去給她砍樹了。

簡秋栩覺得有些不好意思，爺爺他們這樣太累了。於是她跟小弟招了招手，讓他帶她去縣裡買肉。

如今天冷，簡秋栩猜市集上應該還有肉賣。他們萬祝村跟郭赤縣接壤，從村裡去到那裡回來，天還不會黑。

簡母知道他們倆要去縣裡，也沒攔著。

簡秋栩直奔豬肉攤。賣豬肉的老闆還在，但攤上已經沒有肉了，只有一個大豬頭和幾根大筒骨。

簡方樟看到沒有肉了，小臉上有些失望。「二姊，沒肉了。」

「沒事，不是還有一個大豬頭嗎？老闆，豬頭怎麼賣？」沒豬肉，豬頭也是肉啊。他們家裡有酸菜和酸筍，豬頭肉燉酸菜，也是非常美味的。

簡秋栩想起了小時候在農村，爺爺經常給她做豬頭肉燉酸菜。豬頭肉和酸菜要燉得夠久，燉到豬頭肉一挾就爛。這時候，豬頭肉有了酸菜的鹹酸，而酸菜也吸走了豬頭肉的肥膩，酸和膩中和得剛剛好；吃上一口酸菜，滿嘴留香，越吃越想吃。那個時候，爺爺的這道菜對她來說是人間美味。

想著，簡秋栩覺得自己的嘴裡有了酸菜豬頭肉的鹹酸味，好想吃。

「四十文錢賣妳了。」張屠戶把豬頭拎了起來。「要不要？」

「要！」

簡方樟見他姊竟然要買豬頭，扯了扯她的衣服。「姊，豬頭毛多，肉也硬，要不我們去買別的肉？」附近還有一個賣雞鴨的攤子。

「沒事，姊有辦法處理它。張屠戶，我們就要這個豬頭，旁邊的那幾根大骨能不能順帶？」那幾根大筒骨已經被剃得光溜溜的了，一點肉末都沒留。簡秋栩想著把它們拿回去，敲斷了熬蘿蔔湯。

「不送，兩文錢全拿走。」張屠戶從底下又拿出了幾塊切斷了的大骨。「這些一起，兩文錢。」

兩文錢就兩文錢，這些大骨能熬好大一鍋帶油沫的湯。於是她很豪氣地說：「老闆我全要了，給我包起來。」

購物就是爽快，儘管她只是買了一個豬頭。

張屠戶估計沒見過買豬頭買得這麼豪爽的人，多看了她幾眼，把豬頭和那些大骨全都丟到了她弟揹著的小竹簍裡。

買好了豬肉，簡秋栩拉著弟弟往賣雞肉的攤子走，打算買隻雞回去燉那些紅蘑菇。

「姊，已經有肉了，不買了吧。」簡方樟看著她還要買肉，拉了拉她的衣服。有了豬頭肉已經夠了，不能再花錢了。他雖然年紀小，但也懂得省錢的。

「放心，你姊有錢！賺錢就是為了花的，吃好了才有力氣繼續賺錢。姊姊還會繼續賺錢的，一定讓你跟方雲哥一樣去讀書。」簡秋栩拉著他到了賣雞的地方，跟老闆買了一隻兩斤左右的小母雞，花了三十五文錢，又順便花了二十五文錢買了二十個雞蛋。

現在不能頓頓吃肉，至少讓家裡的人每頓都能喝個蛋花湯。

賣雞的老闆可以幫忙宰殺，簡秋栩便付了錢，讓簡方樟在這裡等著。「小弟，你在這裡等著，我去藥店買點東西。」

剛剛經過藥店，所以她知道藥店在哪兒。她打算去買些補氣養血的藥材，給她爹燉藥材雞湯或肉湯，讓他能盡快恢復氣血。

爹的雙腿斷了一個多月，也沒有進補過，臉色蠟黃蠟黃的。她擔心因為營養不良，導致他恢復得不好，想盡快給他補補。因為以前經常給自己用藥材燉雞湯補氣血，方子記得清楚。

藥店只有一個小店面，不過她要的藥材都有。

簡秋栩讓藥店學徒幫忙抓了十副藥材。十副藥材的錢比她剛剛所有買的東西花的錢都多，四百文錢。無論在哪個朝代，窮人都不敢生病，買藥真是太貴了。

「小哥，請問你知道哪裡有燒鹼賣嗎？」離開前，簡秋栩問了問。

「燒鹼？沒聽過，鹼就知道，對面那裡就有。」學徒指了指對面賣雜貨的鋪子。

鹼就是小蘇打，碳酸氫鈉，自然界是有天然鹼的。沒有燒鹼，有鹼也可以，只有鹼，她也能做出自己想要的東西，只是多了些程序而已。

「謝謝小哥。」簡秋栩道謝後去雜貨鋪子買了半斤鹼。雖然是天然的鹼，也不便宜，半斤花了十文錢。

買好了東西，看看天色，簡秋栩打算帶小弟回家了。回去時，他們經過一個打鐵鋪，看到了在鐵鋪當學徒的二堂哥簡方松，他正揮著胳膊打著鐵，臉被火光映得通紅通紅的。

「二堂哥。」簡秋栩上去跟他打了招呼，順便問問鐵具的價錢。

一口小鐵鍋大概一斤重，要四十兩。真貴，那些大件鐵器現在是買不起了。簡秋栩琢磨著回去畫個圖紙，讓二堂哥這邊幫忙打兩把小刀，她要做東西，沒有趁手的工具做起來就是不方便。

簡秋栩比劃了大小跟二堂哥問了價，兩把小刀也不便宜，要一兩銀子。她算了算，如果要給自己準備一套完整的木工工具，需要的鐵跟一口鐵鍋差不多。

得了，還是得盡快賺錢吧。

滿懷賺錢計劃的簡秋栩揹過簡小弟身上的竹簍，帶著他快速往家裡走。一回到家就往廚房鑽。簡母看到竹簍裡的大豬頭和骨頭，忍不住說道：「怎麼買一個豬頭回來了？豬頭肉不好做，毛多。」

簡母以為簡秋栩剛從伯府回來，不懂這些，但她也不說，怕打擊女兒。

「放心吧娘，我有辦法做，肯定好吃。大嫂，麻煩妳過來幫我一下。」簡秋栩把竹簍放到了地上，把東西都拿了出來。

一旁的羅葵看她不僅買了豬頭，還買了雞肉和雞蛋，眼神都亮多了。這麼多肉，她這個小姑真的是大方。

第十四章

豬頭毛多，尤其是耳朵部分。簡秋栩讓她嫂子在爐子裡點了炭火，把豬頭放在炭火上用火燒。毛皮燒得差不多後，把它放進冷水中，大約五分鐘左右，用刀輕輕一刮，便能刮掉絕大部分的毛髮。

毛拔掉洗淨後，簡秋栩去把斧子拿過來洗乾淨，她大嫂拿著斧頭就開始劈豬頭。別看她大嫂是個個頭小的女人，力氣可不小，兩三下就把豬頭劈成了兩半。

簡秋栩取出豬腦，洗淨晾乾後放到一個木碗裡，打算留著給她爹燉豬腦湯，而後讓大嫂把其他雜物割除。最後把劈開的豬頭斬塊，放入清水中反覆洗乾淨污血後，放入清水鍋中汆一刻鐘，再撈出洗淨，接下來就是和酸菜一起燉。

簡母已經把酸菜和酸筍切好洗淨，直接把它們加入洗淨的豬頭肉中，加上滿滿一鍋水開燉。

今天燉了豬頭肉酸菜，簡秋栩不打算再熬蘿蔔大骨湯，就留著明天再弄，反正天冷，也放不壞。她讓簡小弟去屋後拔了兩顆菘菜，打算用半隻雞炒菘菜，剩下半隻雞分兩份，一份燉紅蘑菇，一份燉藥材湯，順便再煎個鹹菜雞蛋。

家裡人多，簡秋栩打了八個雞蛋。羅葵看到她一下打了八個雞蛋，心疼，張了張嘴看著她，最後也沒說什麼。這些肉和蛋都是小姑買的，她一下子做了這麼多菜，婆婆都沒有說什麼，她更不好說了。

而且再說，肉多了，她兒子和淼也能多吃點。想想，羅葵便不心疼那些雞蛋了，很是積極地幫著切菘菜。

廚房裡有她娘、嫂子和蘇麗娘幫忙，炒菜那些簡秋栩插不上手，就不在廚房裡擠著了，拿著今天挖到的黑松露去找簡sir。

簡sir估計聞到了肉味，動著鼻子在廚房門口徘徊，簡秋栩掰了一小粒黑松露放到了牠鼻子邊。簡sir好奇地聞了聞，而後一口吞了，搖著尾巴又找她要。

簡秋栩又掰了一小粒給牠，簡sir一口又吞了，激動地搖著尾巴看著她。

簡秋栩嘖嘖兩聲，真是一隻識貨的狗，而後在牠眼巴巴的眼神中把黑松露收了起來。

酸鹹的肉香味很快傳遍了整個院子，姪子簡和淼搖搖晃晃地從房間跑進了廚房，蹲在鍋前吞口水。「娘，香。」

而大堂哥家的和鑫、和溪，二堂哥家的和森也都跑了過來，一個個一副嘴饞的模樣盯著那鍋冒著香氣的豬頭肉。四個小孩像四朵蘑菇，一動不動。

簡秋栩也被香味勾起肚子裡的饞蟲，時不時探頭看著院外，她爺爺、大伯和大堂哥怎麼還沒回來？再不回來，她就忍不住舀一碗酸菜肉吃了。

不行，不能想了，她決定去把昨天還未做好的蘋果魯班鎖做了。

打磨好了兩個卯榫結構，爺爺、大伯和大堂哥終於拉著那棵黑胡桃木回來了。

「爺爺，大伯，大堂哥辛苦了！」簡秋栩跑了過去。「你們餓了吧？我給你們燉了菜。」

「什麼東西這麼香？」大堂哥吸了吸鼻子。剛剛覺得只是有些餓的肚子咕嚕咕嚕叫了起來。太香了！這種香味他從沒聞過。

「是豬頭肉燉酸菜。你們先回家，我把菜給你們端過去。」

「小妹，太好了，大堂哥就不客氣了。」簡方櫸知道這是小堂妹答謝他們幫她砍木材，特意給他們做的菜。他這小堂妹挺懂事的。

「爺爺、大伯，你們先回去，我現在就給你們端過去。」簡秋栩跑回廚房，讓簡母把所有的菜一分為二，和大嫂一起把分好的菜送了過去。

她奶奶和大堂嫂、二堂嫂看到了，趕緊過來接。

大堂嫂和二堂嫂看到那一盆滿滿的豬頭肉燉酸菜，驚訝不已。之後又看到了那一盤雞肉燉紅蘑菇，雞肉炒菘菜和一小碟的鹹菜煎雞蛋。

油水充足的四道菜讓她們不自覺地嚥口水，心中都在想，小堂妹真是個大方的人。

奶奶金吉拉著簡秋栩的手。「秋栩啊，以後不用做這些，妳爺爺、大伯、大堂哥幫妳是應該的。」

簡秋栩笑著說道：「爺爺、大伯他們也有自己的事要做呢，他們花時間幫我的忙，我請爺爺他們吃好的也是應該的。奶奶快吃飯去，天冷，菜一會兒就涼了。」

「好，妳也快回去吃飯吧。」

「小孫女是個大方懂事的人。」簡樂親看簡秋栩離開，感慨了一句，之後挾了一塊豬頭肉。豬頭肉入口即化，滿嘴生香，是他沒吃過的好味道，忍不住伸筷子從中挾了一塊酸菜。酸菜和豬頭肉一樣燉得入口即化，吸足了肉味，咬一口，酸酸鹹鹹好似肉，越吃越好吃。

簡大伯一家見簡樂親動筷，也都挾起了菜，一個個吃得停不下來。這菜真是太好吃了，豬頭肉那麼肥，卻感覺不到一點膩味。

而簡秋栩這邊，小和淼抱著碗，一口一塊酸菜，吃得滿嘴油。

簡秋栩吃了一大碗酸菜豬肉，才滿足地停下。她抬頭看了看，平常飯桌上喜歡講話的家人一個個埋頭吃得不亦樂乎。她弟弟咬著酸菜，吸了吸裡面的肉味，而後滿足地瞇了瞇眼。有肉的飯菜才香，看著家裡人吃得開心，簡秋栩心裡也開心，甚至還有一種成就感。

她在桌上坐了一會兒，才舀了些酸菜湯混著糙米拿去給簡sir。

等簡秋栩餵完簡sir回廚房，家裡人都吃好了。蘇麗娘幫著她娘開始收拾碗筷，她嫂子在用一根細木棍清理著灶心裡的灰，打算煮些水給家裡人漱洗。

看到灶灰，簡秋栩想起了一事。「娘，妳知道熟石灰嗎？」

「知道啊，方安平建大房子就是用它刷牆，白花花的。妳問這個做什麼？」簡母疑惑地問道。

原來現在已經有熟石灰了，太好了。

「娘，妳明天能不能幫我去買一些熟石灰，我有用。」

熟石灰的主要成分是氫氧化鈣，有了它，就可以用它和鹼製作出燒鹼了。

雖然不知道她要買熟石灰做什麼，簡母還是答應了。

「娘，妳真好！」簡秋栩抱著簡母的手撒嬌，簡母好笑地捏了捏她的胳膊，心裡卻是軟成了一團。她這個小女兒跟大女兒性格完全不一樣，大女兒性格內向話少，而小女兒性格開朗，很喜歡親近家人。

被女兒親暱靠著，簡母的心裡甜滋滋的。

簡秋栩黏著她娘說了一會兒話，等她娘離開了，她從牆角裝著炭的簍子裡挑了兩根細長的炭，細心地削了十根細長的木炭條才回房間，打算用親哥帶回來的紙裹炭筆，明天開始畫設計圖。

第二天一大早，她剛用熱水敷了個臉，大堂哥就過來催她上山，他急著想要知道有沒有採到松油。

簡秋栩隨便紮了個馬尾，戴上她做的帽子就出了門。「大堂哥，拿一個木桶去。」

大堂哥聽了，轉身到院子裡拎上了一個平時用來裝木屑的桶。木桶大概有二十公分高，能裝好多東西了。

簡秋栩進了廚房，把她姊昨天揹在身上的竹簍拿了出來，之後把在廚房門口晃悠的簡sir抱了起來，放到竹簍裡。

簡秋栩點了點牠的頭，把竹簍揹在後面。

「小妹，妳要帶牠上山？」大堂哥不明白小堂妹帶小奶狗上山做什麼，難不成讓牠去捉野雞。「這狗太小了，抓不到野雞的。」

「簡sir不抓野雞，有別的用處。大堂哥，我們走吧。」今天顯然比昨天更冷，天色有些灰濛濛的，簡秋栩猜應該是快要下大雪了，希望這雪等他們回來後再下。

「姑娘，我和妳一起去。」覃小芮從房間裡跑了出來，拿過她背後的小竹簍。

簡秋栩不拒絕，讓她揹著簡sir，三人快步出了門。

因為今天出行目的地明確，三人很快到了松林，直接來到了那十棵油松前面。油松被劃出V字形的地方都凝結上了一層棕黃色透明的樹脂，大堂哥忍不住察看起竹筒。

「小妹，桶裡有東西了，但不像是油啊？」大堂哥把地上的竹筒拎了起來，桶裡凝結了一層兩公分左右厚棕黃色透明的固體。「這跟樹上的一樣啊，不是油，油怎麼可能是一塊一塊的？」

簡方櫸認識的油都不是塊狀的，所以覺得小堂妹可能認錯了。

「大堂哥，這就是松油，也叫松脂。松油跟其他的油不一樣，它從松樹上流下來就會凝固的。」簡秋栩拿起竹筒，倒扣在木桶上方敲了敲，竹筒裡面的松脂鬆動，一塊塊地掉到了木桶裡。

倒完松油，簡秋栩再一次把竹筒放回了原處。「大堂哥，你和小芮先把其他竹筒裡的松油都倒了，我找找松露。」

大堂哥雖然心中依舊納悶這個松油怎麼不是油的模樣，但還是照著簡秋栩的話，一個個收著松油。

簡秋栩把一進山林就釋放活潑天性的簡sir從竹簍裡抱了出來，再從衣服口袋裡拿出了昨天那塊松露。她掰了一小塊松露放到了簡sir的鼻子下，簡sir一聞，立即激動起來。看到牠要吃，簡秋栩把松露收起來，做了一個虛假的丟東西的動作，簡sir屁股一轉，立即跑過去聞了起來。

簡sir聞東西的速度很快，簡秋栩跑在後面跟著牠。很快，簡sir聞到了那個喜歡的味道，兩隻小短腿開始快速地刨了起來。簡秋栩趕緊跑過去抱走牠，撿起一根棍子照著牠剛剛刨的地方挖起來。

果然，沒一會兒，一塊黑松露冒出了頭，大小和昨天挖到的差不多。

簡秋栩聞了聞，這塊松露也成熟了。她開心地摸著簡sir的頭，誇讚。「簡sir真厲害！」把剛剛掰下的松露獎勵給簡sir。

簡sir開心地搖尾巴，好像明白找到東西就有誇讚和獎勵，低著頭又找了起來。雖然牠還小，嗅覺卻靈敏，沒過一會兒，整個松林裡的松露都被牠找到了。

看著竹簍裡二十幾塊黑松露，簡秋栩很開心，今天成功地當了一回松露獵人，要獎勵簡sir一根大骨頭。

「小妹，我們收完了。」大堂哥拎著桶走了過來。

桶裡鋪了大概五公分厚的松油，簡秋栩算了算，這些松油估計有一斤。隔了一個晚上就能收穫一斤松油，這十棵油松的松油算是很豐富了。

「那我們回去，過幾天再來。」天又黑了一些，估計要下雪了，三人快速離開了松林。

正巧，他們一回到院子，就下起了鵝毛大雪。

「回來了？」在院子茅草棚下繼續做蘋果魯班鎖的爺爺和大伯見他們回來，立即好奇地看向大堂哥手裡的松油。

「小姪女，這就是松油？這松油直接可以當藥和膠水用？」簡明義記得小姪女昨天說過松油可當藥用，也可以做膠水的，但看松油這樣的形狀，也不知道怎麼個用法。

「對，松油可以燥濕殺蟲，拔毒生肌，可以止癢止痛，能用來治療癬、癰、濕疹、膿疱瘡，還能止血。」松油炮製出的松香藥用價值很高，在三國之前就已經用松脂入藥，松香比松脂純，入藥效果更好。

李時珍說：「松葉、松實，服餌所須；松節、松心，耐久不朽。松脂則又樹之津液精華也。在土不朽，流脂日久，變為琥珀，宜其可以辟穀延齡。」

古人把松樹當作長壽象徵，把松脂當作養生藥，古人還將松香作為辟穀藥方，李時珍在

《本草綱目》中也收錄了許多服食方法。
不過簡秋栩沒研究過服用方法，但知道用松香、羌活等量共研細末，用五十度白酒調成糊狀外敷，能夠治療肩周炎，而且效果很快，一、兩次就見效。
「這麼多作用？那這個是不是可以拿到藥店賣錢？」簡明義昨天就想問了，如果這個能拿去藥店賣，家裡不就可以多了一筆收入？昨天姪女說了，其他松樹也是能夠刮出松油的，就是量少。量少沒關係，松林裡有一百棵左右的松樹，攢起來怎麼都能刮到幾斤吧？
「是可以賣錢，不過我不打算賣給藥店，不划算。爺爺，大伯，我有更好的法子，能讓它賣出好價錢。」大晉之前的歷史和前世的是一樣的，松脂琥珀現在在藥店裡已經有了，把松油炮製出松香，賣給藥店確實能賺錢，但簡秋栩覺得這樣太不划算了。
一棵油松一年能割五斤左右的松油，所以這十棵油松能割到五十斤松油。炮製後大概能得到四十斤的松香，如果賣給藥店，按昨天她問到的松脂價格，一斤五百文，松香的價格也不會比松脂貴多少，最多能賣個二十幾兩，不划算，真不划算。這松油這麼稀少，她怎麼著也要讓它賣出個高價吧！
「什麼法子？」爺爺、大伯和大堂哥聽到她有法子賣更多的錢，有些急地問道。

第十五章

「爺爺，大伯，大堂哥，不急，我先教你們把松油炮製成松香，你們跟我去廚房。」

油松松香含量占松油的百分之八十，其餘部分為樹脂烴和少量揮發油。松油精細炮製加工後能得到松香、松節油和墨煙三大產品。想要得到松節油和墨煙就需要有蒸發冷凝的工具，簡秋栩只想得到松香，所以它的炮製方法就簡單多了。

他們聽簡秋栩這麼一說，都跟著她進了廚房。家裡其他人不知道什麼是松香，得知她要炮製松香，也都跑進來看。

簡秋栩讓大堂哥燒火，再找來一個大小適中的陶鍋，把木桶裡的松油全都倒了進去，把它放到灶上。

「炮製松香用銅鍋比較好，家裡沒銅鍋，只能用這個替代。」

凝結成塊的松油在加熱下慢慢熔化，變成了棕黃色的液體。簡秋栩用篩子撈去液體中的雜質，讓大堂哥準備一桶水。等松油全部融化，再沒有氣泡冒出，這個時候，松油裡面的其他物質已經揮發，剩下的都是松香。

簡秋栩讓大堂哥把松香倒進準備好的水中。松香密度大於水且不溶於水，一倒進冷水中，立即凝結成塊，沈澱到水底。

「成了。」簡秋栩把松香從水中拿出。
松香在冷水中自然凝固成形狀各異的結晶體。一斤的松油，加熱揮發過後得到了一小盆的松香。松香晶瑩剔透，簡秋栩拿起一顆聞了聞，香味比剛剛的松油還濃郁。
「這就是松香了？」大堂哥他們好奇，各自拿了一顆看起來。「這麼簡單？這好像跟剛拿回來沒有區別？」
「有區別，從松樹上割下來的松油裡面除了松香，還有其他的東西。加熱後，那些東西像水一樣蒸發了，現在裡面只有松香。你們看，它是不是比之前更加晶瑩剔透了。」簡秋栩不好跟他們說松油裡面有什麼成分，只能告訴他們松油加熱過後雜質都消失了，只剩下松香。
大堂哥再仔細看了看，點點頭。「是更加透亮一些，也不黏了。小妹，松香做出來了，下面要做什麼？」
簡方櫸還是想要知道小堂妹把松香賣出高價的好法子。
「娘，妳今天去買熟石灰了嗎？」想要進行下一步，得先把燒鹼做出來。
「買了，買了小半袋。」簡母從廚房角落裡拎出了一個小麻袋，裡面正是白花花的熟石灰。這東西便宜，她買了小半袋才花了五文錢。
「太好了，娘。」簡秋栩高興地接過小半袋的熟石灰，再把昨天買的純鹼拿了出來。
「爺爺，大堂哥，下一個步驟就是要做出燒鹼。做出燒鹼的步驟也不是很難，你們先看，到時候我會把步驟記下來給你們。」

「好，好。」大堂哥他們點頭，認真地看著簡秋栩行動。

如今沒有玻璃，簡秋栩選擇了一個大陶碗。先在其中倒入一定的純鹼，加水攪拌，直到水中沒有了純鹼顆粒，接著把熟石灰粉慢慢加入純鹼溶液中。

純鹼的化學成分是碳酸鈉，熟石灰的化學成分是氫氧化鈣，兩者反應會得到氫氧化鈉和碳酸鈣。

碳酸鈣不溶於水，而氫氧化鈣只是微溶於水，在純鹼溶液中加入足夠的熟石灰，那麼溶液中的純鹼反應完，就可以得到氫氧化鈉溶液，即是燒鹼。

雖然其中還有微量的氫氧化鈣，但並不影響使用。

簡秋栩把處理好的溶液靜置澄清，再用木勺把澄清後的燒鹼溶液舀到了另一個陶瓷碗中。「大堂哥，熟石灰和純鹼混合後得到的就是燒鹼。大家要注意，這個燒鹼不能直接沾到皮膚，尤其是眼睛，不然會被它灼傷。」

簡家人暈乎乎的，不懂得為什麼熟石灰和純鹼加水混合就得到了一個他們沒聽過的東西，燒鹼和純鹼有什麼不同嗎？

「二姊，為什麼熟石灰和純鹼加在一起會變成燒鹼？」簡方樟是個好學的小孩，簡秋栩把兩個東西混到一起得到另一種東西的行為讓他非常好奇。

這要怎麼解釋呢？簡秋栩想了想，拿出幾粒松香，兩個不一樣的勺子和兩根不同顏色的筷子。她把勺子和一根筷子放在一起，而後把松香和另一根筷子放在一起。「熟石灰和純鹼都是由很小很小的熟石灰和很小很小的純鹼組成的，假設我左邊就是很小很小的熟石灰的身體，右邊是很小很小的純鹼的身體。它們兩個在水中混合，遇到水，小熟石灰和小純鹼的身體就會變成兩個部分，在水中遊走。」

簡秋栩把左手邊的松香和筷子分開，把右手邊的勺子和筷子分開，而後在簡方樟專注的視線中，把左手邊的筷子和右手邊的筷子換掉。「看，它們的身體分開了，分開的身體遇到新的身體後，相互吸引，又各自組成了新的身體，這兩個身體跟之前的身體不一樣了，所以它們就變成別的東西了，再也不是原來的小熟石灰和小純鹼。因為它們混在一起，重新生成了新東西。」

「新的身體就是燒鹼嗎？那另一個身體呢？」簡方樟好奇。

「另一個身體就是白色的這個，它叫碳酸鈣。雞蛋殼就是由很多很多小碳酸鈣組成的。」簡秋栩說完，看了看家裡人，也不知道他們聽懂沒？

什麼小人，為什麼小人會變成其他小人？簡家人聽得雲裡霧裡，只有簡方樟的臉上若有所思。二姊懂得比方雲哥還多。

簡秋栩一看他們的神情就知道，除了簡小弟似懂非懂，家裡其他人都沒懂。這很正常，家裡人都不知道什麼是分子、原子，自然不可能聽懂。不過聽不聽得懂都沒關係，能看得懂就行。「爺爺，大堂哥，燒鹼已經做好了，下一步教你們用松香做兩種東西，松香皂和松香膠。」

「松香皂？」簡家人再一次疑惑了。松香膠他們能明白，知道那是膠水，但松香皂是什麼？

簡秋栩發現油松的那一刻，就想著用松香製作肥皂和松香膠。因為這個時期還沒有肥皂和松香膠的出現，把松香製作成肥皂和松香膠，無疑能讓它們的價值最大化，同時也能讓家裡盡快賺上一筆錢。

「松香皂是固體東西，可以用來洗澡、洗頭或洗臉，可以洗很多東西，比草木灰或澡豆和皂角好用多了。不僅如此，它比胰子還好上幾倍。」簡秋栩記得以前看過書，唐朝初年平常百姓都是用草木灰和皂角洗東西，家裡條件好一點的用澡豆，再好一點的比如達官貴人和貴族用胰子。

現在大晉歷史接近唐朝初年，胰子應該也有了，但是價格肯定昂貴。胰子是用豬油做的，這時候的人還沒有能夠把豬油完全皂化，胰子有腥味且不易保存。她製作松香皂，目標便是那些用胰子的達官貴人。松香皂帶著松香味道，並且容易保存，不愁沒有銷路。

「比胰子好？那不是能賣好多錢？」羅葵激動起來，擠近簡秋栩。「小妹，松香皂真的比胰子好？妳真能做松香皂？妳大哥跟我說過，京城裡有錢的大官用的胰子都是一兩銀子一塊，一塊也就半個雞蛋那麼大。松香皂比胰子好，那不是也能賣一兩一塊，不，能賣得比它更貴？」

簡方樺在京城泰豐樓當跑堂，泰豐樓是京都有些名氣的酒樓，過去吃飯的達官貴人自然有些，簡方樺從他們口中知道了不少的東西。當時，羅葵聽到那些大官漱洗要用一兩銀子的胰子，驚訝得不行。用一兩銀子洗澡，一年得用多少錢洗澡，這些錢一年都能買好多肉了！現在聽小姑說能做出比一塊一兩銀子還好的胰子，她腦海裡便出現了好多一兩銀子，心中激動得不行。

「確實，松香皂肯定能賣出更高的價格，現在我就教大家做松香皂。」不用想，帶著松香味的松香皂，肯定能賣出更高的價錢。

比一兩銀子還貴的松香皂？簡家人聽到這個，心裡都火熱起來，一個個眼神不敢鬆懈地看著簡秋栩的動作，認真學著松香皂的做法。

製作松香皂的方法是很簡單的。松香的主要成分就是松香酸，把松香煮化開，然後往裡面加燒鹼攪拌讓它皂化即可。

簡秋栩倒了一半的松香進了陶瓷鍋，讓大嫂加火，等松香化開後，她慢慢往裡面倒入燒鹼。因為松香和燒鹼是有一定配比的，簡秋栩估算了一下，加入了松香質量十分之一左右的燒鹼攪拌，然後讓大嫂把灶火滅掉，讓已經開始皂化反應的松香大概保持在四、五十度的溫度，持續不斷攪拌，讓它完全皂化。

鍋裡的黃色松香液體慢慢變得濃稠，出現了皂水分層，這代表松香皂已經皂化完成了。

簡秋栩讓大堂哥砍了一截竹子，再把這一截竹子劈開，把它當成模具，把皂化好的松香皂倒進去。「好了，這就是松香皂的前期，等過兩天變乾後，把它倒出來切割形狀，再晾曬，大概一個月左右就能用了。」

「這樣就能做成松香皂了？」簡家人驚訝。他們以為比胰子還好的松香皂做法會很複雜，沒想到一看就會，有些不太敢相信。

「是的，做松香皂的方法確實這麼簡單。不僅做松香皂這麼簡單，做其他的皂也這麼簡單。」

「還有其他的皂？小堂妹，還有什麼皂？」大堂哥心裡火熱得不行，小堂妹竟然還有其他皂的做法。

「豬油，橄欖油，椰子油……只要是能食用的油，都能用這樣的方法做成肥皂，作用跟松香皂一樣，只是香味不同而已。」這個時代，食用油昂貴，即使知道食用油能做肥皂，他們一下子也不能做出多少來。郭赤縣一天總共也就宰殺一、兩隻豬，一隻豬大概有五、六斤豬油，一斤油能炸八兩左右的油，兩隻豬總共可以炸九斤左右的豬油。但這些油他們不可能全部買，因為整個縣裡的人都靠著這些豬油生活。

不過一天能買到半斤、一斤左右的油也不錯了，至少這些油也能做出幾塊肥皂。每天做幾塊，積少也能成多。

「豬油也能做？」簡家人激動壞了。豬油也能做，這不就代表著他們一年四季都能做肥皂賣錢？他們簡家能賺錢了！越想，簡家人心裡就越激動，恨不得現在就跑到縣裡去買豬油，恨不得現在做好的松香皂就能賣出去。

簡秋栩看他們激動，明白他們的想法。「爺爺，娘，做肥皂不急於一時，現在我再教你們做松香膠。今晚我把做燒鹼和肥皂的詳細步驟記下來，明天我們家就可以開始做肥皂了。」

燒鹼和油的比例她要好好算一下，這樣才能做出更好的肥皂。

「對，對，不急。大家靜下心來，繼續跟秋栩學松香膠的做法。」爺爺簡樂親從激動中回過神來，讓大家繼續認真看。

「松香膠的做法跟肥皂做法差不多，也很簡單。」前世經常做木工，需要用到一些膠水，市面上的膠水味道都太重，簡秋栩不喜歡，便嘗試自己做松香膠。松香膠她做了不下十次，所以配方記得一清二楚。不過她在這裡做的松香膠並不是打算用來做膠水的，是有其他作用。

簡秋栩讓大嫂重新把灶火點著，再用秤秤了剩下的松香重量，往陶瓷鍋中加入重量為松香十分之一的燒鹼，加熱燒鹼至沸騰，再慢慢把松香加入攪拌，直至皂化成褐色膠體。松香皂化成膠體後，倒進重量為松香百分之八十的水，持續攪拌一到兩個小時，直至皂化後的褐色膠體慢慢變成乳狀透明物。

由於松香膠的攪拌時間過長，家裡人輪流在灶臺邊攪拌。

簡秋栩沒有蹲在灶臺邊看著，而是把今天摘到的松露拿出幾塊，打算做個松露炒雞蛋。她用清水稍微沖洗松露，再用刷子輕輕刷了下，把松露切成薄片，放到大碗裡，再往大碗裡面打了六個雞蛋。松露攪拌好後，簡秋栩把它放到桌上，打算等晚上做飯的時候再拿來炒，這樣雞蛋和松露接觸的時間久了，味道才能充分進入雞蛋中。

「小妹，這樣是不是成了？」大堂嫂喊了她一句。

簡秋栩走過去看，陶瓷鍋裡的松香膠已經被攪拌成了乳狀淺黃色透明物，用筷子挑起來有一定的黏性。「大堂嫂，松香膠成了。」

沒有塑膠瓶，簡秋栩只能找了一個瓷瓶把松香膠全部倒了進去，跟爺爺拿了一小塊油紙把瓷瓶密封，放到了陰暗處。

第十六章

燒鹼和松香的比例很好計算，簡秋栩把松香膠放好後，便利用了一點時間把比例算了出來。

考慮到家裡除了她和簡小弟，其他人都不識字，再加上製作肥皂流程的簡單，不需要畫圖指示，簡秋栩便打算直接把比例告訴家人即可。

爺爺、奶奶和大伯一家全都在正堂等著，連她爹簡明忠也讓大伯幫忙把他挪到了正堂。

「爺爺，大伯，爹，燒鹼和松香的比例我已經算好了，燒鹼的用量是松香的十一分之一，也就是用十一兩的松香，就需要一兩的燒鹼，這樣做出來的肥皂最好。用豬油製作肥皂的比例跟這個也差不多。」差那麼一點點也沒關係，只要油脂能夠完全皂化，多加點燒鹼也無所謂。

「大家都聽清楚了嗎？」簡樂親問眾人，簡家眾人都點頭。「肥皂的做法大家都知道了，我和明義、明忠也商量過了，兩家各出五兩銀子一起製作肥皂，做肥皂賺到的錢到時候兩家平分。做肥皂的這個工就交給家裡的女人來做，你們覺得如何？」

製作肥皂的法子簡單，兩家的女眷完全能夠勝任，他們男人還是繼續做自己的木工。

家裡女眷都點頭。大伯母張金花說道：「爹，我們今天就把錢湊齊，讓娘管著，明天我們就開始做。」

簡母也點頭，表示同意。

簡樂親點頭。「那就這樣，明天開始做肥皂。不過大家要記住，對家裡以外的任何人都不能透露做肥皂的方法。」

「知道了！」簡家人才不傻，這可是一個能賺錢的法子，若讓別人知道，他們怎麼能賺錢。大堂嫂與二堂嫂都很開心激動，若肥皂真的能賺到錢，他們家就能擺脫捉襟見肘的窘況，說不定還能賺到錢讓兒子讀書認字。

也不知道這小堂妹從哪裡得到的法子，家裡人都說小堂妹聰明，小堂妹識字，肯定是書讀多了，才想出這個法子來。難怪人都說書中自有顏如玉，書中自有黃金屋，原來讀書不只能做官，還能賺錢。她們賺到了錢後，一定讓孩子們都去讀書，這樣，以後才能想出更多賺錢的法子。

第二天一大早，大伯母和簡母就一起出門去縣裡買豬油，而大堂哥擔心有人會去松林，一大早就去把松油收了回來。松油的量依舊不多，跟昨天的差不多。

因為天冷，倒在竹子裡的肥皂經過一夜的保溫，也有了硬度。簡秋栩把它倒出來，用小刀小心地切割成了五小塊，再放到正堂屋裡的架子上晾曬。因為重視這幾塊肥皂，全家人時不時就過來看幾眼。

凝固後的松香皂金黃透明，家裡人是越看越喜愛，真把它當金塊一樣看待。簡秋栩想著讓大堂哥做一些皂盒子，到時候配套著一起賣。

大伯母和簡母很快就把豬油買回來了，今天去得早，買到了兩斤豬板油。豬板油三十文一斤，花了六十文。

大嫂和大堂嫂幫忙把豬板油切塊，晾乾，很快就炸出了一碗黃澄澄的豬油。二堂嫂照著簡秋栩昨天的方法，配出了燒鹼，再讓蘇麗娘幫忙燒火，學著簡秋栩昨天的樣子開始製作肥皂。

簡秋栩在一旁看著，以免出錯。「二堂嫂，豬油肥皂裡面可以添加一些松香，松香可以去腥味，還能增加香味。」

「這樣不會有影響嗎？」二堂嫂不是很明白。

「沒影響的，豬油可以混合著其他油一起做肥皂。可以往裡面添加任何香料，這樣能去除腥味，還能讓肥皂帶著香氣。娘，大伯母，明天妳們去縣裡買豬油的時候，可以去藥店買一些硫磺，用硫磺製造的肥皂能去屑止癢，長期使用可防治皮膚搔癢、腳氣、狐臭疥癬等。」簡秋栩以前很喜歡用硫磺皂，它的殺菌能力很好。這個時候能夠用來殺菌的東西太少了，她也想著做一些給家裡人用。

「我們明天就買。」簡母驚訝了，沒想到這樣的肥皂還有這些功效，她和大嫂商量了一下，明天去藥店買硫磺，再買一些其他香料。作為女人，自然喜歡帶香氣的東西，她們覺得，肥皂裡面多了香氣，肯定能賣出更好的價格。

簡秋栩看她們做得有模有樣，便不在廚房裡面盯著，打算去把沒做好的蘋果魯班鎖完成，再開始畫零件圖。

簡秋栩去茅草棚時，爺爺、大伯和大堂哥已經開始做新的魯班鎖了，她花了半個時辰把手頭的蘋果魯班鎖做完，打磨好後，開始拼合。拼合的時候又想到，魯班鎖易拆難拼，賣的時候最好有拼圖說明書，於是把它帶回房間，打算把拼圖說明畫好。

「姑娘，這是妳做的新玩具？好漂亮，像個蘋果。」覃小芮畢竟只是一個十二歲的丫頭，看到蘋果一樣的玩具，動手把玩起來。不過她拆了以後拼不起來，尷尬地朝簡秋栩呵呵笑。「姑娘，這個太難了，沒有之前妳做的那些玩具簡單。」

簡秋栩笑道：「這個東西可不是那麼容易拼的，得花時間琢磨。」

「那我琢磨琢磨，肯定能拼好。姑娘真厲害，能想到這樣的玩具。」覃小芮說著，神色有些崇拜。她家姑娘真的好厲害，什麼都懂。「對了姑娘，妳還有玩具落在廣安伯府，那天我們走的時候，應該把它們也帶走的。那些東西不是伯府的，也不知道是不是被廣安伯府的人都丟掉了。」

「丟掉就丟掉，也不是什麼值錢的東西。」簡秋栩想了下，那些玩具之中也就那把射鳥的和用來打魚的拋石機有些用處，其他的東西在廣安伯府眾人眼中，應該就是廢木頭，估計她們一離開，就被下人拿去燒火了。

然而她想錯了，她們離開廣安伯府的當天，第一時間進入嵐欣園的不是廣安伯府的下人，而是羅志綺。羅志綺在她房間裡大肆尋找了一番，興奮地拿走了她丟下的小投石機。

此刻，鄭氏拿著羅志綺交給自己的小投石機，匆匆進宮見了羅芷茵。

「大嫂，這東西真的能用來打仗？」羅芷茵看著桌子上三、四寸高的木製品，不是很相信地問道。這麼小的東西，能用來打仗？

「娘娘，這東西真能打仗。我們廣安伯府照著它做了一個大件的，當真比現在用的投石機都厲害。所以我才匆匆過來找娘娘，希望透過娘娘獻給聖上。」鄭氏開心地說著。

「那真是太好了！」羅芷茵激動得站了起來。「這東西若真的比現在的好用，皇上肯定會封賞廣安伯府，伯府又能上一階。大嫂，我們伯府有好運道了！」

鄭氏也興奮。「對啊，自從妳親姪女志綺回來後，我們伯府就有了好運道了。明慧大師親口說我們志綺身帶福運，志綺回來後，廣安伯府已走運，前途不可限量啊！」

「真的？明慧大師真的這麼說？」羅芷茵震驚問道。若真如此，那她以後肯定也能靠著廣安伯府升一升位分，說不定還能坐到四妃的位置。

「真的，全府的人都聽到了。」說著，鄭氏有些得意。因為親生女兒身帶福運，她現在在府裡可是狠狠把二房壓著，看二房忍著不爽的模樣，心裡不知道有多舒坦。

「太好了！大嫂，我這就去找皇上，跟皇上說大哥又找到了好東西獻給朝廷。」羅芷茵有些迫不及待。

武德帝忙於政務，並不重色，已經好久沒來她宮裡了。皇后娘娘對後宮管得嚴，她們不能隨便去打擾皇上辦公，不然便會得皇后娘娘的責罰。羅芷茵心裡很是擔心皇帝會忘了自己，現在有這麼好的機會，當然要主動去找皇帝。她去找皇上是有東西要獻給皇上，對朝廷有利，皇帝必然不會讓皇后娘娘責罰她。藉著這個東西，皇帝肯定會對她印象深刻，說不定這幾天都能來她宮裡。

「不，娘娘，這一次要跟皇上說東西是我們家志綺做的。我們想過了，志綺身帶福運，能夠讓身邊的人都能得到福運。她獲得的福運越多，對我們伯府肯定越好。所以，這個功勞要給志綺。」

進宮之前，羅志綺找了鄭氏說了自己身上福運的事。她跟鄭氏說自己身上獲得的福運越多，帶給伯府和身邊人的福運也就越多。所以，以後有什麼賞賜功勞應該按在她的頭上，這樣自己身上的福運越來越多，伯府和鄭氏他們也會越來越有運道。

鄭氏越想越覺得她的話是對的，於是和羅炳元決定把這個功勞歸給她。

「對！應該讓皇上賞賜志綺，她是個身帶福運的人。」

鄭氏走後，羅芷茵讓身邊的宮女端著東西，匆匆去找了武德帝。

「皇上，涴蓮閣的羅婕妤求見。」章明德低聲在武德帝耳邊說道。

武德帝一聽，不悅地皺了皺眉。「她有什麼事？」

章明德弓著身子。「說是有東西要獻給皇上。」

武德帝想到了那把弓弩，揮手讓章明德把她帶進來。

「妾叩見皇上。」進了宮殿，羅芷茵風情萬種，盈盈一拜。

武德帝揮手。「行了，起來吧。有什麼東西要獻上來？」

「是這個。」羅芷茵從宮女手中接過投石機，挪著步子走了過去。章明德看了，上前拿了過來，羅芷茵只好停下腳步。

武德帝從章明德手中接過小投石機，仔細地看了一會兒，臉上並沒有多餘的表情。「不錯，這投石機是從哪裡得來的？又是羅炳元讓妳獻上來的？」

「是的。這是妾大哥的女兒羅志綺自己做的，妾大哥覺得它對朝廷有利，便讓妾獻給皇上。」羅芷茵微笑著，儘量展示著自己美好的一面。

不過武德帝沒看她。他眼神有些沈，問道：「聽說羅炳元這個女兒剛從外面接回來，她是從哪兒學的這些？」

「妾這個姪女聰明伶俐，自己無師自通摸索出來的。姪女聰慧，只是命苦，從小被人換了，不然也不會在鄉下吃了十多年的苦。」羅芷茵也不知道這個是不是羅志綺做的，不過為了讓武德帝把賞賜賜到她頭上，便說是她做的。

武德帝看了看她。「若這東西有大用，朕必有大賞。」

羅芷茵聽了，心中一喜。「多謝皇上。」

「行了，沒別的事就先退下吧。」

「是。」

羅芷茵退出了御書房，走遠了些便興奮地對身邊的宮女墨月說：「快傳話回廣安伯府，事成了，讓家裡人做好準備，等皇上的賞賜。」

得到羅芷茵的話，廣安伯府眾人興奮異常，羅老夫人抱著羅志綺就是一陣親熱。「志綺真是我們羅府的福星！李嬤嬤，去我庫房裡把那一疋煙霞綢緞拿過來，讓我們志綺做幾件漂亮的裙子穿。」

李嬤嬤應著去開了庫房。

鄭氏看李嬤嬤去了庫房，心裡得意，看了一眼坐在自己對面二房的崔萍。

崔萍聽了羅老夫人這話，非常不開心，對上鄭氏得意的眼神後，冷冷地哼了一聲。什麼身帶福運之人，她才不相信。羅志綺真的身帶福運，會在鄉下吃這麼多年的苦頭？明慧大師肯定搞錯了，鄭氏那蠢貨肯定得意不了多久。

坐在崔萍身邊的羅志紛和羅志纓有些憤憤地看著羅志綺。自羅志綺回來後，她們明顯感覺到羅老夫人沒有像以前那麼疼自己，更加看重這個從鄉下回來的孫女，這讓她們心裡一下子失了平衡，非常討厭回到府裡來的羅志綺。

羅志綺對上她們的視線，不屑地回看了她們一眼。這羅府的東西都是她的，她不會讓任何人搶走屬於自己的東西，也沒有任何人能夠搶走屬於她的東西，因為她的身分很快就會變了，變得她們都高攀不起。

羅志綺心裡興奮異常。她這次，肯定會被皇上封為鄉君！

前世她死後，魂魄未消，讓她從那時候已經是國公府的丫鬟口中得知，前世那個假羅志綺在出嫁前給皇帝獻了兩樣東西，讓皇帝封她為鄉君。前世，假羅志綺嫁給林錦平，便是以鄉君的身分風光出嫁的。

這一世她一回府，就藉機去了嵐欣園把那兩件東西找到，把鄉君的封號奪回來！

第十七章

不過她暗中找了一番，只發現了那把弓弩，便偷偷把弓弩拿走。她覺得這把弓弩，就是前世假羅志綺獻給皇帝的東西。

因為她記起了前世聽過的一件事。有個人給前世的皇帝獻上了一把刀，她不知道是什麼刀，但就是那把刀，讓那個人得了皇帝的賞賜。那賞賜價值幾千兩，那個人拿著賞賜回家蓋起大房子，當了老爺。當時她聽到，羨慕得眼珠子都紅了，恨不得那把刀就是自己獻上去的。

皇帝對於能夠在軍事上有幫助的人是很大方的，所以她覺得那把弓弩十有八九就是前世的假羅志綺獻給皇帝的東西之一。於是讓羅炳元透過羅芷茵獻給皇帝，沒想到真的獲得皇帝的賞賜。

皇帝的賞賜下來了，她更加認定了自己猜得沒錯。那麼還有一件肯定還在嵐欣園裡，因為那天假羅志綺離開的時候，除了那些木碗，並沒有帶走其他東西。於是她再去嵐欣園翻找，果然找到了那個小投石機。

不過這一次，她不想再以羅炳元的名義獻給皇帝。當初那把弓弩的賞賜下來後，她就後悔了。明明是自己獻給皇上的東西，為什麼賞賜不給自己，而是給了別人？這次她說什麼都不能再用她爹的名義。於是她找了鄭氏，說服她讓她以自己的名義把東西獻上去。

現在羅芷茵說事成了，皇上肯定很快就會有賞賜下來，那賞賜肯定是封她為鄉君……不，她這一世帶著福運，皇帝肯定封給她的品級比前世的更高，她會嫁得比假羅志綺更風光。

想像著之後的風光，羅志綺興奮不已。

皇宮裡，羅芷茵一離開，武德帝就傳喚楊擎和廖戰進宮。

楊擎和廖戰匆匆趕來，武德帝還沒等他們歇過來便開口。「現在軍中投石機最遠的射程是多少？」

對於投石機，廖戰是最熟悉的。「稟報皇上，三十公斤以內的石塊，射程可達六百公尺；三十公斤以上到一百公斤的石塊，射程可達一百二十公尺到三百公尺。皇上，您傳喚臣和楊大人是否為了投石機一事？」

「正是。」武德帝把羅芷茵獻上來的投石機遞給楊擎和廖戰。「這個投石機，是否可用？」

投石機是利用配重物的重力發射，主要用於圍攻和防守要塞。投石機的機架兩支柱間有固定橫軸，上有與軸垂直的槓桿，可繞軸自由轉動；槓桿短臂上固定一個重物，長臂末端有彈袋用於裝彈。發射時，用絞車把長臂向後拉至幾乎水平，突然放開，石袋即迅速升起；當短臂重錘完全落下時，投射物便從彈袋中飛出。

對於投石機的結構，楊擎和廖戰是熟悉的，可是現在看到的投石機跟他們熟悉的有很大差異。它的整體看起來非常輕巧，槓桿短臂上沒有固定重物，而是多了一個滑輪，只需輕輕一拉，長臂末端就會迅速升起，投射物便迅速飛出。

廖戰和楊擎到外面用石頭試了試。儘管這個投石機很小，卻能輕鬆地拋出兩、三公斤的石塊，且射程達到了一百五十公尺。楊擎和廖戰心中驚喜異常。

「如何？」武德帝見他們一臉喜色，便知道這個投石機可用。

廖戰非常高興。「皇上，大喜啊！這個投石機操作簡單，只需一人便能輕鬆掌控。臣與楊大人推算了一下，與軍中現有的投石機同等大小的情況下，這個投石機投三十公斤以內的石塊，射程可達八百公尺。不僅如此，它應該能投出重達一百五十公斤的石塊，且射程不低於三百公尺，非常適合用來攻城和守城，能夠大大提高軍隊的作戰能力。」

武德帝一聽，心中也是一喜，沒想到短短幾天之內，他就得到了兩個好的作戰兵器，果然天佑大晉。「楊擎，機械弓弩研究出來沒？」

「今早剛研究出來，臣還沒來得及向皇上報喜。」

「太好了！」武德帝拍了拍桌子。「立即通知兵部，盡快做出一千把。」

有了這一千把機械連弩，金平城更加固若金湯。

「是！」廖戰應答。

「皇上，請問這個投石機從哪裡獲得？做這個投石機的人必定也是個了不起的工匠。」對於技藝高超的匠人，楊擎第一時間就是想把人招攬到工部。大晉建國才二十年，正是缺乏人才的時候。

「廣安伯府獻上來的。」武德帝也不瞞著他們。

廖戰皺眉疑惑。「廣安伯府怎麼會有這麼多用於軍事的東西？難道那個高人就藏在廣安伯府？皇上，這個廣安伯府很是可疑，臣覺得應該讓人查一下，以免有人生出不臣之心。」

武德帝敲了敲桌。「羅婕妤說，這是羅炳元剛回府的那個女兒做的。」

「她做的？臣不信，一個鄉下丫頭，哪裡能做出這般精妙的東西。」廖戰絕不相信這東西是羅炳元那個剛回府的女兒做的。若她真有這個本事，她養父母一家也不會貧困至此。

「是與不是，朕自會讓人查清。」武德帝看了一眼投石機，神色讓人猜不透。

「是她做的也有可能，聽說羅炳元親生女兒養父一家是木匠，她可能從養父那裡學到了木工。不過……」楊擎仔細察看投石機。「皇上，做這投石機的人應該與做機械弓弩的是同一人。臣仔細觀察了，投石機和機械弓弩用的是同一塊木材。臣聽說羅家人對簡秋栩並不好，若機械弓弩也是羅炳元親生女兒做的，機械弓弩不可能出現在簡秋栩身上，而當時簡秋栩還是癡兒，她不可能從羅志綺那裡拿到機械弓弩，臣更認為這機械弓弩和投石機是羅志綺從簡秋栩那裡拿到的。」

「所以，楊大人，你認為羅炳元親生女兒從簡秋栩那裡偷來了投石機，欺騙皇上是自己做的？」廖戰怒目。「皇上，若真如此，廣安伯府便是欺瞞皇上，絕不可饒恕！」

武德帝敲了敲桌子。「不急，此事朕自會追查。投石機就先交給你們，盡快做出來。」

羅志綺還幻想著皇帝賜給她的封號，完全不知廣安伯府已經被武德帝放到了眼皮底下。廣安伯府的人喜氣洋洋，等著皇上的賞賜。

這邊，簡家已經做了十幾塊肥皂，都放在架子上晾曬著。簡秋栩見家裡人已經能夠熟練地做肥皂，便開始畫自己想要的零件。想開一個木工玩具店的想法，哪怕是來到了大晉都不曾消失，反而更加強烈了。

晚上，簡方樺從城裡回來，看到家裡做的肥皂，激動且不可思議地看著簡秋栩。「小妹，這真的是妳想出來的法子？」

「不是我想的，是我從書中看到的法子。哥，你說我們家做這個好不好賣？」簡方樺畢竟在京城做工，對肥皂的行情比她清楚。

「好賣，肯定好賣！」簡方樺小心地拿起一塊肥皂聞了聞，心裡火熱。「小妹啊，這個不僅好賣，肯定能賣出高價！」

簡方樺沒想到他才五天沒回家，小妹就給家裡找了一個這麼賺錢的法子。京城富人用的胰子都沒有家裡做的肥皂好，他心裡忐忑火熱。「小妹，妳真的能確定這些肥皂過一個月後就能用？」

「確定。」簡秋栩看過成品了，一個月後使用完全沒有問題。

「那就好，那就好！」簡方樺激動得搓著雙手，如果這些肥皂真能成功，那便是大晉的頭一家，家裡肯定能賺上一筆錢，爹治腿的錢也能還上了。還有，簡方樺想起了村長方安平家的青磚大瓦房，說不定他們家以後也能建這樣的大房子。

「哥，先不說這個，我和大伯、爺爺他們做了三張將軍案和六個蘋果魯班鎖，你看看這些城裡有人買嗎？」簡秋栩把將軍案和蘋果魯班鎖拿給簡方樺看。

簡方樺仔拉扯了將軍案，又看了看那六個跟蘋果外形一樣的魯班鎖，臉上帶著驚奇。

「原來將軍案長這樣，這魯班鎖真奇特。小妹，這兩樣東西肯定有人買，我明天就帶到城裡去。我們掌櫃的東家在城裡有其他的店，我請掌櫃跟那邊的掌櫃說一下，應該能放在那裡寄賣。」

「那就太好了！有地方寄賣就行。哥，你到時候再跟那邊的掌櫃問一下，如果我們有其他的木製品，能不能也放在他那裡寄賣。」如果能賣出去，簡秋栩打算教家裡人做其他小件的東西，到時候等爹的腳好了，也能跟著爺爺、大伯他們一起做，家裡也能多一筆收入。

「行！哥明天就問。」簡方樺心裡熱火朝天，應答的聲音都洪亮了不少。簡秋栩看他開心，自己也開心。

第二天寅時一刻，簡方樺便用竹筐揹著那三張將軍案和六個蘋果魯班鎖出了門。

今早的天氣比昨天更冷，即使房裡有炭火，簡秋栩都冷得哆嗦。她穿的是簡方榆的衣服，不夠厚，禦寒差，可心想著，她穿了她姊的衣服，她姊能穿的衣服更少了。

蘇麗娘和覃小芮當時離開伯府也沒有帶衣服，身上的衣服都很單薄。看這天氣肯定還要再冷下去，就這麼幾件衣服肯定是不行的。

簡秋栩打著哆嗦跑進了廚房。大堂嫂和嫂子已經開始炸豬油，整個廚房裡都是豬油香。

簡秋栩拿出昨天晚上攪拌好的松露雞蛋，打算就著油鍋炒了。上次做的松露炒蛋家裡人都喜歡吃，連嫌棄它味道的簡方榆也不嫌了，直誇好吃，她打算今天多做一些。

這幾天都在炸豬油，家裡的伙食多了些油水，松露炒雞蛋的時候多加點油肯定更好吃。

「小妹，妳放著，我待會兒來炒。妳別凍著手，還要畫圖呢。」大堂嫂從她手裡拿過碗。「妳回房畫圖吧，大堂嫂很快就弄好。」

自簡秋栩教會家人做肥皂，她在幾個嫂子心目中就不一樣了，知道她要畫圖，而且那圖能做成賺錢的東西，活都不用她幹了。

「那就麻煩大堂嫂了。」簡秋栩沒有拒絕。她大堂嫂廚藝好，做出的菜更好吃。而且廚房裡有蘇麗娘和覃小芮幫忙，也不會讓大堂嫂累著。

簡秋栩從牆角的筐子中拿了幾塊木炭，打算等畫畫的時候，給房間裡加點熱，不然她的手凍得連直線都畫不好。

不過畫畫之前，她打算去縣裡一趟。「小弟，跟姊去一趟縣裡。」

簡小弟在屋裡認字，和淼、和鑫幾個小孩黏在他身邊，拿著棍子也有模有樣地在地上畫著。聽到簡秋栩喊他，便把書放進櫃子裡藏好，跑出來跟她出門。

覃小芮看到了，也從廚房跑了出來。「姑娘，我也陪妳去。等我熟悉了縣裡，下次我就可以幫姑娘買東西了。」

「行，那走吧。」

簡秋栩讓簡小弟帶路，前往縣裡唯一賣字畫的地方。

字畫店不大，店裡賣的也不是什麼高檔畫，簡秋栩猜測，應該是一些沒有名氣的讀書人畫好寄賣的。店裡除了掌櫃，並沒有客人，非常冷清。

簡秋栩沒有去看那些畫，直接走向老闆。「老闆，有顏料和畫筆賣嗎？」

天氣太冷了，她得盡快賺點快錢，買幾件衣服。

「顏料有，要什麼顏料？」聽到有人要買顏料，書畫店老闆抬頭看了她一眼，而後皺了皺眉。「畫筆和顏料都不便宜，妳果真要買？」

估計看出簡秋栩幾人並不是什麼有錢人，老闆有些疑惑。

「確實要買。老闆，有硃砂，藤黃，石青和鉛白嗎？」簡秋栩原本要買紅黃藍三種顏色回去調其他顏色的，後來想想，這個時候的顏料多是純天然的礦物顏料，想要調顏色並不簡單，她不打算畫顏色太複雜的東西。

「硃砂二百文一兩，藤黃一百五十文一兩，石青三百文一兩，鉛白一百文一兩。真要買？」老闆報了價後又問了一句。

簡秋栩知道這個時候顏料貴，沒想到這麼貴！得了，還是得賺錢。「要買，這四種各要一兩，老闆，麻煩再給我一枝細毛畫筆。」

雖然貴，簡秋栩還是買下了。

簡小弟拉了拉她的衣袖。「姊，顏料好貴，妳要沒錢了。」

「沒事，沒了再賺。等以後你會畫畫了，姊姊也給你買。」

「真的？」聽到簡秋栩的話，簡小弟高興地眼睛都瞇了起來。

「當然，你姊不騙人的。」簡秋栩想想，又讓老闆拿一枝寫字用的毛筆，而後把這枝毛筆遞給了簡小弟。「這是二姊送你的，以後你不要用棍子在地上寫字了。回去找一塊木板，沾著水在木板上寫，這樣你就能像方雲哥他們一樣練字了。」

「謝謝二姊！」簡小弟興奮地把毛筆抱在了懷裡。

當然，毛筆也不便宜，兩根毛筆花了她一百五十文。簡秋栩算了算，買顏料和筆一共花了九百文，她的口袋裡也就剩下六百文。

賺錢的速度果然比不上花錢的速度，儘管如此，她還是有其他東西要買。於是帶著簡小弟和覃小芮去了陶瓷店鋪，花了一百文，挑了一只淺口的白瓷碗。

想要買的東西買齊了，簡秋栩從老闆手中接過白瓷碗，打算再去一趟藥店。

覃小芮站在陶瓷店門口探著頭，臉上帶著些疑惑。

「怎麼了？」簡秋栩問了一句。「妳要買什麼東西嗎？」

「不是啊姑娘。」覃小芮搖頭。「我剛剛好像看到春嬋了，不過好像又不是。」

覃小芮想了想，應該是她看錯了。這麼冷的天，春嬋在這邊又沒有親戚，怎麼會來？肯定是她看錯了。「姑娘要去藥店嗎？妳的藥吃完了，娘說要我提醒姑娘買藥。」

「我正打算去讓大夫看看頭上的傷。」簡秋栩覺得自己頭上的傷好得差不多了，藥也許不用吃了。不過這只是自己的判斷，還是去給大夫看看最好。畢竟這是個感冒發燒都能要命的時代，她還是在意自己的小命。

簡秋栩去的還是之前的那一家藥店，之前那個學徒說這裡有大夫坐堂。他們到那兒的時候，店裡正巧有一個老大夫，不過只有他一個人。那個老大夫見她進來，什麼都沒說，就讓她過去看後腦的傷。

簡秋栩有些驚訝，她頭上戴著帽子呢，這個大夫竟然一眼就看出了她要看後腦勺的傷，有點厲害。

「妳這傷只要再吃七、八副藥就好了。」老大夫看了看她的傷，說了這句話就直接去給她抓藥了。

簡秋栩付了錢，拿了藥就帶著簡小弟和覃小芮往家裡趕。

第十八章

回到家時，三個人的鼻子都凍得通紅。

「快過來喝點熱湯。」簡母招手讓他們進廚房，給他們一人舀了一碗蘿蔔大骨湯。那天，簡秋栩買回大骨燉蘿蔔，家裡人覺得好喝。骨頭湯還帶著油，簡母覺得買大骨燉蘿蔔吃比較划算，於是她和大伯母去買豬油的時候都會帶一、兩根大骨回來。

喝了熱湯，簡秋栩瞬間暖和起來了。她拿著東西進房間，而簡小弟則迫不及待地跑去院子裡找了一塊木板，拿起新買的毛筆練起了字。

她弟真是個愛學習的小孩，她得趕緊掙錢，明年開春的時候送他去讀書，不然她就成為騙弟弟的姊姊了。

簡家白天不燃炭，但簡秋栩要畫畫，只能把炭盆點了起來。

炭盆裡的炭很快燒了起來，房間漸漸變暖不少。簡秋栩跑去把那天做好的松香膠拿了出來，然後把剛剛買回來的白瓷碗洗了擦乾，把一根木片放在白瓷碗中，拿起裝著松香膠的瓷瓶，沿著木片緩慢地往陶瓷碗中倒入松香膠，直至松香膠把碗底填滿。

因為沿著木片緩慢滴入，滴落在白瓷碗底的松香膠沒有什麼氣泡。簡秋栩把松香膠晃平，而後放到窗臺上晾乾。等白瓷碗裡的松香膠完全乾後，她便能在上面畫畫。

是的，畫畫，簡秋栩打算用這些松香膠做樹脂金魚，這是她想到的能最快賺到錢的方法，也是能夠讓松香膠實現最大價值的方法。

樹脂金魚的做法其實並不難，分層畫金魚即可。第一層松香膠鋪好，畫魚鰭和魚尾，而後鋪第二層膠。等第二層膠變乾，開始畫魚身、魚鱗和魚尾刻畫，繼續鋪第三層膠。第三層膠乾了後畫背鰭，再鋪第四層膠。第四次膠乾後做細部調整，這樣幾個簡單的步驟就能畫出一條立體感十足的金魚。

簡秋栩打算做一幅金魚群戲圖，讓大哥拿去賣給上次跟他買木碗的書生。

她從大哥口中聽出來，那個書生對新事物比較感興趣，而且有錢。樹脂金魚立體，栩栩如生。雖然她的畫技相對其他人來說比較普通，但這種立體的畫法這個朝代肯定沒有，必定會引起那個書生的興趣。

簡秋栩覺得，製作一幅樹脂金魚，怎麼都能賺點錢。

冬天天冷，松香膠乾得快，一層松香膠大概半天就能乾。簡秋栩估算了下時間，等大哥下次回來時，樹脂金魚就能做好了。

等著晾乾的期間，簡秋栩畫起零件圖。

大堂哥好奇地進來看了幾眼，看她畫了一堆大大小小的齒輪，看不懂。他在屋裡繞了一圈。「小妹，妳說妳哥能把將軍案和蘋果魯班鎖賣了嗎？」

「這個不好說。」簡秋栩對城裡人的需求並不清楚，做將軍案和魯班鎖也不過是想試試市場，能賣出去最好，賣不出去便想別的辦法。「大堂哥，別急，東西賣出去需要點時間，等我哥回來就知道了。」

她大哥把將軍案和蘋果魯班鎖揹到城裡後，大堂哥就沒心思繼續做蘋果魯班鎖了。爺爺和大伯也一樣，都在等著她大哥帶消息回來。

「我知道，不過心裡就是有點焦急。欸，小妹，要不妳再教我其他東西，這樣我就不會總想著它了。」

簡秋栩看他坐不住的樣子，放下筆。「行，大堂哥，我教你做個小玩意兒。你去廚房揀兩個好的雞蛋殼過來。」

簡秋栩打雞蛋的時候，特地只在雞蛋上面打了個小洞，雞蛋殼都保留得很好。簡方櫸不知道她要教什麼，不過能學到新東西，他就高興，立即轉身去了廚房。

「欸、欸！」門外覃小芮焦急地叫了幾聲，有什麼東西摔到了地上。「簡sir，我要打你了簡sir……」

簡秋栩眉頭一挑，肯定是簡sir闖禍了。她起身走出去，看到覃小芮氣鼓鼓地瞪著簡sir，簡sir不安地一會兒看著她，一會兒嗅嗅地面，地面灑了一碗黑糊糊的汁液。

「姑娘，妳的藥被簡sir撞倒了，等等我重新給妳煎。」覃小芮拿著碗又跑回了廚房。

簡sir有些不安地在她身邊晃著，簡秋栩蹲下揉了牠一把。「犯錯了吧？看你還小，先原諒你一次，下次可不許這樣了。」

簡sir大概三個月了，過些時日就可以訓練了。

「小堂妹，雞蛋殼拿來了，接下來怎麼做？」大堂哥挑了兩個雞蛋殼跑了出來。

簡秋栩拍拍簡sir的腦袋，進房間把松香膠拿了出來。「大堂哥，這個很簡單。」

她往雞蛋殼裡小心地加入松香膠，又抓了一把泥沙慢慢加入。很快，松香膠就乾了。簡秋栩推了一下雞蛋殼，雞蛋殼左右不停地擺了起來。「成了。」

「這麼簡單？這是什麼，雞蛋竟然不倒？」大堂哥驚奇地說道，伸出手又推了一下蛋殼，雞蛋殼又晃晃悠悠了起來。

「這是不倒翁，大堂哥。不倒翁做法簡單，你和爺爺、大伯他們可以用木頭照著雞蛋殼鑿幾個，做好了下次讓我哥拿去賣。這東西，小孩子應該喜歡。」簡秋栩跑去廚房拿出一個雞蛋殼，掰了一點殼，用松香膠把兩個雞蛋不倒翁上面的破洞封住，順道用炭筆在雞蛋殼上勾勒出一個戴帽子小孩子的模樣。

蹲在一旁看著的和淼、和鑫，好奇地爭著玩了起來，看雞蛋殼怎麼推都不倒，不服輸地繼續推著。

「看來小孩真的喜歡，我這就跟爺爺說去。」大堂哥學到了新東西，迫不及待地去跟爺爺和大伯說了。

簡秋栩看家裡的小孩玩得有趣，坐在一旁陪他們玩了起來。

「咦，這是什麼？」大嫂羅葵看了一眼廚房門口那一圈灰白色的東西，好奇地彎腰下去仔細看了看。「地上怎麼這麼多鉛粉？」

「什麼鉛粉？」簡秋栩問了一句，看她大嫂盯著地上那碗被簡sir打翻的藥，心中疑惑，走過去看。

倒在地上的那碗藥已經乾了，剛剛有些黑的藥漬變成了灰白色，用手一摸，手指上還沾上一層灰白色的粉末。

果然是鉛粉。簡秋栩神色凝重了下來。

「真的是鉛粉。小妹，妳的藥裡面怎麼有鉛粉？鉛粉能當藥？」羅葵疑惑，沒聽說過鉛能當藥用的啊！

「不能，鉛有毒，鉛進了人的身體，會導致人智力低下，癡呆，腦死亡。」大嫂聽不懂。「什麼癡呆死亡？」

「就是吃了鉛，人會變傻子！」簡秋栩站了起來，神色更加凝重。

「天啊！」羅葵被嚇到了。「那妳的藥裡面怎麼有鉛？」

簡秋栩快速朝廚房走去。「小芮，我剛剛買的藥在哪兒？都拿出來。」

「都在這兒。」剛剛拿回了八副藥，覃小芮煎了一副，現在鍋裡還煎著一副，桌上剩下六副。

簡秋栩迅速把藥打開，果然，每一副藥裡都發現了一兩重的鉛團。鉛不溶於水，卻溶於酸。她這次拿的藥明顯是酸性的，自然能讓鉛變成鉛離子。

八副藥八兩鉛，溶於藥中的鉛離子肯定會超標，她若喝下去，必定會鉛中毒，即使不變傻子，身體也會遭到嚴重損害。

鉛不是藥，不會有大夫給病人拿鉛治病。

簡秋栩拿出那個大夫開的藥方，上面也沒有鉛。這個鉛，肯定是那個大夫抓藥的時候偷偷放進去的。

她跟他無冤無仇，為什麼要害她？

「大堂哥，跟我去一趟藥店。」簡秋栩把藥和藥方帶上，決定現在就去找那個大夫。

「發生什麼事了？」簡方櫸看她神色凝重，意識到肯定發生了什麼事。

「小妹的藥方裡好多鉛，吃了會死人的。」大嫂在旁邊有些害怕地說道。

「什麼？這個庸醫，我們現在就找他去！」大堂哥大喝了一聲。

「怎麼一回事？」大伯簡明義聽到了，也走了過來，神色凝重起來。「藥裡怎麼會有鉛？那個大夫難道亂開藥？大伯和妳一起去。」

亂開藥怎麼都不會開到鉛，那藥分明是用來害她的。她自認為與任何人都無冤無仇，在這個世上想要害她的，除了羅志綺，她想不出其他人。

簡秋栩帶著大伯和大堂哥迅速趕往縣城。

藥店門還開著，那個老大夫卻沒了蹤影。

看門的學徒看大伯和大堂哥氣勢洶洶，有些嚇到了。「你們要幹什麼？」

「今天早上在這兒坐堂的老大夫呢？我們要找他。」簡秋栩冷聲說道。

「老大夫？」學徒疑惑。「你們找他做什麼？」

「找他做什麼？當然要扭他去報官！」大堂哥把一副藥丟到櫃檯上。「這是你們店裡大夫給我小妹開的藥，藥裡加了那麼多鉛，你們是想要我小妹的命吧?!」

學徒打開藥看了看，臉色難看了起來，顯然也知道這藥吃多了肯定會要人命。

「那個老庸醫在哪兒?!如果你不告訴我們，我們現在就去報官，說你們藥店給病人開害人藥！」簡明義沈著臉色厲聲說道。

「別別！」學徒攔住了他們。「那個老大夫……他不是我們藥店的坐堂大夫，他是從城裡來的。前些日子，我們店的坐堂大夫走了，我師傅想找個大夫坐堂，他自己上門來的。我師傅見他醫術不錯，還是從城裡來的，就讓他留下來了。」

「他現在在哪兒？」簡秋栩問道。

「走了，三個時辰前走了，說我們藥店太差，連工錢都不要就走了。」

「走了？走去哪兒？他哪裡人？叫什麼名字？」簡明義這時候意識到那個大夫不是開錯藥那麼簡單了。

「他姓常，叫常平，哪裡人沒說，我也不知道他去哪兒了。對不住各位客官，這人私自配藥，是我們藥店失誤。客官你看，藥我幫你們免費換了，報官的事就算了吧！」學徒有些緊張地擦著汗，怕他們去報官。

簡秋栩見他雖然緊張，神情卻無異，知道他並沒有說假話，要想從他這裡得到更多的消息是不可能的了。

「藥我們不要了，把錢退給我。」

學徒迅速地把錢退了回來，怕他們去報官，還多退了一半的錢。簡秋栩拉著簡明義和簡方櫸出了藥店。

「小妹，這樣就算了？」簡方櫸還想著從學徒口中問出什麼。

「大伯，大堂哥，不用問他了，問了也得不到什麼有用的，那個大夫從一開始就沒有跟他們說真話。不過，雖然找不到那個大夫，我也知道那個大夫為什麼會在我的藥裡放鉛了，他是被人指使的。」簡秋栩想到了覃小芮今天早上的話。覃小芮應該是沒有看錯人，她看到的人十有八九就是春嬋。而這個大夫，百分之百與春嬋有關。

「是誰？」簡明義和簡方櫸立即問道。

「羅志綺，也就是簡方櫄。」簡秋栩沒想到羅志綺心思竟然如此狹隘歹毒，她都離開廣安伯府了，羅志綺卻還因為當年的錯誤，一而再、再而三地想要置她於死地。

這樣狹隘記仇歹毒的人，她以後一定要多加提防。

「簡方櫄？這怎麼可能？」簡明義有些不敢相信。簡方櫄這個前姪女雖然自私自利了點，也做出了讓家裡人寒心的事，但這種指使別人殺人的事，簡明義怎麼都不敢想她能做得出來。

簡方櫟的想法卻與簡明義不一樣，他覺得簡方檸既然能做出丟下重傷養父的事，就能做出害人的事。「小堂妹，妳怎麼知道是她？」

簡秋栩冷了冷眼神。「雖然沒有證據，但我肯定是她。大伯，大堂哥，我頭上的傷便是她讓府裡的人打的。因為覺得她已經與我們簡家無干，所以我才沒把這件事告訴家裡人。畢竟她在我們簡家長大，我不想讓家裡人傷心。」

從小養大的孩子做出殺人的事，哪怕羅志綺已經與簡家無關，簡家人知道了心裡肯定會難過，也許會自我懷疑，她不想讓家裡人傷心。

不過，現在不得不告訴大堂哥和大伯了，因為她得讓家裡人防著羅志綺。羅志綺心思歹毒且怨恨著簡家，簡秋栩擔心她會對家裡人做出什麼不好的事。

聽了簡秋栩的話，簡明義一時陷入沈默，過了好久才說道：「秋栩，這件事我和妳大堂哥知道就行，千萬不要讓妳爹娘知道。」

「好。」簡秋栩點了點頭，她明白，大伯是不想讓她爹娘傷心自己養出了這麼一個惡人。

「爹，那個姓常的肯定回去廣安伯府找簡方檸了，我們現在去找他，說不定還能人贓並獲。」簡方櫟心裡有著怒氣，恨不得現在就把那個所謂的常平抓起來報官，把羅志綺給揪出來。

「大堂哥，現在已經過了三個時辰了，我們過去估計誰都見不到。我們現在沒有證據，真找到了人報官，他也會反過來說我們誣告。」

常平給她的藥方裡並沒有鉛，也沒有其他人看到常平往她藥裡放了鉛。到時候去見了官，常平很容易就反過來說他們自己往藥裡放鉛誣陷訛詐他。別說揪出背後的羅志綺了，說不定他們還得吃官司。

「那這事就這樣算了？」簡方櫸有些憤憤。

「大堂哥，我們沒有證據，只能暫時這樣。」沒有證據想要去對付羅志綺，這是行不通的。羅志綺背後是廣安伯府，他們真過去了，也是浪費時間。說不定因為這事，還會讓羅志綺更加憤恨，做出傷害簡家人的事來。

羅志綺現在的目標還放在她身上，自己提防著點就好。至於羅志綺害她的事，總有機會報回來。

雖然心中憤怒，大堂哥也是理智的。他想了想，只能放棄去京城，安慰簡秋栩。「小妹，妳放心，有大堂哥在，一定不會讓羅志綺再害妳的。」

「謝謝大堂哥。」雖然知道這只是她的安慰話，他也做不了什麼，簡秋栩心裡還是很暖。

「以後我們多提防著羅志綺。方櫸，你回去跟你家的說說。」簡明義說完又沈默了。這是個什麼事啊，他們簡家怎麼就養出了這樣一個白眼狼？明明他們一家子都是心善之人，真想不明白。

簡明義嘆了口氣，帶著兩人回家。

一路上，大家都沒說話，簡秋栩知道大伯和大堂哥都在消化剛剛知道的事，便也沒有說什麼。

簡母和大嫂在家裡焦急地等著，看到他們回來，簡母立即跑了過來。「怎麼樣？藥到底是怎麼回事，問清了嗎？」

「娘，沒事，只是藥店拿錯藥了，藥店把錢退回來了。」既然不想她爹娘知道羅志綺要害她的事，簡秋栩只能撒謊。

「那就好、那就好！」簡母拍了拍胸口，放下心來。「怎麼沒有重新拿藥回來，妳的傷還沒好全，還是要吃藥。」

「娘，大夫說了，我的傷不用吃藥也沒問題了。我不喜歡吃藥，所以就不吃了。」簡秋栩不打算再吃藥了，反正傷口已經好得差不多了，就讓它慢慢好吧。

簡母聽她這麼一說，也就信了，見大家沒事，就放心地回了房間。

「小妹，妳騙娘的吧？那個鉛是不是那個大夫故意放的，他要害妳？」羅葵心裡是不信簡秋栩的話，見婆婆離開了，偷偷問了起來。「那個大夫為什麼要害妳？是不是簡方樽幹的？」

剛剛簡秋栩帶著大伯和大堂哥去找那個大夫的時候，羅葵就在心裡琢磨開了。她這個小妹從小癡呆，在廣安伯府肯定不會得罪人，回來這段時間也沒有得罪過任何人，會有誰想要害她？她思來想去，想到了簡方檸的頭上。以她對簡方檸的了解，因為記恨小妹在廣安伯府生活了十幾年而要害她，她是做得出來的。

簡秋栩沒想到大嫂這麼敏銳，也不瞞著她，點了點頭。「大嫂，這事妳和大堂哥知道就行，不要告訴爹娘。」

得到了簡秋栩的肯定答案，羅葵心裡一寒，沒想到真的是簡方檸。她僵硬地點了點頭，心裡想著一定要把這件事告訴自家的，讓他多提防著簡方檸。而後又想，簡方檸跟自己不對付，會不會也想害自己？

「大嫂，妳放心，事情與妳和家裡人都無關，不要太擔心。」簡秋栩見羅葵神色不好，知道她想得太過，嚇到自己了，安慰了她一下。

羅葵聽她這樣一說，放心不少。

簡秋栩見她神色恢復了些，也不打擾她，轉身就去找簡sir。今天要感謝簡sir，不然那藥她就喝下去了。

「簡sir，今天獎勵你一塊肉。」簡秋栩撓著牠的頭，看牠精力充沛地左蹦右跳，心情好了不少。

摸了摸簡sir的小腦袋，簡秋栩打算開始訓練牠，讓牠盡快成為家裡重要的一員。

雖然知道羅志綺還會對付自己，簡秋栩卻不想多想，兵來將擋、水來土掩，做好準備就好，她不喜歡杞人憂天。

春嬋一回府，門房就告訴她有個叫林堂的人找她。

林堂即常平，這人便是春嬋按照羅志綺的吩咐找來的。羅志綺自簡秋栩離開伯府的那一天，發現她要恢復了後，心裡就不安。她絕不允許簡秋栩恢復過來威脅自己，她要她永遠都是癡兒。於是羅志綺讓春嬋去找人，而這個林堂知道人吃什麼會變成癡兒，春嬋便讓他去郭赤縣，乘機換掉簡秋栩的藥。

不過幾天來計劃都不成功，羅志綺不放心，便讓春嬋過去看看，這便是她出現在郭赤縣的原因。

如今她剛回府，林堂就找來了，肯定是三小姐交代的事做成了。

果然，春嬋見了林堂後，知道林堂成功地換了簡秋栩的藥，於是用十兩銀子打發了他，興沖沖地跑去找羅志綺。「三小姐，成了！林堂把簡秋栩的藥換了，現在估計已經喝下去了！」

「很好。」羅志綺從榻上坐了起來，讓她不安的事情終於解決了，整個人又得意起來。這下假羅志綺永遠都恢復不了，再也沒有人能阻礙她拿回自己的一切了。於是她便大方了一回。「桌上的那支簪子送妳了，拿走吧！」

「謝謝三小姐！」春嬋一臉興奮地拿走了那支鑲了金的簪子。

看著春嬋得到自己賞賜那奴顏婢膝的模樣，羅志綺心裡異常滿足。

「三小姐，宮裡來人了！帶著聖旨來的！」另一個侍女夏雨從門外興奮地跑了過來。

「聖旨！三小姐，肯定是皇上給您封賞來了！」春嬋也興奮地嚷了起來。

羅志綺激動地從榻上下來，興奮又得意地想著，看，老天爺就是向著她的。剛解決了那個假的，她的封號就來了，果然，她就是身帶福運之人！

第十九章

「夏雨，把我胭脂綢緞的裙子拿來。」羅志綺站到銅鏡前，迫不及待地穿上了準備多時的衣服，她要以最美的狀態去接受自己的封賞。

正廳裡，除了羅志綺，廣安伯府的所有主子都到齊了，看到宣旨太監護在手中的聖旨，一個個臉上都帶著藏不住的興奮。

羅老夫人指示李嬤嬤。「快給田公公倒茶，田公公辛苦了。」

「為皇上辦事，不辛苦。」田公公擺了擺手。「茶就不用了，咱家還急著回去覆命。人來齊了嗎？來齊了，咱家就宣讀聖上的旨意了。」

「來了來了，三小姐來了！」春嬋在門口喊了一句。

看到一身明豔服裝，姍姍來遲的羅志綺，二房崔萍母女三人覺得沒那麼興奮了。

看到羅志綺來了，鄭氏立即興奮地說道：「田公公，我們家志綺來了，人齊了！」

「既然都來了，那咱家就開始了。」田公公看了一眼羅志綺，舉起了手中的聖旨。

廣安伯府人見此，立即朝著聖旨跪了下去。

跪在明黃的聖旨下，羅志綺激動得嘴角忍不住翹起。她的封賞來了！

田公公打開聖旨，看了看跪在面前的廣安伯府眾人，清了清嗓子，大聲唸了起來。「奉天承運皇帝，詔曰：廣安伯羅炳元之女羅志綺因獻投石機，與國有利，故賜……」

廣安伯府眾人聽到那個賜字，一個個激動得伸長了耳朵。

而羅志綺忍住大笑出聲的衝動，激動得雙手都顫抖了起來。賞賜果然是給她的！她身帶福運，皇上給她的賞賜一定比前世的假羅志綺要好，她的封號肯定比鄉君高！

田公公又看了一眼跪在地上豎著耳朵激動的眾人，清清嗓子，繼續道：「……故賜白銀千兩，雲綾錦一疋，欽此！羅炳元之女羅志綺，接旨！」

賞賜的東西，田公公讀得緩慢而響亮，廣安伯府的眾人從激動慢慢變成了不可置信的僵硬。

沒了？聖旨裡只有這些東西？怎麼可能！

得意激動著的羅志綺不敢置信地抬起了頭。什麼白銀千兩？什麼雲綾錦？她的封號呢？怎麼沒有她的封號？不，她不接這個旨，她不相信聖旨上只有這些，上面肯定還有賞給她的封號沒有唸。

羅志綺抬起了頭，不顧接旨禮節，激動得問道：「公公，是不是還有其他的沒有宣讀？皇上不可能只給這麼點賞賜！」

「大膽羅家女，竟敢質疑皇上的旨意！我這就回去稟報皇上，讓皇上治妳的罪！」田公公氣得收起聖旨。

「公公息怒，息怒！孫女不懂事，請公公莫怪！」羅老夫人沒想到羅志綺會當著田公公的面問出這樣的話，簡直是不想讓他們廣安伯府好過了。她慌張地從地上爬起來，把多年戴在身上，捨不得給其他人看的玉珮塞到了田公公的手中。「公公莫怪，莫怪！」

看到羅老夫人和廣安伯府其他人一臉慌張，羅志綺才意識到自己問錯話了，害怕地縮到羅老夫人身後。

田公公看了一眼玉珮，很是自然地把它塞到了自己的衣袖中，神色瞬間緩和了下來。「羅老夫人，妳這孫女可得好好教教，皇上的旨意是能隨便質疑的嗎？」

羅老夫人趕緊點頭。「是是，老身一定好好教她，一定好好教。」

田公公看了她一眼。「看在老夫人面子上，咱家就當這事沒發生。以後可別再亂說話了，不然咱家也幫不了你們。」

羅老夫人和羅府眾人鬆了一口氣。「多謝公公，多謝公公。」

「好了，其他話咱家也不說了。聖旨咱家已經宣讀了，咱家現在就回去覆命。」田公公用雙手把聖旨遞了出去。羅老夫人怕羅志綺再出什麼差錯，趕緊恭敬地接了過來。

田公公讓後面捧著銀子和雲綾錦的小太監把東西交給羅家人便離開了。

把田公公送走，羅老夫人恭敬的神色立馬變成憤怒。「志綺，妳竟敢當面質疑聖意，是想害死廣安伯府嗎？誰給妳這個膽量！」

羅老夫人帶著怒意的眼神犀利地看著羅志綺，羅志綺被她看得有些怕。「祖母，我不是，我沒有。」

「妳沒有？妳明明就有，我們這麼多人都聽著，當我們都是聾子嗎？」崔萍冷笑，見縫插針。「我們廣安伯府差一點就被妳害死了。娘，這事可不能輕易揭過，不然誰知道還會不會有下次。」

「閉上妳的嘴！」羅老夫人冷冷地瞪了她一眼，一旁的鄭氏磨著牙看著她。

羅志綺不在意自己是不是害了伯府，只惦記著她手中的聖旨。「祖母，那公公肯定沒有宣讀完聖旨，聖旨上肯定還有其他內容。」

到了此刻，羅志綺依舊不相信皇上只賞賜了她這麼點東西。明明前世那個假羅志綺就是差不多在這個時候被封為鄉君的。

聖旨上肯定還有旨，肯定有。她眼神盯上了羅老夫人手中的聖旨，想也不想地就伸手拿了過來。

羅老夫人被她這種不問自拿的行為氣了個倒仰，惡狠狠地盯著鄭氏。「這就是妳教出的女兒！把她帶回去好好管教，管教不好，伯府的家不用妳管了。」

「娘，我一定會教好志綺。志綺剛回府，有些東西不懂是應該的，我教教她，她就會了。娘別生氣，志綺是我們伯府的福星，以後肯定不會出差錯的。」伯府的管家權怎麼能放手，這可是她好不容易才拿到的。

「什麼福星，我看是災星！」崔萍諷刺了一聲。

「閉嘴！一個個都不省心，全都給我滾回自己院子去！李嬤嬤，把東西放我庫房去。」

羅老夫人罵了鄭氏和崔氏一頓，看了一眼羅志綺。

此刻，羅志綺不相信地上上下下翻看著聖旨，臉上有些猙獰瘋魔之色。

羅老夫人不由得懷疑，志綺身帶福運，她的福運能旺自己嗎？真旺的話，她怎麼會損失一塊玉珮？一千兩都買不到的玉珮，為了這麼一個聖旨，她的損失太大了。羅老夫人心裡抽疼，沈著神色帶著李嬤嬤離開了正廳。

鄭氏和崔氏看到羅老夫人把東西都拿走了，兩人眼神裡都藏著不悅。這老不死，就喜歡吃獨食。

崔氏朝著鄭氏幾人嘲諷地看了一眼，帶著兩個女兒也離開了。

竹籃打水一場空，鄭氏見其他人都走了，不由得跟羅炳元抱怨起來。「羅芷茵不是說事成了嗎？怎麼會這樣？」

從得到羅芷茵的消息開始，鄭氏就一直很興奮，沒想到只得了這麼一個結果，鄭氏覺得這一切都是羅芷茵辦事不力。

而羅志綺盯著聖旨質疑了半天，終於讓她找出自己沒有被封賞的原因了。

肯定是她爹搶了她的封賞！

如果當初那把弓弩是以她的名義獻給皇上的，得到封賞的就是她而不是她爹。現在皇上已經封了羅家一人，不可能再封羅家第二個人了。

對，一定是這樣的，是她爹搶了她的封賞！

這麼想著，羅志綺不由得怨恨起羅炳元來。為什麼一個個都要跟她搶東西，她恨！

羅炳元不知道寄以厚望的女兒已經怨恨起自己了，聽著鄭氏的話，他也覺得是羅芷茵辦事不力，神色很是不悅。

他們伯府錯過了一個好機會，如果羅芷茵做得再好一些，皇帝會僅僅賞賜他們這麼點東西嗎？成事不足，敗事有餘！羅炳元甩著衣袖，不滿地走了。

路上，跟著田公公過來宣旨的小太監忍不住心中的好奇。「田公公，賞賜這點小物件，皇上怎麼還用上聖旨了？」

田公公睨了他一眼。「皇上的心思是咱家能猜的嗎？」

小太監搖頭。「不能猜，不能猜。」又討好地說道：「田公公，您是皇上身邊的紅人，您老總會知道些什麼吧？能否跟小的說說？」

摸著衣袖中的玉珮，田公公臉上愉悅。「今天咱家心情好，就跟你說道說道。這聖旨你也知道，是皇上用來下達文書命令、封贈有功官員，或者賜予爵位名號頒發的誥命或敕命的。皇上給廣安伯府下了聖旨，卻什麼誥命名號封贈都沒有，讓廣安伯府眾人空歡喜一場，不是擺明了皇上不喜廣安伯府嗎？」

小太監想想廣安伯府的人看到聖旨時的激動，再想想聽完聖旨後的失落，恍然大悟。「田公公，廣安伯府做了什麼讓皇上不喜？」

「這咱家就不知道了。」田公公收起了玉珮。「這內裡的事不是咱們能探聽的，你只要知道皇上不喜廣安伯府就行了。」

「是，是，聽公公的。」小太監點頭。

田公公看了他一眼，瞇了瞇眼，想起廣安伯府眾人，搖了搖頭。廣安伯府遭到皇上厭棄，伯府眾人卻不自知，看來這廣安伯府氣數也差不多了。

宮中的羅芷茵知道皇上賞賜給伯府的東西後，一開始也不明所以，可越琢磨越不對勁，卻又不知道哪裡不對勁。

她坐立不安，趕緊讓人給羅炳元遞信，想跟他商討這件事。羅炳元卻跟鄭氏一樣，認為是她辦事不力想要推卸責任，根本就沒有回她的信。

羅芷茵心裡越想越急。這其中的不對勁肯定牽涉到自己了，皇上好久都沒來她這裡了。得不到羅炳元的回覆，羅芷茵心急如焚，想去找皇上，卻又不敢。

御書房裡，武德帝又一次把廖戰和楊擎招了過來。這一次，他的龍案上擺著一個蘋果魯班鎖和一張寫著松香、燒鹼以及肥皂製作方法的紙。

「看看。」武德帝讓章明德把東西拿下去給兩人看。

廖戰粗略地看了一遍。「這個簡秋栩竟然懂這麼多東西？松香，燒鹼，肥皂是什麼？她到底是師從何人？」

武德帝沒有回答，因為他也不知道簡秋栩師從何人，暗衛查不到她身邊有其他高人存在。她做的這些東西，彷彿就像無師自通一樣。
楊擎拿著魯班鎖觀察起來。「這魯班鎖設計之巧妙，皇上，臣認為簡秋栩完全有能力做出機械弓弩。」
「所以，那個投石機也完全可能就是她做的？」廖戰聳了下烏黑的眉毛。「皇上，既然確定機械弓弩和投石機是簡秋栩做的，臣這就去把她抓回來，千萬不能讓她把機械弓弩和投石機的做法洩漏出去。」
武德帝擺擺手。「先不用，機械弓弩和投石機的做法她洩漏不出去，朕倒要看看她還能做出什麼新奇的東西來。」
自武德帝從暗衛那裡得知，簡秋栩好像懂得一些常人不懂的東西，他就改變了主意，不打算把她抓回來，而是讓林泰盯得更緊了。
也許盯著她，還能得到更多利國利民的東西。
武德帝輕敲桌子思考著。「楊愛卿，這幾個方子朕就交給你了。盡快研究出松香膠和燒鹼的作用。朕也想知道熟石灰和鹼的身體怎麼就變成了燒鹼。」
「是！」
簡秋栩不知道，自己的一舉一動正被武德帝盯著。
因為天冷，松香膠凝固得比她預估得還要快，那幅樹脂金魚慢慢地完工了。同時，她哥也在大堂哥的期盼中回來了。

簡方樺是在大中午回來的，臉上帶著喜意，簡秋栩一看就知道有好消息。

「方樺，將軍案和魯班鎖賣出去了？」大堂哥迫不及待地問他。

「將軍案沒賣出去。」大堂哥一聽，臉上失望起來。不過他還沒失望幾秒，簡方樺就興奮地接著說道：「將軍案賣不掉，但蘋果魯班鎖全賣掉了！一百文錢一個，全賣掉了！現在還有十個人給了訂金要買，所以我才趕著回來跟你們說。」

一百文一個魯班鎖，這比他們做家具掙錢啊！沒想到賣得這麼貴，還全賣掉了。

「蘋果魯班鎖這麼好賣？」大堂哥喜得拉住了簡方樺的手。

簡秋栩聽到她哥說蘋果魯班鎖全賣掉了，也覺得奇怪。竟然這麼好賣嗎？她還以為至少要放一段時間才能賣出去。

「剛開始賣不出去。」簡方樺喝了一口水。「上次賣碗的時候，那個叫李九的白面書生不是跟我說過，有什麼新鮮的東西都可以拿去他那裡嗎？剛開始我就只賣了他一個。到了城裡，我們掌櫃替我跟那邊賣文具的郝掌櫃說了，可以讓我放在那裡寄賣，可放在那裡，直到昨天晚上，一個都沒賣出去。」

「那今天怎麼一下子都賣出去了？還有人下訂金要買？」大堂哥疑惑地問著。

簡秋栩也疑惑。

「這全靠我們掌櫃的小兒子！」簡方樺高興地說：「我當時把東西帶過去的時候，掌櫃的小兒子跟著過來了，我給他送了一個。小妹不是說玩這個東西人會聰明嗎？」

簡方樺說著，嘿嘿一笑。「我告訴他，這是聰明人才會玩的玩具，誰會拆裝，誰就是聰明人。他不會拆裝，我就教他拆裝了。你們不知道，我們掌櫃這個小兒子在書院裡讀書，昨天他就帶著蘋果魯班鎖去了書院。書院裡沒有人能拆裝，掌櫃小兒子告訴大家，拆裝不了的都不是聰明人。他的那些同窗知道郝掌櫃那裡有賣蘋果魯班鎖後，全都跑去買了，所以一下子就賣光了。沒買到的急著要，催著我回來讓你們做。」

簡秋栩聽了，笑了起來。她親哥還是挺聰明的，知道從李掌櫃兒子那裡下手。誤打誤撞，蘋果魯班鎖的首批客戶是學生，這下不愁銷售了，因為古往今來，賣給學生的東西都是好賣的。學生之間容易跟風，而且好勝心更強，誰都不想輸。

不過跟風玩魯班鎖並不是壞事，因為玩魯班鎖真的能讓人變得思維敏捷，更有邏輯。

簡秋栩打算教爺爺和大伯他們做其他益智的玩具，等魯班鎖這陣風一過，立即推出新玩具，把目標客戶定為學生，他們做出的玩具肯定不怕賣不出去。

「郝掌櫃跟我說，我們做的蘋果魯班鎖他都收，有多少、收多少，價錢不變，都是一百文一個。」簡方樺高興地說著。他也沒想到這個蘋果魯班鎖能賣出這麼高的價錢。現在家裡不僅能靠魯班鎖賺錢，還有那些過段時間就能賣得比胰子還貴的肥皂。自小妹回來，家裡有了越來越多的賺錢方法。

小妹真的是個財神爺！

簡秋栩不知道她在親哥的心裡已經變成了金光閃閃的財神爺，問道：「郝掌櫃一百文收，他賣出去的價格不低吧？」不然會這麼積極要？

「我打聽了，郝掌櫃賣兩百文一個。」

一百文收，轉頭就賣了兩百文，動動嘴就能賺一百文的生意，難怪郝掌櫃這麼積極。

雖然郝掌櫃賺了一百文的差價，簡秋栩倒也沒覺得吃虧。

大堂哥聽了郝掌櫃賣這麼貴，也沒有覺得有什麼，一臉喜意地跑去院子裡告訴爺爺和大伯。爺爺和大伯一直在等著消息，如今聽到一個蘋果魯班鎖能賣一百文錢，興奮開心得立馬鋸木頭開做，同時心裡有些懊惱，這幾天就做了三個魯班鎖。

「小妹，錢給妳，妳拿去給爺爺他們，我得回去了。」簡方樺拿出魯班鎖賣出的五百文和十個魯班鎖訂金五十文，遞到了簡秋栩的手裡。

「這麼急？」簡秋栩接過錢，放到了桌上。

「嘿嘿，今早聽到魯班鎖都賣光了，還多了幾個訂單，我心裡急著回來告訴你們，沒來得及跟掌櫃請假，所以現在得回去了。」簡方樺說著，舀了碗熱湯，打算喝完就走。

「哥，你等等，我有個東西要你幫忙拿去賣。」

「啥好東西？」簡方樺聽到小妹這一說，湯也不喝了。小妹這麼一說，那肯定又有什麼新鮮的東西了。

簡秋栩跑進房間，把畫著樹脂金魚的白瓷碗拿了出來。「這個，樹脂金魚。」

白瓷碗裡，尾鰭鮮紅的紅白花蝶尾龍睛金魚，四葉舒展如同蝴蝶一般美麗，優雅地帶著一群顏色各異的小蝶尾龍睛在水中嬉戲。

「魚活了！活了！」簡方樺看到白瓷碗裡立體的魚群，驚呼了起來。「小妹，這是畫？天啊，這魚跟活的一樣！」

簡方樺這反應跟家裡其他人幾乎一樣。幾個小孩還以為這些金魚是活的，一個勁兒地伸手撈，可把她笑壞了。

這也說明了樹脂金魚在這個朝代是多麼奇特。

簡方樺伸著手要去摸它，又縮回了手，激動得抱著碗。「天啊，太不可思議了，我從來沒有見過這樣的畫。這魚就像真的一樣！小妹，妳到底還會多少東西？」

「也沒會多少。」簡秋栩見他這麼激動，謙虛地笑了幾下。「哥，你說這個能賣錢嗎？那個叫李九的書生對這個應該比較感興趣，哥，你幫我拿去賣給他。」

儘早賣掉，她也能早點去買些衣料。天太冷了，出門都哆嗦，她可不想讓自己和家裡人凍傷。

「不，這次不賣給他。」簡方樺回過神來。上次那些木碗就是因為他急著賣，賣虧了，這次他說什麼都不能急，要多問問價。「小妹，妳這個畫這麼好，我從來沒有見過這樣的畫，這畫肯定也是大晉頭一份，哥肯定要幫妳賣出好價錢。」

「哥，那就多靠你了。」能多賣點錢也好，誰都不嫌錢多。

為了防止白瓷碗被刮花摔破，簡方樺特意找羅葵要了一塊厚布裹起來，然後捧著它趕往城裡。

「你這胸口鼓囊囊的，抱著什麼大寶貝？」掌櫃李誠從外面回來，正好在門口碰到歸來的簡方樺，特意往他胸口多瞅了幾下。

「掌櫃，打探敵情去了？」簡方樺沒有回答他，反問起他的話來。

太平樓，和樂樓，中和樓是京城最有名的三家酒樓，三足鼎立，牢牢地吸引著皇家貴族和達官貴人。

他們泰豐樓雖然有些名氣，但客源跟他們一比，就顯得有些不入流。李掌櫃一直想要做大，讓泰豐樓名氣更上一層，但總是不得法，根本就不能把那三家的客源搶過來。他也學著那幾家酒樓，辦了幾次詩會和古董詩畫鑑賞，但請來的人和拿出來鑑賞的詩畫都沒有那三家酒樓厲害，所以名氣總是上不去。

今天，太平樓又搞了詩畫鑑賞，拿出了前朝著名畫家袁英的「漢春遊圖」。這幅圖以春日晨光中的遊人為題，遊人設樂踏舞，頂桿娛樂，攀樹摘花……文人們返乎自然，飲酒作詩，自在又雅致。這幅畫是不可多得的名畫，曾傳言此畫已被燒毀，如今太平樓拿出了真畫，整個京城都轟動了，那些達官貴人、詩畫愛好者都跑去了太平樓，連當朝的太師李元景都親自去了。

太平樓今天熱鬧非常，名氣在那些達官貴人和書生心中又上升了一個臺階。

眼看泰豐樓越來越追不上，李誠的心情不是很好，他翻著眼白朝簡方樺揮手。「去去，幹你的活去，別以為我不知道你今天早上招呼都不打就跑回家了，再有下次，你就收拾包裹滾蛋吧！」

簡方樺沒有被他的話嚇到，而是靠了過去，賊兮兮地說道：「掌櫃，我這裡也有一幅畫，這畫可真是個寶貝，包你從未見過，說不定它能幫我們泰豐樓把那三家酒樓的風頭搶過來。」

「你能有什麼寶貝？」李誠瞟了他一眼，雖然不相信簡方樺能拿出什麼名畫來，但知道這小子雖然有些滑頭，但很少說大話，於是看了一眼他的胸口。「就你懷裡這一坨？」

「對！就是我懷裡的這個畫。掌櫃，快進來，我給你看，這畫絕對不會讓你失望的。」

第二十章

簡方樺小心地抱著包裹進了酒樓。

李誠見他這麼肯定，動作這麼小心，心裡疑惑，難道這小子真的得到了不起的好畫？於是快步地跟著進了酒樓。

簡方樺把桌子上的碗筷拿開，打開包裹。「掌櫃，您看！」

李誠探頭一看，剛剛還疑惑的眼睛瞬間瞪大。「這……這真的是畫？」

白瓷碗裡的金魚活靈活現，彷彿是碗裡裝了水，水裡游著魚。他的手下意識地放進碗裡，而後發現手根本就放不下去。「真的是畫！天，怎麼會有這樣的畫？」

李誠激動得把碗抱了起來，左看右看。他對書畫也是有些了解，不過癡長了這麼多年，從來沒有見過這樣栩栩如生，把金魚畫得跟活的無異的畫。他左思右想，極力回憶，確定在這之前，大晉根本就沒有出現過這種畫法的畫。他看著樹脂金魚，越看眼神越亮。

雖然看得出來這幅畫的畫技並不高超，但作畫的方法是高超的，這是一種新的、獨一無二的畫法！如果從他們泰豐樓把這種畫展示出去，那這幅畫肯定能一鳴驚人，他們泰豐樓的名頭肯定會傳播開來，積累一定的聲望！

李誠越想越激動，雙手握拳，而後重重地打了簡方樺一拳。「這畫是從哪裡來的？這是什麼畫？」

簡方樺被激動的李誠拍得踉蹌了一下，笑嘻嘻地說：「掌櫃，我就說這是寶貝畫吧！這畫是我妹妹畫的，說是叫樹脂金魚。」

「你妹妹畫的？你妹妹怎麼會做這樣的畫？」李誠知道簡方樺的妹妹才十四歲，十四歲的小姑娘怎麼會畫出這樣精妙的畫來？

「我妹妹怎麼就做不出這樣的畫了？掌櫃，我妹妹可聰明了，她不僅會做樹脂金魚，還會做其他你不認識的東西。」聽到李誠質疑簡秋栩，他不滿了。現在簡秋栩在他心中，就是一個什麼都會的小財神。

「真的是你妹妹畫的？」李誠再確認。

「真的是。」簡方樺堅定地點頭。

「那太好了！你妹妹這幅樹脂金魚我買了！」李誠小心地抱起了白瓷碗，心裡已經開始琢磨著如何才能發揮這幅畫的最大價值，讓他們泰豐樓一鳴驚人。

簡方樺攔了一下他。「掌櫃，你能出多少錢？我可是答應小妹了，要幫她賣出高價的。」

「你小子放心，我絕對不會便宜買你的！我出一百兩，你現在就去找帳房拿錢去。」李誠拍了拍他的手要他讓開，而後抱著樹脂金魚迅速回了自己的房間。

一百兩？簡方樺聽到這個價格瞬間驚了驚。小妹說了這幅畫就畫了三、四天，三、四天就能賣一百兩，他妹妹真的是個小財神。

原本簡方樺是想帶著這幅樹脂金魚多找幾個人問價的，既然李掌櫃買了，那就算了。李掌櫃對他們簡家有恩，如果這幅畫對泰豐樓有好處，也算小妹替他們簡家還了李掌櫃的恩情。

李誠抱著樹脂金魚回了酒樓的房間，依舊壓不住內心的激動，他繞著房間轉圈，口中喃喃自語。「得想個好法子，想個好法子。」喃喃自語了半天，繞了不少圈，而後腳步一頓，匆匆推開門朝門外大喊：「方樺，去，給我找幾個能說會道的人來！」

能說會道的？得咧，還有誰能比那些說書先生和三姑六婆能說會道？

擦著桌子的簡方樺把布一扔，就要去找人，樓上的李誠又喊住了他。「等等！等等！讓張全去，你上來，我有事要問你。」

簡方樺跑上二樓。

「你妹妹畫畫的法子賣不賣？」李誠想到了一個好法子，如果能把簡方樺小妹的畫法也買下來，那到時候，樹脂金魚的畫法就是他們泰豐樓的了。泰豐樓不僅有樹脂金魚，還有樹脂金魚的畫法，到時候想要得到畫法的人肯定蜂擁而至。這樣他們泰豐樓就能把太平樓、和樂樓和中和樓三家酒樓的客源吸引過來。

「這個要問問我小妹才知道。」

「那你現在就回去問！」

於是，中午才從家裡離開的簡方樺，下午又匆匆地趕回來了。

簡秋栩在正堂裡陪著簡和淼他們玩魯班鎖和不倒翁，看到匆匆趕回來的簡方樺驚訝了一下。「哥，你怎麼這麼快回來了？樹脂金魚賣掉了？」

「賣了，賣了一百兩，是我們掌櫃買的。」簡方樺把錢拿出來遞給了簡秋栩。

簡秋栩有些高興，雖然知道樹脂金魚在這個朝代是特殊的，但沒想到能賣出這麼高的價錢。她拿出五兩銀子遞給簡方樺。「哥。樹脂金魚賣掉了，你也不用急著趕回來啊，這樣太累了。」

「我是被掌櫃趕回來的。我們家掌櫃想問妳，妳的畫法賣不賣？賣的話他就派人過來跟妳學。」簡方樺看簡秋栩遞過來的錢，只拿了一兩，其他的推回去給她了。他小妹雖大方，但他也就跑個腿而已，拿一兩就夠了。

「畫法啊？賣啊，怎麼不賣！」簡秋栩的興趣愛好不在畫畫這裡，既然有人要買畫法，有錢賺當然願意賣。

「那我明天就回去告訴掌櫃，讓他派人過來跟妳學。」

「不用你們掌櫃派人過來了，哥，我明天跟你去一趟城裡。」她來了大晉十四年，還沒見過大晉的京城長什麼樣。之前腦袋有傷，她想去城裡也不方便，現在傷好得差不多了，也該去城裡看看，順便買一些東西回來。

「行，哥明天就帶妳去。」簡方樺想著，明天他早點起來，去隔壁村租一輛牛車帶小妹去城裡。

「你要帶小妹去哪兒？」羅葵過來看肥皂，正好聽到他們的話。

「去城裡。嫂子，妳明天跟我一起去吧。」簡秋栩想著給家裡買一些東西，但她對很多東西都不熟悉，帶著嫂子過去方便一些。

「好啊，我現在就去跟娘說說。」羅葵已經很久沒有去城裡了，聽簡秋栩這麼一說，開心地跟簡母說去了。

第二天一大早，簡方樺就從隔壁村租來了牛車。

簡秋栩把一瓶松香膠帶上，順便拿了兩塊松香皂，放到了準備好的棕色肥皂盒子裡，帶著進城。

雖然松香皂還沒有完全曬好，但這並不影響她問價。

覃小芮看她出門，趕緊跟著她坐上了牛車。

因為她頭上的傷好得差不多了，這次的牛車走得快了一些，進城的時間比上次從伯府回來的時間節省了一刻鐘左右。

清晨街道人多，牛車走走停停，街道對面還有下了朝坐著牛車回家的官員。車主怕牛車衝撞到官員的車，讓他們在石紡路下了車。

簡秋栩下了車，跟著簡方樺往泰豐樓走，一路打量著這個朝代的京城。

大晉如今的京都便是前隋的京都，大晉建國後，並沒有把京都的名字改掉，依舊叫大興城。大興城即前世唐朝的長安城，是世界歷史上規模最大的城市，也是中國古代最大的都城。

大興城是隋文帝建立的，為體現統一天下、長治久安的願望，城池在規劃過程中包攬天人合一的思想。法天象地，帝王為尊，百僚拱侍，整個大興城由外墎城、皇城和宮城、禁苑、坊市組成，面積近百平方公里。一路走過，簡秋栩確確實實感受到了它的宏偉氣魄以及百業興旺。也就是在這時候，她才真真切切地感受到自己生活在古代。

泰豐樓在大興城的東側，走過去得花一、兩刻鐘。因為出門早了一些，一行四人都還沒有吃早飯，肚子有些餓了，便找了一家賣餺和黍臛的店，大家先吃了早飯再過去。進店看了以後，簡秋栩才知道餺就是麵片湯，黍臛是一種加了黃米的肉羹。

簡方樺想著是掌櫃讓自己回家的，便也不急著回去，跟著她們進去吃早飯。

這家店不小，看起來比較乾淨，客人也多，一眼望過去，各種階層的人都有。

羅葵和覃小芮三人點了餺，簡秋栩看了看，點了黍臛。她在麵粉食物上有些奇葩的愛好，喜歡所有的麵條，無論什麼樣的做法都喜歡，卻討厭所有麵餅類的食物，像燒餅、蔥花餅、醬餅……只要是麵粉壓實的餅類，她都討厭，連麵片都討厭。

四個人坐在靠窗的位置等著早飯上桌，原本說著話，卻很快被右側那兩個人的談話吸引了注意。

「你聽說了嗎？泰豐樓出了一幅畫魚的畫，那畫裡的魚跟活的一樣，看一眼還以為裡面的魚在游。」說話的是一個身穿白色綢質圓領袍衫，書生模樣的年輕男子。

「真的假的？王大畫家又出新畫了？」書生對面是個穿著白色錦布圓領袍衫，有些白胖的中年男子。他有些不太相信。「王大家的畫怎麼會出現在泰豐樓？太平樓那三家想要買他的畫都得花些心思，王大家明顯就看不上泰豐樓，怎麼會把畫賣給泰豐樓？我看你聽錯了吧！」

「不，我沒有聽錯。泰豐樓裡的那幅畫不是王大畫家畫的，是其他人畫的。」年輕的書生高聲說道：「我朋友看過那幅畫，跟王大畫家的畫法完全不一樣。那畫不是畫在紙上的，而是畫在碗裡。那魚就像一條真魚，比王大家畫的逼真，他差點就要伸手進去抓了。」

白胖的中年男人更加不信了。「這怎麼可能，還有誰能把魚畫得比王大畫家畫得好？」

「你還別不信，我昨天去泰豐樓吃飯，還真看到了那幅畫。那魚確實跟真的魚一樣，就像在水裡慢游。魚的胸、腹、臀、尾鰭和背鰭都能看得清清楚楚，彷彿下一刻就能跳出水面。」這時候，另一邊桌子的一位年齡五十歲左右，身穿黑色錦緞圓領袍衫的老者轉過身，回應了白胖的中年男人。「那一個小小的白瓷碗裡，畫了不下二十條魚，每一條都跟水裡看到的真魚無異。作畫之人技藝真的高超，那真是一幅神奇的畫。」

黑衣老者說著，臉上有著見了神物一樣的驚嘆神色。

中年白胖男人看他的神色，有些相信他說的不是假話。於是有了疑惑，難道真的有其他人畫的魚比王大家的還好？

「對對，這位老丈說得沒錯，我朋友說了，畫中的魚活靈活現的，跟真魚完全沒有差別。他驚嘆了一天，說王大家畫的魚跟那幅畫裡的魚一比，就顯得是假魚了！」那個白衣書生激動地說著。

他的話一出，在店裡吃早飯、默默聽著他們對話的其他書生不服了。「這肯定是假的，哪有人畫的魚能比王大畫家的好？」

「騙誰呢？王大家畫的魚是最好的！泰豐樓肯定是騙人的！」

「那畫是誰畫的？怎麼有臉和王大家比！泰豐樓也太不要臉了，竟敢拿一幅爛畫攀附王大家！」

王大家是大晉有名的畫家，專長畫魚，這些書生裡有不少是他的擁戴者，聽到那個年輕書生的話，當即憤怒地圍攻起來。他們才不相信有人畫的魚能比王大家的好！

「我騙誰了？我說的都是真話！不信你問老丈！」年輕書生大聲喊著。「老丈，你見過那幅畫，你快說說，我的話是不是真的。」

黑衣老者見那些書生圍攻白衣書生，不滿地哼了一聲。「我余某人從不說假話，那幅畫是什麼樣的，你們可以去泰豐樓看！山外有三山，人外六有人，孔聖人都說了，三人行必有我師，你們怎麼就知道沒有人畫得比王春林好？」說完甩著袖子走了。

那個年輕白衣書生見老者走，乘機追了上去，邊追還邊喊：「老丈，那幅畫還在泰豐樓嗎？老丈，你見過那個魚，跟學生詳細說說……」

眨眼間，黑衣老者和那個年輕書生就離開了，留下那些質疑白衣書生的其他書生。雖然他們心裡依舊不悅於剛剛那個白衣書生說的話，但也有了疑惑，難道真的有人畫的魚比王大家的好？

簡秋栩注視著那個黑衣老者和白面書生，看他們走遠，小聲道：「哥，這兩個人不會就是李掌櫃找來的吧？」她猜測，他們估計準備去其他人多的地方繼續剛才的表演了。

簡方樺嘿嘿一笑。「怎麼樣小妹，我們掌櫃這個法子不錯吧？」

簡秋栩點頭。「不錯，估計不用多久，整個京城的人都知道泰豐樓得到了一幅比王大家的魚還好的畫。」

她不得不佩服她哥這個掌櫃，辦事效率真是快，而且選擇的宣傳法子也很有效。找一個名人來碰瓷，確實能夠擴大傳播效果。

王大畫家在大晉是出了名會畫魚的大師，如今傳出來有人畫的魚竟然比他好，自然會引起很多人的好奇，都想著去泰豐樓看一眼那畫，是不是真的比王大家畫得好。

雖然她畫技普通，但簡秋栩也不擔心李掌櫃會翻車，因為樹脂金魚在這個時代確實算得上一幅奇特的畫，奇特在畫法上。

「哥，我看你們酒樓現在就有好多要看畫的人了。」簡秋栩看了一眼店裡，發現剛剛那幾個書生匆匆走了，十有八九是去證實剛剛那個老者和白衣書生的話了。

「那我們快去酒樓。」簡方樺把最後一口餺吃下，帶著三人迅速地走去泰豐樓。

還未到營業時間，泰豐樓的一樓大堂裡就坐了不少人。簡秋栩猜測，這些人肯定都是來看畫的。她拉著大嫂和覃小芮，自然地坐到了離他們不遠的椅子上。

簡方樺看她們坐好了，從側門進去找李掌櫃。

沒過一會兒，李誠帶著一臉歉意匆匆趕來。

一樓大堂的人一看到他出來，就嚷開了。「李掌櫃，聽說你們泰豐樓得到了一幅奇特的畫，今天我特意帶著精通詩畫的好友過來了，畫趕緊拿出來讓大家鑑賞鑑賞，看是不是傳言的那般神奇！」

說話的人是個中年男子，看他服裝，簡秋栩猜他是個有官位在身的人。

「抱歉，黃承議郎，現在這個畫我還不能拿給大家看。五天後，我們泰豐樓會舉行詩畫鑑賞活動，到時候這畫一定讓大家大飽眼福。」李掌櫃作揖道歉。

那個姓黃的承議郎顯然不滿意李掌櫃的回答，大聲說：「我們來都來了，先拿出來給我們看，也不會影響泰豐樓五天後的詩畫鑑賞，到時候我們一樣會過來捧場。」

「這……」李掌櫃顯得有些為難。「黃承議郎，作畫的人跟我們泰豐樓有約定，詩畫鑑賞之前，絕不能讓超過十個人看到這幅畫。今天這麼多人，我一拿出來不就違約了？我們泰豐樓一貫遵守約定，行不通，行不通。」

作為作畫的人，簡秋栩一聽就知道李掌櫃這是要搞事情。

「有什麼行不通的，你不讓超過十個人看這畫不就行了？」黃承議郎有些惱李掌櫃不懂變通。「我們就四人，看了你們也不違約，趕緊把畫拿出來讓我們看看。」

「這……黃承議郎，來者都是客，今天來了這麼多人，這些可都是我泰豐樓的貴人，我怎麼能區別對待？給你們看了，不給他們看，這不是說我們泰豐樓看不起人嗎？」李掌櫃又是一臉為難。

其他人聽李掌櫃這麼一說，都覺得他說得對，在座的不少人都是白身，若只給了黃承議郎幾人看畫，這不就擺明了泰豐樓看不起那些白身嗎？

「那你說該怎麼辦？」黃承議郎不滿地哼了一聲。「我今天勢必要看到畫。」

「不然抽籤吧，我們泰豐樓抽十個人，被抽中的人都可以提前看畫。」李誠試探地問道。

黃承議郎不滿。抽籤又不一定抽到他們，於是想也不想就要拒絕，大堂裡的其他人卻都同意地應和了起來。

「對，抽籤！」

「就抽籤！」

大堂裡的人都是來看畫的，用抽籤的法子，他們都有可能獲得提前看畫的機會，當然同意了。黃承議郎見應和的人多，其中不少是書生，而這些書生說不定是哪一家門下的，他若用官職壓人，說不定隔天就被參一本了。雖然不高興，也只能答應。

李掌櫃轉身進廚房，按著大堂裡的人數準備了幾十根筷子，在十根筷子上做了標記，抽到標記的，就可以跟他上樓去看畫。

黃承議郎雖然心中不悅，但依舊抽了籤，沒想到一抽就抽中了帶有標記的筷子。

李掌櫃看到他手中帶有標記的筷子，立即好話連篇。「大人真是好運氣，以後必定好運連連，官運亨通，財源滾滾！」

黃承議郎當即高興了起來，這麼多根筷子，他一抽就中，他果然是有運氣之人。

坐在一旁看著的簡秋栩心裡偷笑。她可是看到李掌櫃在黃承議郎抽出筷子的時候，迅速給筷子做上標記的。這李掌櫃，作弊也做得溜。

抽到有標記筷子的人都很開心，沒抽到的人只能坐在大堂裡看著那十個人跟著李掌櫃上了樓。不能第一時間看到那幅畫，大堂裡的那些人都伸長了脖子等著人下來。

包括黃承議郎在內的十人被李掌櫃帶到了一間寬敞的大房間裡，樹脂金魚就放在正中央的桌子上。

「畫呢？」在房間裡看不到畫，一個個都很疑惑。

「畫就在桌子上的白瓷碗裡。」李掌櫃領著眾人上前。「諸位請看，這便是樹脂金魚。」

那十個人看到他們急著看的畫竟然畫在白瓷碗裡，有些疑惑和不信。可走過去一看，一個個都像之前的李掌櫃一樣，驚訝異常。

這是畫的魚？天啊！這怎麼可能是畫的！這明明是碗裡裝著水，水裡裝著魚！

有人伸手把白瓷碗拿起來倒水，卻發現裡面根本就沒有水，裡面的水和魚都是畫的。

十個人上下左右地盯著白瓷碗，一個個想著把畫法研究出來，最後被李掌櫃請下了樓。

「怎麼樣？那魚跟王大家的比如何？」看到他們下樓，大堂裡的人圍上去就問。

「好，好！真好！魚真的活了！」看到畫的人依舊忍不住驚訝和激動。

「真的比王大家畫的魚好？那這魚畫得有多好？」

「白瓷碗？白瓷碗怎麼能作畫？」

樓下的人都圍著那十個人打聽，大堂裡顯得熱鬧非凡。聽了看過畫的人描述，有人驚訝，有人懊惱，不過顯然都盼著泰豐樓五天後的詩畫鑑賞活動。

李掌櫃看著那些人，偷偷地瞇了瞇眼。

這李掌櫃可真是個精明的人，只給了十個名額提前看畫，這樣一來，既顯得提前看畫的名額難得，又能讓沒看過的人從看過的人口中得知奇異之處，讓他們抓耳撓腮，一起盼著五天後的詩畫鑑賞。同時能透過這些人的嘴，把泰豐樓得到了奇畫一事大範圍地宣傳開來。

這些人宣傳出去，到時候定能夠吸引到更加有聲望的人來參加詩畫鑑賞活動，這樣一來，泰豐樓的名聲就能得到進一步的提升。

越想，簡秋栩越覺得這個李掌櫃是個搞行銷的人才。

第二十一章

大堂裡的人談論了好久，有人離開，不久又有人進來。沒想到這個時代的人對於新畫法有這麼高的熱情，酒樓都附庸風雅地搞起詩畫鑑賞了。

看完了戲，簡秋栩拉著大嫂和覃小芮從側門走到酒樓後面。李掌櫃看到她去了後面，立即轉身跟過去。

「妳就是方樺的小妹吧？」李掌櫃微笑著看向簡秋栩。

「李掌櫃好眼力。」簡秋栩也對他笑了笑。「就在這兒說？」

「不，不，我們上去說。」李掌櫃沒想到簡秋栩客套話都不講，直切話題，有些意外，帶著她們從側門後面的樓梯上了二樓右側的房間。

房間很大，是一間單獨隔開的房間，在裡面講話大聲一點，估計隔壁的房間也聽不到。

簡秋栩看得出李掌櫃對樹脂金魚畫法的重視。

「方樺小妹，妳真的願意把樹脂金魚的畫法賣給泰豐樓？」李掌櫃看得出簡秋栩不喜歡客套，也直接問出問題。

「當然，樹脂金魚的畫法在我的手上發揮不了多大的作用，賣給泰豐樓顯然更能體現它的價值。」簡秋栩說的是實話，她的心思不在畫上，要不是為了盡快賺到一筆錢，說不定樹脂金魚的做法不知道被她丟哪個角落裡了。

這個朝代的人顯然很看重詩書畫，她把樹脂金魚的畫法賣出去了，這畫法肯定能得到很好的推廣，總比被她丟到腦海某個角落裡好多了。

「不知樹脂金魚的畫法，妳要什麼價位？」李掌櫃其實心裡對樹脂金魚畫法有明確價位的，不過還是想要問問。

老狐狸！簡秋栩看了他一眼，沒說價錢，問了他一個問題。「李掌櫃，如果我要在這個地段租個小店面，一個月要多少銀錢？」

泰豐樓位於春明門大街北側，屬於大興城東市區域。剛剛一路走來，簡秋栩發現這條街靠近西內太極宮、東內大明宮和南內興慶宮。周圍坊裡多皇室貴族和達官顯貴的宅第，整條街市場經營的商品，幾乎都是這個朝代上等的奢侈品。街道顯然沒有西市的街道熱鬧，但房子的價格絕對不菲。

「小的店面？春明街最小的店面十五尺寬，三十尺深，一個月租金三百兩左右。」雖然不知道簡秋栩問這個做什麼，李掌櫃還是把價格報給了她。

嘖嘖，這價錢比前世的城中心的租金還貴。

「李掌櫃，樹脂金魚的畫法我賣給你，用來畫樹脂金魚的松香膠做法，我也一併賣給你，不過我不要錢，我要泰豐樓側門旁邊的那個小隔間五年的免租使用權。」那個小隔間正對著街門，只要開個門就能當小店面使用。簡秋栩剛剛觀察過了，泰豐樓的夥計能夠隨便在那裡進進出出，顯然那個小隔間屬於泰豐樓。
那個小隔間不大，大概只有三十平方左右，簡秋栩算了算，五年的租金大概一萬多兩，用樹脂金魚的畫法和松香膠的做法交換五年的租期，雙方都不吃虧。「怎麼樣，李掌櫃，這個交易是否願意？」
李掌櫃沒想到簡秋栩會提出這樣的要求。那個小隔間是用來放雜物的，相當於廢掉了。現在簡秋栩提出用它五年的免費使用權，交換樹脂金魚和松香膠的做法，李掌櫃想都不想，當即答應了這個交換條件。
為了今天就能得到樹脂金魚和松香膠的做法，李掌櫃立即下去找人擬合同。
「小妹，妳要個小隔間做什麼？」羅葵見李掌櫃出去了，問出了心裡的疑惑。她不明白簡秋栩為什麼不要錢，而是要了一個小小的隔間。
「大嫂，我想以後在京城開家小店。京城店面貴，有錢都租不到，正好現在有機會，我先把店面拿下來。」至於什麼時候能開店，還得等等。
羅葵還是覺得不拿錢就是虧，不過樹脂金魚和松香膠的做法都是簡秋栩的，她也不好說，但她心裡有些擔憂。「小妹，妳把松香膠做法賣給李掌櫃，到時候他會不會發現松香皂的做法？」
松香皂的做法畢竟和松香膠的做法相似，萬一他們做松香膠的時候發現了香皂的做法，那他們不是就不能靠香皂賺錢了？

「放心吧大嫂，我賣給他的松香膠做法跟我們在家做的不一樣，跟肥皂做法完全沒有關係。」簡秋栩教給家裡人的松香膠做法是鹼化松香膠的做法，她要教給李掌櫃的是溶劑型松香膠的做法，兩者完全不一樣。

鹼化松香膠需要用到燒鹼，但溶劑型松香膠用到的是有機溶劑。松香溶於有機溶劑，只要加熱攪拌即可成膠，這個做法更容易，但這個時代有機溶劑少，簡秋栩目前見到的合適有機溶劑是蓖麻油，用蓖麻油做松香膠，成本會高很多。不過對於泰豐樓來說，這點成本他們還是出得起的，到時候他們肯定能從中賺回更多。

羅葵聽她這麼一說，才放下心來。現在家裡人都指望著香皂能賣錢，可不能讓別人學了去。

李掌櫃很快就拿著兩張寫好的合同進來，簡秋栩接過來認真看了一遍，發現沒問題，才簽下自己的名字，把昨晚準備好的樹脂金魚畫法說明和松香膠的做法交給了他。

「原來是這樣，真真是好畫法！松樹竟然能採松油製作松香膠！」李掌櫃看著說明書嘖嘖稱奇，心想，簡方樺這小妹從哪裡學到的畫法和松香膠的做法？又想想，除了簡方樺這個小妹，沒有其他人懂這些方法了，看來簡方樺這個小妹真的跟他說的一樣，是個聰明人。

「簡家小妹，以後如果有什麼新的畫法，記得要找我們泰豐樓，我們絕不會讓妳吃虧的。」

這回泰豐樓不僅得到了樹脂金魚的做法，又得到了松香膠的做法，好好運作一番，他們肯定能賺上一大筆。李誠想著，今天就回去跟東家講，讓東家立即找人找油松採松油。

「新畫法沒有了，新玩意兒倒是有。李掌櫃，聽我哥說，你們東家有多家店，不知道你們有沒有賣胰子的店？或者知道哪家店賣胰子？」簡秋栩今天還有一個目的，那就是打探香皂的價格。李掌櫃久居京城，對京城的店應該是很熟悉的。

「妳要買胰子嗎？這東西只有官家的賣行有，我們東家店面沒得賣。這東西可不好獲得，價錢也不便宜，妳要買的話，要到西市那邊的賣行才有。」李掌櫃心想姑娘都喜歡買胰子用，以為簡秋栩想要去買胰子用。

「不是要買，而是要賣。李掌櫃，不知道你們東家收不收胰子？」簡秋栩改了去西市賣行問價格的打算了。既然只有官家賣行才有，那官行的收購價格肯定會壓價，把香皂賣給官方賣行，還不如賣給私人的賣行。

「妳有胰子？」這下李掌櫃驚訝了。胰子可是個賺錢的物件，奈何這東西矜貴，大晉一年生產的胰子幾乎都被官方賣行壟斷了，流出來外頭的少之又少，都不夠富裕人家用，又怎麼會有多出來的給他們賣？如今聽到簡秋栩有胰子賣，李掌櫃當即興奮。「收！有多少、收多少！方樺小妹，妳真的有胰子？」

「不是胰子，而是比胰子更好的香皂。」簡秋栩見他這麼激動，讓覃小芮把那兩個裝著松香皂的盒子拿了出來。

「比胰子更好的香皂？那是什麼？」聽到她的話，李掌櫃更激動了。比胰子還好，那不是更加矜貴？他有些迫不及待地看向簡秋栩手中的盒子。

「這就是松香皂。」簡秋栩把棕色木塊紋路的肥皂盒子打開，一塊雞蛋大小，四四方方、金黃透明的松香皂呈現在李掌櫃的視線中，隨著盒子打開，一股清淡的松香味撲鼻而出。

李掌櫃的眼睛驚訝得瞪大了。「這……這就是松香皂？這麼香，這麼好看，還是透明的……」說著，激動得雙手接過了簡秋栩手中的松香皂，認真地拿起來打量，還把它放到鼻子邊上深深地吸了一口。「香，真香！方樺小妹，這真的是比胰子還好的胰子？」

別怪李掌櫃疑惑，他家裡也有胰子，不過家裡的胰子是灰白色的，還帶著豬油腥味，他從來沒有見過這樣帶著香味的胰子。

「當然，它的去污能力比胰子好上十幾倍。不只如此，松香皂用松香做成，還具有一定的藥用用途。松香皂不僅去污能力強，用它沐浴，身上還會留有松香的香氣。李掌櫃不信的話，可以試一試。」雖然她帶來的這兩塊松香皂還沒有完全晾曬好，但不影響使用。

李掌櫃當即帶著它去了後廚，為了驗證去污能力，他讓後廚的大廚用它洗手。後廚有些莫名其妙，但還是按照簡秋栩說的法子，打濕手，再用松香皂在手上擦了擦，搓起了手。

白色泡沫隨著大廚越搓冒越多，空氣中的松香味越來越濃。大廚驚訝了一下。「李掌櫃，這是什麼？我手上沾著的油竟然這麼快就洗掉了？」

之前大廚都是用灶灰洗手的，每次都要洗好久，沒想到這個東西就用了一點點，手上的油就洗乾淨了。

李掌櫃聽他這麼一說，用水把他手上的泡沫沖掉，果然發現他的手乾乾淨淨的，不僅油膩洗掉了，還留有松香味。

果然，這叫松香皂的東西比胰子好上幾十倍。

李掌櫃當即拿著剩下的松香皂，急急忙忙地跑回房間找簡秋栩。「方樺小妹，你們家的松香皂我們泰豐樓全部買了，一兩五百文一塊，有多少、買多少！」

帶著香味，比胰子好上幾十倍的胰子，肯定會讓那些達官貴人，尤其是貴婦、小姐瘋狂的。他決定，這香皂就放在泰豐樓裡面賣，他們泰豐樓把達官貴人吸過來的機遇來了！

雖然得到了樹脂金魚，好好運作可以提升泰豐樓的聲望，但是如何把客源留住和吸引更多的優質客源，李誠是沒有好法子。如今有了松香皂，只要泰豐樓壟斷了松香皂，那些優質客源就會源源不斷地來，追上太平樓，甚至還能超過太平樓。李誠越想越興奮，簡方樺的這個小妹，是他們泰豐樓的貴人啊！他恨不得現在泰豐樓就開始賣松香皂。

一兩五百文一塊，簡秋栩覺得李掌櫃給的價格還是很划算的。「這個價錢沒問題，不過李掌櫃，松香皂我一個月只能給你供應二十塊。」

松油畢竟有限，每個月給泰豐樓供應二十塊已經是極限。

「二十塊？還能不能多做？」二十塊有點少，不夠賣啊！京城這麼多貴人，李掌櫃還是希望簡秋栩能做多一點。

「松香皂是只有二十塊，但我們還有其他的香皂，比如硫磺皂，檀香皂，丁香皂等，香味不一樣，顏色有差異，但去污能力完全一樣，使用後都能留有香氣。」自從上次簡秋栩跟簡母說香皂裡可以加一些硫磺或香料後，簡母和大伯母就試著往肥皂裡加入不同的香料，而且都做成功了。

「真的？有多少？」李掌櫃沒想到簡秋栩除了松香皂，還有其他的皂，心裡更激動了。「不管有多少，不管是哪種皂，我們泰豐樓都按照一兩五百文一塊收了！」

一旁的羅葵聽了，激動得手都顫抖起來了。她們做的香皂也一兩五百文一塊，天啊！她們一天能做十幾塊，一天就能賺到十幾二十兩，這是她從來沒敢想的事，人有些暈乎乎的。

簡秋栩估算了一下。「我們一個月最多可以提供三百到四百塊，多了沒辦法。不過李掌櫃，這些肥皂還要再等幾天才能賣，製造一塊肥皂是需要時間的。」

「好，好！沒問題！方樺小妹，我現在就去擬合同！」再等等沒關係，先把簡家的香皂簽下來。

李掌櫃非常迅速地把合同擬好了，合同一簽定，立馬把三百塊香皂的訂金一百兩給了簡秋栩。

簡秋栩看香皂的問題也解決了，把今天帶來的那兩塊松香皂送給了李掌櫃，帶著抱著一百兩訂金，還有些暈乎乎的羅葵和覃小芮出了泰豐樓，打算買些東西回去。

這邊，李掌櫃看簡秋栩離開，兜著那兩塊松香皂也跟著出了泰豐樓，打算現在就去找東家，卻正巧在樓下遇到了太平樓的田掌櫃，以及和樂樓的鄭掌櫃。

「李掌櫃這麼急，是去哪兒啊？」田掌櫃胖乎乎的，但眼神卻是很精明，挺著胖乎乎的肚子攔住了李掌櫃。

李掌櫃停下腳步，露出職業微笑。「原來是田掌櫃和鄭掌櫃啊，幸會幸會。李某有事，先行一步。」

「欸，李掌櫃先別急著走啊。聽說泰豐樓得到了一幅了不得的畫，李掌櫃你知道，我和鄭掌櫃也算個畫癡，實在是忍不住想來看看。既然我們都來了，先讓我們兩個畫癡看看畫再走不遲。」田掌櫃笑咪咪地攔著李掌櫃。

李掌櫃遺憾地唉了一聲。「那你們來得不巧，十個名額已經用完了。你們想要看，只能等五天後的鑑賞活動了。田掌櫃，鄭掌櫃，歡迎你們來參加鑑賞會，到時候李某在泰豐樓恭候兩位，一定讓兩位看個夠。抱歉，主家有事，李某先行一步。」

李誠朝兩人抱歉抱拳，轉身就走。

和樂樓的鄭掌櫃朝著李誠的背影瞪了一眼。「瞧他那得瑟樣！難道他真的得到了一幅神奇的畫？田掌櫃，這事我們可得好好打探打探。」

田掌櫃依舊樂呵呵。「走吧，看來今天看不到那幅畫了。不過就是一幅畫，你真以為泰豐樓靠這麼一幅畫就能和我們三家平起平坐了？我們三家經營了多久才有這個局面，泰豐樓想靠一幅畫就打破局面，與我們齊頭並進，李誠想得太容易了。泰豐樓威脅不到我們的，走吧。」

田掌櫃並不認為泰豐樓能威脅到他們三家酒樓，在京城開酒樓，最重要的條件是背景。泰豐樓主家的背景根本比不上他們三家，怎麼折騰都威脅不到他們的。

這邊，簡秋栩帶著依舊興奮的羅葵和覃小芮走到了西市，第一時間就進了布行。

如今大晉普通百姓穿的都是麻布，麻布有亞麻、黃麻、苧麻三種，顏色幾乎都是黑與黃。有錢人穿絲製品，絲製品的種類比較多，有綢、緞、錦、絹、綾、紗等。

雖然絲製品穿起來舒服，但大冬天的，絲製品保暖效果差，簡秋栩只打算買一疋回去當衣服內襯，其他的都買麻布。

「掌櫃，麻布怎麼賣？」簡秋栩挑了三疋黃色麻布、四疋黑色麻布和一疋黃色錦緞。家裡人多，麻布還是多買一些，這樣換洗也方便。這些日子，她一直借簡方榆的衣服穿，三、五天才換一次，心裡總覺得不舒服。前世作為南方人，哪怕天冷到結冰，她都要每天洗澡換衣服，這生活習慣不是重生了就能改變的。

「黃麻布六百文一疋，亞麻布五百文一疋，錦緞二兩五百文一疋。」掌櫃看了一眼，快速報了價。

一疋麻布大概五十尺，約等於十七公尺，這價格跟縣裡的價格差不多。

「老闆，我買這八疋，能不能幫忙送貨？」簡秋栩指了指身邊的八疋布。

掌櫃用算盤算了算價錢。「可以送，不過只送城內。」

「那好，這八疋布我買了。」簡秋栩把那八疋布挑了出來。

旁邊還激動著的羅葵聽到她的話，回過神來。「小妹，怎麼一下買這麼多疋布料，這些要用很久，放久了布料會舊的。」

一旁的覃小芮也跟著點頭。「是的姑娘，麻布放久了會硬的。」

「沒事，不會放很久。家裡人衣服都少，嫂子，到時候妳和娘給家裡多做幾套衣服，布料很快就用完了。」簡家人的衣服都打了不少補丁，看著就不耐拉扯。前兩天，她還看到簡方榆的裙子被木材勾了下就被扯下一大塊，根本就不能穿了，家裡人身上的衣服都得換新的了。

羅葵聽她這麼一說，也不勸她了。小姑買的東西都是給家裡人用的，小姑大方，她總不能不讓她買。經過這些日子的相處，她也看得出簡秋栩為人確確實實大方，有主見卻柔和易相處，並不是裝出來的，心裡是非常開心的。自簡秋栩回來後，她就再也沒有受過氣了，不僅如此，家裡還多了賺錢的門路。

一想到一兩五百文一塊的香皂，羅葵剛剛平歇的內心又火熱了起來，恨不得現在就跑回去告訴家裡人。

她看著簡秋栩，心想，她家的說得沒錯，她這親小姑真的是個財神爺。

「掌櫃，你們這裡有絲綿嗎？」這時候棉花還沒有傳入中原，用來填充棉被保暖的是綿絮，而用來填充衣服禦寒的是絲綿。絲綿是繭表面的亂絲加工而成，價格肯定也不便宜。貧窮百姓人家根本就用不起絲綿填充衣服和棉被，只能用稻草或者蘆花填充。他們家除了她蓋的那件被子是用綿絮填充的，其他的都是用蘆花，衣服也是蘆花。既然要做保暖的衣服，當然要用好的保暖材料，她不想換了新衣服後還是哆嗦得連門都不敢出。

「絲綿五兩一斤。」

果然跟她想像的一樣貴，不過，簡秋栩還是買了兩斤絲綿，讓掌櫃過半個時辰後幫忙送到石紡路的車行，而後帶著羅葵和覃小芮兩人去了糧鋪。

到了糧鋪，她又花了五百文買了十斤白麵，花了六百文買了二十斤大米。這些天，每天都吃糙米飯，她覺得胃有些堵，急需吃些大米和麵條。當然，天天吃大米飯現在是不可能的，只能讓她娘煮飯的時候往糙米裡多放一些米。

生活用品買完，簡秋栩帶著兩人進了書店。

大晉之前的歷史跟前世一樣，簡秋栩不需要再怎麼了解。她進書店，主要是想買一些關於大晉的書籍。既然想要在城裡開店，那就要了解大晉的律法及各種經商的條例，以免自己踩到雷。

羅葵和覃小芮兩人不識字，來到書店後，兩人神情很是不自然，有些畏首畏尾。

簡秋栩看了看她們，找掌櫃要了一套《三字經》、《百家姓》和《千字文》。她打算把這一套啟蒙讀物送給小弟，讓他先學會，再讓他教家裡的小孩背。家裡的小孩背得多了，家裡的其他人聽多了，自然就能夠跟著背，這樣，以後她教大家識字的時候就簡單多了。

是的，她想讓家裡人識點字，以後來了城裡，底氣也足一些，不會顯得畏首畏尾。

一套「三百千」要十兩，一本大晉律法五兩，古代農家子弟想讀書果然不容易。簡秋栩付了錢，讓掌櫃把書包起來，打算現在就回家。

「妳怎麼在這裡？」書店門口傳來一聲帶著怒氣的喝聲，簡秋栩覺得耳熟，抬頭看去，便見羅志綺一臉高傲地看著她大嫂。「這是什麼地方，妳也配來這裡？」

羅志綺一看到簡家人，心裡的怨恨自然而然跑了出來。她直勾勾地冷盯著羅葵，羅葵被她的眼神嚇得往後退了退，再想到她前幾天對簡秋栩做的事，心裡有些寒，不想得罪她，便退到了門口。

不過羅志綺並沒有因為她隱忍而放過她，她逼近羅葵，語氣更加不屑和高高在上。「知道這是什麼地方嗎？這是書店！書店是妳這種大字都不識一個的窮鬼能來的地方嗎？」

看到羅葵隱忍著，羅志綺內心異常滿足。就是這樣，她要簡家所有的人都被她壓著抬不起頭，永遠貧窮，永遠沒有出頭之日，這樣才能讓她心裡舒服一些！

不過這樣還不夠，簡家人這一世必須過得比前世慘，那個假羅志綺必須要過得比她前世慘！

第二十二章

「什麼時候窮人和不識字的人不能進書店了？這條例是妳定的？」簡秋栩冷著表情走了過來。「大晉律法，凡大晉子民皆可讀書識字，有教無類。哪怕皇親國戚都沒有權利阻攔窮人進書店買書。羅志綺，妳是以什麼身分說這樣的話？難不成大晉的律法在妳眼中就是兒戲，妳有權無視大晉律法，甚至篡改律法？」

簡秋栩並不怕自己得罪她，反正羅志綺已經恨上了自己，不介意讓她多恨一點。雖然她平時脾氣好，但不代表她是個隱忍的人。她看不得家裡人被欺負，尤其是這個被簡家養了這麼多年，卻對簡家人心懷憤恨，自認為高人一等的羅志綺。

「妳……」羅志綺看到簡秋栩，眼睛瞪大起來。她竟然好了，這怎麼可能？她應該是傻子的，永遠是傻子的！羅志綺心中憤恨，忘記了要反駁簡秋栩的話，而是狠狠瞪向春嬋。

春嬋看到簡秋栩好好的，心中慌亂起來。

簡秋栩不用想都知道她們主僕的眉眼官司，繼續大聲地說：「羅志綺，妳作為廣安伯嫡女，是誰教妳無視且篡改大晉律法？是廣安伯還是廣安伯夫人，或者是你們整個廣安伯府都有這個想法？無視大晉律法就是無視先皇和當今聖上！作為大晉子民，你們廣安伯府眾人竟敢無視先皇和當今聖上，是誰給你們的膽量？」

簡秋栩就是要往大了說，書店裡有幾位書生，那幾個書生看穿著並不是富裕人家，她直接把羅志綺的身分給挑明出來，讓那些書生知道廣安伯嫡女無視當今聖上和先皇，認為窮人就不能進書店，窮人就不配讀書，他們會怎麼做。

看到簡秋栩竟然說話如此流利，她彷彿看到了前世那個聰明的假羅志綺，羅志綺心裡更加憤恨了。她憤恨得根本不在意簡秋栩說了什麼，也不把書店裡那幾個書生當一回事。「你們簡家的窮鬼就是不配進書店！窮人就不配讀書，你們就應該窮一輩子，永無出頭之日！妳好了又怎麼樣？現在我才是羅志綺，屬於我的東西，我都要搶回來！」

「妳愛搶就搶唄。」簡秋栩依舊不明白，羅志綺為什麼對她有這麼大的恨意，她都把身分還給她了，她還能搶出什麼花來？她看了一眼神色不悅地看著羅志綺的幾個書生，知道目的已經達到，懶得再搭理她。

簡秋栩喜歡有仇當場報，羅志綺現在是廣安伯府的嫡女又如何？這裡是京城，京城伯爵官員多如狗，與伯爵官員一樣多的是書生，當然，窮學生更多。羅志綺竟敢在幾個書生面前說窮人不配讀書，廣安伯府就等著被讀書人圍攻吧！等廣安伯的人知道羅志綺讓好面子的伯府丟了面子，肯定不會讓她好過。當然，相比於羅志綺想要她的命，這個仇只能算是給嫂子報的仇，至於自己的，得慢慢來。

「嫂子，小芮，我們走吧。」簡秋栩不想再浪費時間，布行和糧鋪的東西估計要送到了，她們得趕緊到石紡路的車行接貨。

覃小芮瞪了羅志綺主僕三人一眼，接過簡秋栩手中的書，跟著她離開了。

羅志綺恨恨地盯著簡秋栩，而後轉身狠狠地搧了春嬋一巴掌，一臉怒意。「這就是妳說的事成了？說，妳是不是騙我？想騙我的簪子？」

春嬋捂著臉，慌張地哭道：「小姐，我沒有！林堂跟我說成了，所以我才跟小姐說成了。肯定是林堂騙我，對，小姐，肯定是林堂為了錢騙我的。」

「成事不足，敗事有餘！」羅志綺氣得抓著春嬋左右打了一番。雖然回了廣安伯府後，她學著前世看到的那樣，裝模作樣地擺起了小姐派頭，但人的根性哪是那麼容易改變的，她內裡依舊是那個自私、動不動就埋怨撒潑的羅志綺，只不過這一世的怨恨更多了而已。

「小姐，求求您別打了，我重新找人給她下藥，一定會讓她重新變傻，真的小姐，別打了……」春嬋抱著頭求饒，保證下次一定能成功。

「對啊，小姐別打了，這裡人多，回去再打她也不遲。」一旁的夏雨作勢勸阻了羅志綺幾下。看到春嬋被打，夏雨心裡暗自高興。這春嬋仗著給三小姐辦了幾件事，就認為自己是三小姐的大丫鬟，經常在她面前炫耀。春嬋現在辦事不力被打了，以後自己就有機會成為三小姐看重的丫鬟了。

羅志綺才想起來現在是在外面，趕緊收手，立即擺起了伯府嫡女的姿態。只是心裡依舊憤怒，現在簡秋栩好了，她該怎麼辦？再重新找人給她下藥？不，她的傷已經好了，肯定不會再吃藥。

羅志綺抿嘴瞪眼。不管簡秋栩好沒好，都得讓簡秋栩過上她前世的日子。現在簡明忠傷了腿，簡家在這個時候肯定跟前世一樣窮困潦倒，連冬衣都沒錢買，簡秋栩肯定跟她前世一樣，凍得一手凍瘡。

羅志綺咬牙地想著，只是越想越不對勁。簡秋栩為什麼能來京城，還能來書店買書？

「走，跟上她們。」羅志綺帶著紅著臉的春嬋和暗自高興的夏雨偷偷跟著簡秋栩三人，發現她不僅買了書，還買了布和米麵。

看到牛車上壘著的布疋和大米，羅志綺心裡有些慌亂、憤恨和不甘。簡家現在怎麼會有錢買這些？他們應該像前世一樣窮的！

不行，簡家絕對不能有錢，絕對不能讓簡秋栩過得比自己前世好！

羅志綺狠狠地盯著坐在牛車上的簡秋栩。「夏雨，現在妳去幫我辦一件事。」

「是，小姐！」夏雨興奮地跑了過來。三小姐果然討厭春嬋了，她的機會來了！

羅志綺在她耳邊小聲地說了幾句，夏雨點頭。「放心吧三小姐，我這就去辦，肯定不會讓您失望。」說著，得意地瞥了春嬋一眼，往自己家裡跑。

羅志綺冷冷地看著簡秋栩的牛車走遠，想到不用多久，簡家就會恢復前世的窮困潦倒，這才放下心來，帶著低頭的春嬋往東市那邊走。

她前世去過東市，但沒有錢買那裡的東西。現在她有錢了，她要去把那些前世看上卻買不起的東西都買回來。

春嬋垂著頭跟在她後面。「小姐，該回府了，花嬤嬤應該來了。」

因為上次當著田公公的面質疑聖旨的事，羅老夫人生氣，鄭氏便找了專教禮儀的花嬤嬤給羅志綺上課。羅志綺上了幾天課，受不了花嬤嬤的嚴苛，偷偷跑出來了。

羅志綺哼了一聲。「那就讓她等著，她是廣安伯府請來的人，等著我也是應該的。」

春嬋囁嚅。這花嬤嬤可不是一般的嬤嬤，很難請的，三小姐這樣做會得罪花嬤嬤的，只是怕羅志綺又打她，不敢說。

羅葵坐上了牛車，心裡有些擔憂。「秋栩，簡方檸會不會再對妳做出什麼事來？」

「大嫂放心，沒事的。」雖然知道羅志綺因嫉恨還是會對自己做什麼，但簡秋栩不想讓羅葵和家裡人擔心。

她現在已經離開廣安伯府了，羅志綺再嫉恨她，也不敢像在廣安伯府的時候那樣膽大地找人殺她，最多像上次一樣，暗中做些小動作，她小心提防著點就好。

簡秋栩想了想，覺得還是再給自己做一個防身東西。

羅葵聽她這麼一說，放心了不少。看著快要到家了，她心裡越是興奮急切，恨不得現在就能讓家裡人知道香皂的事。

牛車回去的速度明顯比來時快多了，剛到院子門口，羅葵就迫不及待地抱著幾疋布往院子裡跑。

簡秋栩和覃小芮把車上的東西搬下來，付了車錢。她身體已經恢復了，力氣不小，左手麵粉、右手大米，一次把它們拎回了廚房。

廚房裡，簡母和大堂嫂都在，連在院子裡做木工的爺爺、大伯、大堂哥他們都跑了進來，聽到羅葵說泰豐樓以一兩五百文一塊的價錢收購香皂，還提前給了一百兩訂金後，一個個興奮得臉色通紅，都想不起自己要幹什麼了。一個、兩個的這裡挪挪，那裡動動，臉上都帶著對以後生活的美好憧憬。

簡秋栩知道他們都得花些時間消化這個好消息，也不打擾他們，把米倒進了大缸裡。

突然，大伯興奮地說：「這樣，我們家是不是很快就能買地了？」

當時和方氏一族併村時，朝廷給他們簡氏一族的地並不多，分攤下來，一戶也就七、八畝。當時他爺爺沒有什麼兄弟，也就得了五畝地，兩畝水田，三畝旱地。他爹和大伯成家後，爺爺就把地分了。大伯一家一畝水田，兩畝旱地；他爹一畝水田，一畝旱地。

如今不管種植什麼，產量都低，如果不是靠著給人做大件家具賺點錢，靠這麼幾畝地根本就養不活一家人。

不只簡秋栩家是這種情況，他們簡氏一族幾乎都是這種情況。地少人多，靠著那些地連溫飽都難，所以簡氏的人一般都在外面打短工補給家用。

有錢了便買地，這大概是每個簡家人的第一想法。

「買！到時候賣錢了，我們多買幾畝地！」爺爺拍了拍桌子，想著如果要買地，應該要買哪裡的地？地是農民的根，這些年沒有地，他心裡總是不安。沒有地就沒有存糧，總是擔心著會有天災人禍。他們家沒存糧，那是要人命的事啊！

「爺爺，到時候有錢了，我們買鄭氏田莊那邊的地。那邊的地肥，離我們也近。」大堂哥已經想得很遠了，也不考慮別人會不會把地賣給他們，心裡火熱得不行。「小堂妹，妳真是我們家的小財神！」

「對，秋栩真是我們家的小財神。如果不是秋栩，我們還不知道有這個賺錢法子咧！」大伯母點頭誇讚。她剛開始也是擔心家裡又來了一個簡方樗，現在卻是非常地慶幸把人換了回來。秋栩才回來不久，家裡就有了這麼個賺錢的法子，真是祖宗保佑。

「對對對！小堂妹就是小財神！」大堂嫂、二堂嫂和她大嫂也跟著應和。

被這麼一誇，簡秋栩瞬間覺得自己全身冒著金光，心中有些好笑。「我只是提了一個法子，賺錢還是要靠大家。」

「沒有妳的法子，靠著大家也賺不了錢啊！小妹，妳真的聰明！」

為了防止自己被家人誇得膨脹，簡秋栩拉著覃小芮閃了，打算去跟她爹說說話。而廚房這邊眾人興奮過後，拿著那一百兩訂金做起了規劃。

「爹，我們打算去城裡買豬油，城裡豬油多，到時候我們也能多做點。」香皂這麼貴，他們當然想多做一些多賺點錢。

「可以，不過買一點就行。秋栩說了，那些胰子也都是用豬油做的，我們可不能搶了別人的油，到時候買多了，被發現了就不好了。」簡樂親不貪心，可以掙錢，但不能一下掙太多錢。到時候把別人賺錢的路堵了，他們簡家無權無勢，是護不住做香皂的法子的。

「爹，我們知道，我們幾人輪流去，每次買一、兩斤就行。」雖然興奮於能賺錢，大伯母和簡母也沒有被一兩五百文一塊的香皂沖昏了頭腦，還是懂些利害的。他們簡家沒有什麼有能力的人護著，這錢真的只能遮掩著賺。

好在製作香皂方法簡單，用料簡單，不讓外人知道還是很簡單的。

「爹，以後香皂我們就不放在正堂裡晾曬了，我和大嫂決定把大嫂那邊放雜物的房間清空，以後就在那裡晾曬，這樣家裡來人了也看不到。」

「對，不過那間放雜物的房間還是得修繕一下才行。明義，方櫟，你們這兩天就把它修繕了，再做幾個架子用來晾曬香皂。」

簡方櫟高興地應道：「行，我現在和爹就去把屋子修一修，保證不讓人從外面看到裡面的香皂。」

簡方櫟說完，就和簡明義出去修房子了。簡樂親看他們出去了，自己也回茅草棚裡繼續做魯班鎖。簡母和大伯母也各自去做自己的事了。簡家人慢慢從賺錢的興奮中冷靜了下來。

不過與簡家其他人心情不一樣，她爹雖然也興奮，但心裡也有著懊惱和洩氣。「唉，我都幫不上忙，這腿斷得真不是時候。」

「爹，你別急，你的腿再養個一個月左右就能下地了。」簡秋栩看他臉上有些惆悵，知道他因為腿斷了幫不上家裡，心裡不痛快，於是有了一個想法。「爹，我現在就是來找你幫忙的。我聽爺爺說，你不懂木工做得好，竹編也做得好。爹，我們的香皂現在缺香皂盒子，我這不就是找你幫忙了？」

「真的？」簡明忠眼睛一亮，雖然腿斷了，但並不影響用手編東西啊！

「真的。香皂用了以後會沾到水，用木盒子裝不如用竹盒子裝好。」木盒子的通風效果確實沒有用竹子編織的盒子好，簡秋栩讓她爹編竹盒子確實是要用的。

「太好了，那現在就讓妳娘去砍些竹子，明天我就開始編。秋栩，要多大的盒子？」知道自己有事做了，簡明忠整個人都精神起來了。

「爹，別急，我待會兒給你畫一個，你照著我畫的大小和模樣編就行。」簡秋栩打算照著前世那些簡單的皂盒子畫。

「那行，爹等著。」

簡秋栩見他心情好了，便轉身回自己房間。路過弟弟簡方樟的房間，見他端正地坐在桌子前，用筆沾著水在木板上寫著字，握筆姿勢有模有樣的，猜測他肯定是去找簡方雲學了練筆姿勢。

她回房間，把那套「三百千」拿了過來。「小弟，這個送你。」

「書！」簡小弟一看，眼睛瞬間亮得像個燈泡，伸手就去拿。「謝謝二姊！」

簡秋栩把手縮了回來。「我送書給你是有條件的。等你學會了，你得教家裡的弟弟、妹妹背。」

「嗯，嗯！」簡小弟使勁點頭。「二姊，等我學會了，我一定讓弟弟、妹妹都會背。」

「行，既然你已經答應了，這套「三百千」就送給你了。不過你答應的事可得做到，若做不到，以後我不會給你送書了。」簡秋栩嚴肅地說。她希望簡小弟成為一個說到做到的人，而不是胡亂承諾的人。

「我一定做到。」簡小弟認真地點頭。

簡秋栩見他這麼認真，把書遞給了他。簡小弟抱著書，興奮地打開看了起來。

「都認識了？」簡秋栩見他快速地翻著，有些驚訝地問道。雖然小弟記性好，認字快，但應該沒有這麼快就把《論語》裡面的字都認完吧？

「沒有，二姊，我只是先翻來看看，不認識的字，我再去問妳。」

「也行，不認識的字可以問我，但句子的含義解釋那些，你最好去問方雲哥。」畢竟這個時代與現代有一千多年的差距，現在的人對於《論語》及其他書籍的解讀，肯定跟現代有不一樣的地方。還有，她前世學的是理科，這麼多年過去了，當年在課堂上學到的古文差不多都還給老師了，現在讓她再看，估計也得花點時間才能看得懂了。

所以，就不要誤人子弟了。

「好的，二姊！」簡小弟抬頭朝她點頭，又低頭看起書。

簡秋栩看他這麼好學，不打擾他，回房間抱著五疋麻布和一斤絲綿去找簡母。

「娘，這些布給家裡人做冬裝。天氣太冷了，身上多穿幾件衣服才不會被冷到。」她爹娘也穿得單薄，看著她都覺得冷。

「行，娘就不跟妳客氣了。」簡母接過布，心裡開心。她閨女可真好，懂事又貼心。

「娘就拿三疋，待會兒幫妳拿兩疋布和一半絲綿給妳爺爺、奶奶。」

「那就麻煩娘了。」透過她娘的手把布交給爺爺、奶奶，這樣比較好一些。「娘，妳讓爺爺、奶奶也多做幾件冬衣，布料不要省，保暖最重要。布料用完了，下次再買。」

簡秋栩就怕她爺爺、奶奶捨不得用布料。老人好像都有這樣的習性，前世她給爺爺買衣服，爺爺總是捨不得穿新的衣服，新衣服放著放著就舊了。

「知道了，我現在就給妳爺奶送過去。」簡母抱著一疋黃色和一疋黑色的布料，分了半斤絲綿，就朝大伯那邊去了。

布料搞定，簡秋栩回房間拿出紙，把做木工用到的道具畫好，打算等二堂哥回來就交給他，讓他盡快幫忙打兩把小道具。

傍晚時分又下起了鵝毛大雪，簡家一家吃完晚飯，早早就上床睡覺了。

簡秋栩畫了一會兒零件圖，也吹了燈，縮進了被窩中。

三更時刻，映著月光的白茫茫雪地中，出現了兩個黑影。那兩個黑影迅速地朝簡家的院子走來。

簡家院子只有三、四尺高，且沒有院門，兩人很快就進入院中。

黑暗中的兩人手中各拿著兩件東西，如果簡秋栩看見，便知道那是電視上經常演的，用來吹迷藥的東西。

兩人在院子中停下，靠在一起，輕聲說什麼，而後輕手輕腳地走到窗邊。

他們輕輕掀開窗子，把煙桿從窗縫隙裡推入屋裡，而後吸口氣，使勁把迷煙往房間裡吹。

「汪！汪！汪！」尖銳的狗叫聲在身邊響起，吹迷煙的兩人嚇得倒吸了口煙霧，慌亂地滑倒在地。

簡sir當即撲向兩人，撕咬的同時繼續叫著。

「汪！汪、汪！汪！」

睡夢中的簡秋栩三人從夢中驚醒，蘇麗娘慌忙地點起了燈。

「誰！」簡明忠夫妻也被狗叫聲驚起，往外大聲喝了一聲。

那兩人見簡家人已經被吵醒，踢開了撕咬著他們的簡sir，慌忙逃走。簡sir朝著他們的背影大聲吠著。

「見鬼了！怎麼有狗！」兩人慌不擇路地往後面的竹林跑，只是他們沒有發現，身後跟著一道黑影。

「爹，娘！你們還好嗎？大嫂，姊，小弟！」簡秋栩舉著桐油燈，帶著蘇麗娘和覃小芮，手中拿著一根木棍，防備地走了出來。

「沒事。」簡母應了一聲，也舉著油燈走出來。

「我們沒事。」簡小弟和簡方榆也匆匆跑出來。

見到家裡人都沒事，簡秋栩才放心。

「明忠，家裡人沒事吧？」大伯簡明義和大堂哥簡方櫸也匆匆趕來。「我們都聽到狗叫聲了，發生了什麼事？」

簡sir平時都很乖的，晚上幾乎不叫，今晚叫得這麼厲害，肯定是有什麼事。

「大家都沒事。」簡母應了一聲。

簡秋栩舉起了燈。「大伯，大堂哥，陪我去看看簡sir，順便看看院子。」

「對，得檢查檢查！」簡明義用手護著油燈，以免它被風吹滅，往院子的各個角落探查起來。

「簡sir！」簡秋栩喊了一聲。

「汪！」簡sir站在原地叫了一聲。

簡秋栩三人匆匆趕去，發現簡sir沒事才舒了一口氣。

「這裡有人來過。」簡秋栩用燈照著地面，看到了兩個踩在雪地中的新鮮腳印。「大伯，是兩個陌生人，他們剛剛來我們院子裡，還撬開了我姊的窗戶。」

「難道我們家被賊盯上了？」簡明義第一時間想到這個，有些擔憂。

「爹，我們周圍看看。」簡方櫸也猜是家裡來賊了。「他們肯定沒跑遠，沿著腳印肯定能找抓到人。」

「大堂哥，大伯，外面黑燈瞎火，我們不知道他們是否還有人在外頭接應，不安全，明天早上再看。」如果來偷東西的是亡命歹徒，真找到人了，也不安全，沒必要為了找賊人而陷自己於危險中。

大伯他們順著逃跑的腳印看向竹林，那裡黑漆漆的，覺得簡秋栩的話說得沒錯，最後放棄進去察看。

「真的是賊？」大伯母有些憂心忡忡。「難道是我們香皂賣錢被人知道了？」

簡明義搖頭。「不一定，也許只是隨便摸一家偷。那兩個人是不是小偷，還不一定。」

簡樂親神色有些凝重。「最近大家晚上注意一點。明天一大早我們去找找，看能不能從腳印上找到人從哪裡來的。」

「家裡的牆還是太矮了，得把牆加高，大門也要做起來。」奶奶很擔心。「今天多虧了狗把他們嚇走了，不然我們家今天就遭大殃了，也不知道他們還會不會來。」

簡樂親看了一眼外面的院子。「家裡的錢財都藏著點，香皂也得看好！」

「爹，我們明天就去報官。」大堂哥說道。

「對對，先去報官！」

第二十三章

因為家裡進了賊，簡家人都有些憂心，各自回房間也沒有了睡覺的心思。

簡秋栩躺在床上，想著家裡的院子是要重新加高了。這個時代沒監控錄影，真怕哪天家裡就來了歹徒。錢偷走了也就罷，就怕傷害到家裡人。而後又想，院子加高了也沒多大作用，房子也不禁賊，重點還是房子。

還有，她一定要把簡sir訓練成警犬，讓牠能保護家人安全。

不過，那兩個人真的是賊嗎？她們白天才遇到羅志綺，晚上家裡就來賊，這也太湊巧了吧？

簡秋栩不得不懷疑那兩個人與羅志綺有關。

天還灰濛濛的，家裡人都起來了。她娘和大伯母匆匆漱洗一番，揹著一個竹簍就進了城。雖然昨晚進了賊，心中擔憂，但也沒有影響她們進城買豬油做香皂的計劃。而爺爺和大伯他們沿著昨天那兩人在雪地中留下的腳印，查探起來處。

簡秋栩也起來簡單漱洗一下，拿著昨天畫好的圖紙去找二堂哥簡方松。

二堂嫂林曉佳已經做好了早飯，簡秋栩過去的時候，二堂哥正在吃早飯。

「二堂哥，這是我要做的刀具，你看這兩天能不能做好？」簡秋栩要的刀具都是很小的，鍛打起來應該不用那麼費事。

「我看看。」簡方松接過了她手裡的紙，上面立體地畫著兩把小刀和一把類似劍，頂部有三個小孔的尖刀。他看著畫有些驚訝。「小妹，妳的畫好奇特，我從來沒有見過把刀畫得這樣清楚的，妳這一看就知道要做成什麼樣的了。」

因為常年對著高爐打鐵，簡方松面色比家裡其他人都深，黑紅黑紅的，說起話來，牙齒顯得特別白，人看起來很是憨厚。

「二堂哥要學嗎？我可以教你，不是很難。」這只是簡單的立體結構圖，若二堂哥學會了，給人打東西之前畫個形狀給客戶先確定一下，這樣也能省些事。不然雙方都靠講和想像，打出來的東西不符，還得重做。

「這個我能學？我笨，學不會吧？」簡方松有些不太自信。

「能學會，很簡單的，比你打鐵簡單多了。」簡單的立體幾何確實比打鐵簡單多了。

「那小妹，妳過兩天教教我。」簡方松呵呵地笑了幾下。

「行！二堂哥，這三樣東西這兩天能做好嗎？」

「沒問題，這兩天沒有人要做東西，我今天過去就讓師傅給妳打。小妹，妳這個小小的、像劍一樣的尖刀不用加刀柄嗎？沒有刀柄，用起來不方便。」

「不用了二堂哥，你就按著我畫的做就行。」這把無柄的小劍，她可是想用來做個小小的防身武器的。「二堂哥，錢我先給你。」

「好。」簡方松把圖紙摺好，接了錢放到身上，快速地把碗裡剩下的早飯吃完，戴著帽子就出了門。

「爺爺，大伯，怎麼樣？能查到昨天那兩個人是從哪裡來的嗎？」簡秋栩從大伯家的廚房出來，就遇上了從竹林裡回來的爺爺。

「沒有，奇了怪了，那腳印在進了竹林後就消失了。」簡樂親搖頭，心中疑惑。「人走路怎麼會沒腳印？」

「可能是他們把腳印抹去了。」簡明義也疑惑，不過只能這樣猜測了。

「不管是不是抹去了，爺爺，我們還是盡快去報官，說不定縣衙那裡有消息。」一天抓不到人，家人心裡都不安穩。雖然知道他們家的東西沒有被偷，去報了官，估計也沒有人過來查，但簡秋栩覺得還是該去備案。那兩個人若是小偷，肯定不只偷他們一家，可能已經有其他人被偷了。去報官，這樣也能讓縣衙多一些消息，說不定哪一天就抓到人了。

「對，我們現在就去。」

簡樂親帶著簡明義匆匆去了縣裡，沒過多久，兩人一臉喜意地回來了。「那兩個歹人被抓到了！」

「抓到了？這麼快？怎麼被抓的？」簡秋栩有些意外，難道那兩個人昨天晚上偷他們家不成，又去偷別人的，所以被抓了？

「那兩個人被扒光，五花大綁地丟到了縣衙門口凍了一個晚上，衙門裡的人去上工的時候，那兩個人都快凍僵了。衙門裡的人把他們帶進去，兩人恢復過來後一臉驚恐，就把自己做過的事都吐出來了。」簡樂親開心地說道：「那兩人之前就偷過二十幾戶人的錢財，現在他們全招了，已經被楊縣令關起來了，估計要關三、五年，這下我們不用擔心了。」

「爺爺，他們是被誰抓的？」簡秋栩有些好奇。

「這個就不知道了，只知道他們兩人昨晚從我們家跑進竹林裡就被人打暈了。楊縣令問了那兩人，他們也不知道是誰抓他們，沒看到那個人的臉，說起抓他們的人就一臉恐懼。」簡樂親也疑惑。

「一個人就能把他們抓了，看來那個人還挺厲害了。」做好事不留名，這人難道是個大俠？那兩個小偷這麼恐懼，肯定是那個人對他們做了什麼。「爺爺，那兩個人有沒有說為什麼會盯上我們家？我們家怎麼看都不像家裡有錢的人，他們真要偷，也不會選上我們吧？」

「我們去報案的時候，正好遇到楊縣令在問訊。楊縣令問了，他們說是從姓黃的那個小偷的妹妹那裡聽到的。他妹妹昨天回家，跟他娘說了一些事。姓黃的聽到妹妹說有人買了一車東西，覺得買東西的人肯定有錢，便起了偷東西的心思。於是找了同夥到車行打聽，知道是我們家，晚上就過來偷了。」

「這麼巧？爺爺，知不知道那姓黃的妹妹是誰？」

「姓黃的妹妹沒有涉案，楊縣令就不告訴我們了。」說完，簡樂親叮囑她。「秋栩啊，以後還得小心點，買東西不要買那麼多，不然被小偷盯上了就不好了。」

「知道了爺爺，以後我會小心。」簡秋栩點頭，心裡卻並不認可簡樂親的說法。她昨天就買了幾疋布和一點米麵，哪裡有一車了？昨天車行裡裝滿車的租車人不少，那兩人到車行一打聽就打聽到她的頭上，這當中肯定有貓膩。

「小心點總歸是好的。」簡樂親又囑咐了一下，才安心地回茅草棚裡做魯班鎖。

「小妹，妳是不是覺得不對勁？」簡方櫸見簡樂親走遠了，問道。

簡秋栩點頭。「我們昨天買東西的時候遇到羅志綺了，我覺得那個小偷的妹妹可能跟羅志綺有關。」

「妳懷疑是羅志綺找人過來我們家偷東西？」簡方櫸驚訝了。「不會吧？她讓人偷我們家東西圖什麼？她現在是伯府嫡女，我們家的東西她還看得上？」

「大堂哥，我也只是懷疑。如果真是她，我也不知道她圖什麼。」

廣安伯府。

夏雨一大早就從伯府趕回家裡，等了半天，卻等到她哥被捉走的消息。

怎麼會，她哥明明偷東西很厲害的，所以她才故意把簡秋栩買了好多東西的事說給他聽。她還指望他去簡家把簡家的錢都偷了，這次怎麼就被抓了？這不是代表三小姐交給自己的任務沒有完成？

夏雨心中焦急，連她娘在院子裡哀號都不搭理了，焦急又害怕地趕回了伯府。

「一個個成事不足，敗事有餘！」羅志綺拿起桌上的瓶子就往夏雨頭上砸去。「妳不是信誓旦旦說一定完成我交代的事嗎？這就是妳完成的結果？」

跪在地上的夏雨額頭被砸出一個大包，她求饒。「小姐息怒，奴婢再去找人，肯定能按小姐要求把簡家的東西都偷了，讓他們一貧如洗！三小姐，我一定能再找到人，我哥認識的那些人都是小偷，我去找他們！」

「那還不快去！」羅志綺憤怒地瞪著她。

「是，奴婢現在就去！」夏雨爬起來就往外跑。

「等一下，妳可別把我的身分暴露出去。若讓人知道了我的身分，我讓妳吃不了兜著走！」羅志綺冷冷威脅道。

「三小姐放心，奴婢絕對不會讓人知道的。」

「那還不快去！這次再辦不好，妳就不用回來了。」

「是，奴婢這就……」

「小姐，不好了，我們伯府大門被一群書生堵住了！」

「堵住了，讓家裡下人趕走就好了，跑來找我做什麼？」羅志綺正不爽，對前來報告的秋月也沒有什麼好臉色。

「趕不走，也不能趕啊！好多書生，他們說要我們伯府說清楚，不然就告到御史大人那裡去。奴婢看事情不太好，所以來告訴小姐。」

「說清楚什麼？那些書生這麼大膽，竟敢跑到我們伯府來鬧事？憑什麼要我們伯府回應他們？趕不走讓府裡人去報官，把他們通通抓走。」羅志綺才不管什麼書生不書生的，她現在就只想著讓簡家跟前世一樣窮困潦倒。

「他們說我們伯府認為窮人不配讀書，是質疑先皇和當今聖上，不把大晉的律法放在眼裡。他們義憤填膺，讓我們伯府給個解釋，不然就告到御史那裡。小姐，聽說御史衛平大人以前也是窮書生，如果他們把這事告到御史大人那兒，十有八九會把事情告訴皇上的。這樣伯府就不好了，可是我們伯府的人怎麼會說出那樣的話？小姐，我覺得是有人要害我們！」秋月忿忿地說出自己的猜測。

「什麼？妳說那些書生是因為窮人不配讀書這句話來堵我們的？」羅志綺大聲問著。

「對啊！小姐，肯定是有人害我們伯府！不知道是哪個狠毒的人冒充我們伯府說這樣的話，這明擺著想要書生不讓伯府好過。如果皇上信了，我們伯府就不好了！」

書生！羅志綺突然想起自己昨天說的話，剛剛還憤怒著的心裡瞬間畏縮起來，而後又憤恨不已。她不過是隨口說了句話，而且她說的是簡家人，又不是說他們，他們為什麼抓著這句話不放?!斤斤計較地跑到伯府要理，這些人就應該一輩子都是白身！

雖然心裡憤恨，但她又有些害怕，怕府裡的人知道那些話是自己說的，於是趕緊讓秋月她們去外面探聽，自己則匆匆忙忙地跑去找鄭氏。

府裡的羅老夫人、鄭氏及崔氏等人也得到了消息，聽了管家的話，也都認為伯府是讓人陷害了，本想讓管家想個不傷名聲的法子把那些書生打發走，卻看到慌慌張張從後門回來的羅炳元。

「伯爺，這是發生什麼事了？」鄭氏看到羅炳元神色不好，慌張地問道。

「發生什麼事！還不是因為妳治家不嚴，讓那些下人在外亂說！衛平今早向皇上參我，說我對外稱窮人不配讀書，是蔑視大晉律法，不尊先皇和聖上的行為，讓皇上責罰於我！」羅炳元越想越氣，他一向戰戰兢兢，怎麼會說出那些違背大晉律法的話？肯定是府裡人在外面亂說。府裡下人敢在外面說這些話，那肯定是鄭氏管家不嚴，害了自己。

「伯爺，妾沒有啊！對下人，妾嚴於教導，妾保證他們不敢說那樣的話。」鄭氏覺得肯定是有人要害自己，她對那些下人那麼嚴，他們怎麼敢在外面亂說。

「兒啊，皇上沒有相信衛平的話吧？」聽到羅炳元被參，羅老夫人滿腦子只關心他們伯府有沒有受到皇帝的責罰。

「聖上罰了我半年的俸祿，還讓伯府眾人在府裡閉門思過三個月。」說著，羅炳元一臉鬱悶。

「這一聽就是假的，皇上怎麼就信了？」全府人閉門思過三個月，這不是向其他人告知，他們伯府真的做錯了嗎？

這一閉門，伯府的面子丟盡了，她的面子也丟盡了！不僅如此，他們伯府還會遭到那些書生的唾罵，聲譽都丟光了。羅老夫人氣得胸口疼。「到底是誰要害我們廣安伯府？查到了，絕不能放過他！」

剛進大堂的羅志綺聽到了羅老夫人的話，心裡一抖，悄悄走到鄭氏身後。她明明就隨便說了幾句話，哪知道會有這樣的結果，肯定沒有人知道那句話是她說的，沒人知道……

府裡眾人都急著想辦法，伯府好不容易經營出好名聲，可不能因為這件事沒了，得找個法子挽回。

鄭氏急得團團轉，看到女兒趕緊抓住她。「志綺，妳可是身帶福運之人，快幫我們想想辦法。」

「我……」羅志綺此時只關心有沒有人發現那些話是她說的，哪裡還有心思想什麼法子。

崔氏聽到鄭氏的話，心裡冷嗤。

此時，崔氏的婢女從外面悄悄地走到她身邊，耳語一番。崔氏聽了，嘴角勾了勾，而後震驚地啊了一聲，大堂裡的每個人都聽見了。

「妳大叫做什麼？」羅老夫人此刻正心急，怒罵了崔氏。

「娘，媳婦不是故意的。剛剛小屏告訴媳婦，她從外面那些書生口中知道了說那些話的人是誰，媳婦太過震驚才驚叫起來的。」崔氏道歉，臉上卻依舊流露出不可置信的神色。

「是誰？」羅老夫人怒目而視。

鄭氏身後的羅志綺緊張地絞著手絹，心裡害怕。

而鄭氏感覺到了崔氏話裡的不懷好意，暗道不好。

「書生說是我們廣安伯嫡女說的。娘，我們廣安伯嫡女不就是志綺嗎？志綺怎麼可能說出那樣的話？娘，我看是那些書生搞錯了。志綺雖然昨天出去了，但怎麼都不可能當著書生的面說這樣的話。」崔氏看似替羅志綺開脫，實際是把羅志綺昨天偷偷出府的事揭了出來，證明那些話是她說的。

鄭氏一聽不好，心裡暗恨崔萍見機陷害女兒。「請娘明查，我們志綺不會說那些話的，肯定是有人冒充志綺說的。」

羅志綺聽到崔氏的話後，知道瞞不住了，心裡越加慌亂起來，躲在鄭氏背後，想偷偷跑回自己的院子，鎖起大門，就沒有人能拿她怎麼辦了。等過一段時間她再出來，事情肯定就被解決了。

對，就是這樣。

「是不是妳?!」羅老夫人可不相信鄭氏的話，看到羅志綺一臉心虛，厲聲呵斥。「說，那些話是不是妳說的？」

「我……祖母，不是……我……」羅志綺看到羅老夫人憤怒的神情，心裡非常害怕，卻依舊拚命否認。

「是不是妳，問問妳身邊的丫鬟就知道！來人，把三小姐的丫鬟春嬋、夏雨帶進來。」羅老夫人看她這心虛害怕的模樣，還有什麼不知道的。她心裡氣得要死，喊人把春嬋、夏雨帶上來。

羅志綺見春嬋和夏雨被帶上來，知道瞞不住了，竟然慌亂地撞開身旁的鄭氏和羅老夫人，往門外跑了。

「反了天了！反了天了！」羅老夫人被撞得一個踉蹌，幸好身旁的嬤嬤扶住她，不然估計要屁股著地了。她氣得胸口發疼。「去，給我把她綁到祠堂去！我們廣安伯府怎麼會出這樣不孝之人！」

「娘息怒，志綺年紀小不懂事，她不是故意的，媳婦以後會好好教她的！」鄭氏慌忙說道。

「教教教！被妳教得把我們伯府害慘了！伯府的臉面都被她丟盡了！快去，把人給我綁到祠堂去，讓她給我在祖宗面前跪上十天半個月，不肖子孫！」羅老夫人氣得胸悶，李嬤嬤趕緊給她順氣。

鄭氏聽到羅老夫人的話，心一急。「娘，可不能讓志綺跪這麼久啊，跪久了會傷身的！志綺只是年紀小不懂事，不是故意的。那些話肯定不是她說的，肯定是有人嫉妒志綺是身帶福運之人，陷害她的！」

「閉嘴！這個時候，妳還替她狡辯！現在我們伯府已經被她害得丟了大面子，聲譽都要被毀了！鄭氏，伯府的聲譽挽救不回來，我就把妳送回妳娘家去！」羅老夫人憤怒地說。

這些年來，為了讓廣安伯府在京城有些好名聲，她趁著那些豪門家族施粥義診的時候，跟在別人身邊也施粥義診，捆綁著那些豪門家族獲得了些好名聲。如今因為羅志綺的那番話，好不容易讓伯府獲得的名聲卻要毀於一旦，她花的那些錢也要打水漂了，怎麼能不憤怒。

聽到羅老夫人要把自己送回娘家，鄭氏不敢再說，然而心裡依舊覺得有人嫉妒女兒身帶福運，故意要害她。這人很有可能就是站在羅老夫人身邊的崔萍，於是狠狠地瞪了過去。

旁邊的崔氏對上她憤怒的眼神，心裡嗤了一聲，臉色卻焦急。「大嫂，按理來說，志綺身帶福運，別人是陷害不了她的。這話可能真的是志綺說的，現在堵在門外的書生都很憤怒，得趕緊讓他們消氣才行。」

「什麼福運！我看是霉運！」這個時候，羅老夫人心裡質疑起明慧大師了。已經是第二次，他們伯府第二次要替羅志綺收拾爛攤子。身帶福運的人會這樣一而再地給府裡帶來麻煩嗎？要等多久，她的福運才能作用在伯府？「鄭氏，這事是妳女兒惹出來的，妳盡快想辦法平息那些書生的怒氣。」

「我……」鄭氏囁嚅。她想不出什麼法子啊！「伯爺，這該怎麼辦？」

羅炳元焦頭爛額。「我怎麼知道？」

旁邊的崔氏心裡冷嗤一聲，這就是繼承了爵位的嫡長子，蠢到沒邊了。明明她丈夫才是最好的繼承人，老不死的卻偏心這個蠢貨。「娘，媳婦想到了一個法子。我們可以捐建一間義學，請幾個夫子，專門收那些窮人家的孩子讀書，告訴那些書生，我們伯府不僅鼓勵窮家子讀書，還會幫助那些窮家子讀書。外面那些窮書生聽了，肯定不會再鬧的。等我們的義學辦起來了，估計不用多久，伯府的名聲定會在那些書生心中好起來。」

「對，對！」羅老夫人點頭。「就這樣辦。」

「不過，娘，這事是志綺惹出來的，辦義學的錢……」要不是伯府的名聲會影響到自己女兒的姻緣，崔氏才不想幫著鄭氏把伯府的聲譽恢復過來。不過想讓她出錢，作夢。

「這錢當然是鄭氏出！」羅老夫人盯著鄭氏。「妳現在立馬帶個人出去跟那些書生道歉，並承諾給窮家子辦一間義學。」

鄭氏不大願意。這明明是整個伯府的事，憑什麼只讓她出錢？這得花多少錢？

「還不快去！」羅老夫人大喝一聲。「今天如果不能平了那些書生的氣，妳明天就回娘家去！」

「還不快去！志綺惹出的事，這錢當然得我們出。趕緊去，再不出去，那些書生鬧大了，衛平到時候又參我一本，我伯爵的位置就不保了！」羅炳元心慌地催著鄭氏趕緊出去道歉。

「娘，伯爺，我這就去。」鄭氏雖然心中不願花錢，但為了伯府的爵位，也不得不帶個替罪羊出去道歉。

「志綺人呢？把她帶到祠堂沒？」想到辦法解決那些書生了，羅老夫人轉頭就處理起羅志綺來了。

「三小姐把院門堵上了，我們進不去。」

「不肖子孫，反了天了！李嬤嬤，妳帶人過去，直接把門撞開，把她給我押到祠堂跪著，沒我的命令，不准起來。」活了這麼多年，羅老夫人還沒被人違抗過，當即氣得讓人直接去撞門。

「娘息怒，志綺剛回府，在鄉下的壞習慣還沒根除，不懂得孝親敬老也不怪她。大嫂因她身帶福運，也沒有急著教她，以後慢慢就好了。」崔萍乘機上眼藥。

「慢慢就好？我看不會好了！」要不是還指望著羅志綺以後真能給伯府帶來好運，羅老夫人就不單是讓她跪祠堂那麼簡單了。

羅志綺跑回去堵住院門，以為自己這樣就能像之前在簡家一樣躲過責罰了，沒想到李嬤嬤找人把院門撞開，還把她拖到祠堂裡，逼著她下跪。

對著那一排靈位，羅志綺心中咒罵著羅家眾人，尤其是讓她對著死人牌位跪著的羅老夫人。而後又憤恨起簡秋栩來，若不是那個假羅志綺，那些書生又怎麼會知道她是廣安伯的嫡女，她又怎麼會跪在這裡？

都是那個假羅志綺的錯！

「春嬋！」羅志綺想起了什麼，磨著牙朝窗外喊了一聲。

原以為自己得不到重用的春嬋一聽，心中一喜，立馬從祠堂外偷偷跑了進來。「小姐有什麼吩咐？」

「妳現在再去幫我辦一件事。去我房間拿一百兩……不，五十兩，不，二十兩，幫我去找一個人。」羅志綺恨恨地跟春嬋說了要找的人和要辦的事。「這件事再辦不好，以後妳就倒馬桶去吧。」

「小姐，這次我一定會辦好的，一定！」好不容易才從掃地的丫鬟變成了一等丫鬟，她不要被罰去倒馬桶，於是聽了羅志綺的話，匆匆地往外跑。

看到春嬋跑出去，羅志綺瞪著那些牌位。

一切都得按照前世走，一定要！

第二十四章

辰時將近巳時，簡母和大伯母兩人揹著豬油回來了。

雖然去得早，但她們謹記簡樂親的話，一人去東市，一人去西市，只各買了兩斤豬板油。以後買豬油讓家裡人輪流去，買一段時間、停一段時間，這樣就不會讓人發現他們買的豬油過多。

兩人回來後，聽到昨晚的的兩個小偷被抓了，心裡都鬆了一口氣。把豬油拿出來洗了洗，開始切塊。

簡秋栩湊過來。「娘，大伯母，妳們今天去城裡，有沒有聽到什麼新鮮的事？」

「新鮮事？我今天去西市，去得早，人少，倒沒有聽到什麼新鮮的事。」簡母搖了搖頭。她今天只顧著買豬油了，其他的都沒有注意。

「大伯母呢？」

張金花俐落地把豬板油切塊，邊切邊說：「我倒聽到了一些。聽說今天早上好多書生把廣安伯府的大門給堵起來了，賣豬肉的婆娘還跑去看了。」

「廣安伯府？」簡母一聽，想到那是羅志綺的家，心裡有些擔心。「那些書生為什麼把廣安伯府大門堵起來？」

張金花搖頭。「這個我就不是很清楚了，不過聽那個賣豬肉的說，好像是廣安伯府的人說了什麼話，得罪了那些書生。」

簡秋栩也有些驚訝。她原以為羅志綺昨天說的話要過幾天才會發酵開來，今天最多在小範圍內傳開，沒想到那些書生這麼給力，才過了一個晚上就把事情鬧大了。

「這……會不會對府裡的人有什麼影響？」聽說廣安伯府被圍堵，簡母關心起羅志綺來。

張金花看了她一眼。「那廣安伯府的羅老夫人、伯爺和伯夫人還在呢，真有事，他們頂著。若真有什麼影響，也影響不了府裡的少爺、小姐啊。」

「那就好。」簡母聽了才放下心來，趕緊切完了豬板油，晾乾水，拿回廚房給大堂嫂她們榨油。

「秋栩，別怪妳娘還惦記著簡方樽，畢竟養了十幾年，不是說放下就能放下的。」張金花看到簡母端著豬油進了廚房，小聲地跟簡秋栩說道。

「大伯母放心，我不會。」簡秋栩並不是小心眼的人。一個人養隻寵物養了幾年都有感情，更何況是人。她娘心裡還惦記著羅志綺，這也是人之常情。

雖然羅志綺心思惡毒，但只要羅志綺沒有把惡毒的心思用在爹娘身上，她也不想打破爹娘對羅志綺的印象。畢竟養了這麼多年，若是知道養了一個對自己充滿怨恨的女兒，她爹娘肯定一下子接受不過來。

「大伯母，除了那些書生把廣安伯府堵起來，妳還有沒有聽到什麼？」

「還真有。」張金花低聲。「妳娘在，我不好說，聽說是因為伯府嫡女說了窮人不配讀書的話，那些書生才圍堵了廣安伯府。我聽到的時候就尋思著，廣安伯府的嫡女不就是簡方檸嗎？所以回來的時候我沒跟妳娘說這件事。嘖嘖，簡方檸在我們簡家的時候就鬧得家裡不安寧，現在回到了伯府，還把伯府鬧得不安寧。我買完豬油去找妳娘會合的時候，在路上聽說廣安伯因為這事被皇上罵了一頓，還被罰閉門思過三個月。這簡方檸真是攪家精，幸好她不在我們簡家了，不然到時候做出了什麼事，簡家可承受不起！」

張金花越說心裡越是慶幸，不過心裡也納悶，簡家一家心性純良，連娶進來的幾個媳婦也都沒有什麼壞心思，怎麼就養出了這麼一個簡方檸，真是想不通。

這下簡秋栩心裡更驚訝了。事情竟然這麼快就鬧得這麼大，還鬧到皇帝跟前去了？看來這個時代的書生不好惹啊！不過按理來說，即使這事鬧到皇帝那裡，皇帝也不應該查都不查就給伯府下了定論，讓他們閉門思過，這可是很損顏面的處罰。

簡秋栩有些疑惑，卻不知道，羅志綺和羅炳元做的事早已惹惱了武德帝。對於欺瞞自己的人，武德帝可不會輕易饒恕，此次不過是藉機處罰廣安伯府罷了。

雖然心中疑惑，事情的發展卻讓簡秋栩很是愉悅。廣安伯府羅老夫人是什麼人，簡秋栩十四年來雖然接觸不多，卻還是有些了解的。她是一個面子大過天，把利益看得比什麼都重的宗婦。這次廣安伯府被皇上處罰閉門思過三個月，伯府的名聲一下子就在書生心中跌落了，羅老夫人肯定氣得要死，羅志綺不受處罰是不可能的了，昨天大嫂被羅志綺辱罵的仇也算報了。

「走，小弟，跟二姊砍竹子去。」心情愉悅的簡秋栩打算帶上簡小弟和簡sir去房子後面給她爹砍幾棵竹子，等她娘和大伯母有空了，就可以直接把竹子破開成竹片，讓她爹用來編肥皂盒了。「簡sir，衝啊！」

簡秋栩指著竹林，簡sir很是興奮地來回跑著。

「二姊今天很開心。」簡小弟聽話地跑出來後瞅了她一眼。

「有好事自然開心，英明的皇上幫你二姊報了個小仇。」沒有皇帝插手，羅志綺不會這麼快就受到羅老夫人的處罰，作為感謝，簡秋栩就誇誇他吧。

「姊，妳怎麼知道皇上英明的？」簡小弟對這個很好奇。「皇上幫妳報了一個小仇就能看出英明嗎？方雲哥說皇上是要治國有方，知人善任，賢明果決才能算一個英明的皇帝。」

「這個……你懂得挺多的嘛！」她又沒有見過皇帝，怎麼知道他英不英明，剛剛也不過隨口說說，怎麼知道小弟這麼較真。不過話說出口了總不能收回來吧，她弟以後是要讀書的，對皇帝有好印象，說不定還能有激勵作用。「見微知著嘛！爺爺和太爺爺以前東奔西跑，居無定所，吃不飽、穿不暖，現在大家都有了住的地方，雖然不是每個人都能吃飽穿暖，但這是不是一種進步？」簡秋栩問他。

簡小弟聽過爺爺說過以前的事，所以點了點頭。

「有進步就代表皇上治國有方，知人善任。還有，我們大晉鄰國眾多，這些年來，那些鄰國卻沒有再入侵大晉，這是不是說明皇上對邊境治理有方，威懾了鄰國，讓他們不敢隨意入侵大晉？」

簡小弟想了想，又點了點頭。

「要做到威懾到鄰國不簡單，代表皇上知人善任，賢明果決且有魄力，這些不就說明了皇上是個英明的皇上嗎？」簡秋栩說著，心裡想想武德帝還是算一個好皇帝。「還有，皇上可不只幫二姊報了小仇，而是幫所有大晉的窮書生報了仇，會讓讀書人覺得皇上看重他們，以後會更加敬仰皇上，幫皇上治理好國家。所以，皇上是不是英明的？」

簡小弟用力地點了點頭。「二姊，皇上聽起來真的是個英明的皇上。」

「所以啊，咱們趕緊去給爹砍竹子編香皂盒，等以後咱們的香皂出名了，爹編的盒子也出名了，說不定以後英明的皇上會給爹封個大匠人的名頭。」簡秋栩開玩笑。

「可是皇上會關心香皂這些小事嗎？」簡小弟有些不相信。

「這……民生之事無小事，如果皇上不關心這些，又怎麼能讓他的子民安居樂業？這樣他就不是英明的皇上了。而且這可不是小事，如果皇上真的給爹封大匠人，就說明皇上重視匠人，那肯定有更多的匠人想要得到這個稱號。這樣他們就會更努力，創造的東西會更多，大晉不就更加強盛了嗎？」科學技術是第一生產力，大晉建國不久，正是缺科學技術的時候，而能夠帶來科學技術的，最大可能是從匠人那裡獲得，更應該重視各種匠人。

不過簡秋栩也就說說，這個時代被稱作匠人的跟她所想的匠人有些區別，地位都不高，基本上很難受到重視。

「為什麼匠人創造的東西更多，大晉就更加強盛呢？爺爺以前會做大件家具，現在會做蘋果魯班鎖，那也沒有讓大晉變強盛啊？」簡小弟有些疑惑。

簡秋栩看了他一眼，小弟可真是個十萬個為什麼。「有些東西現在不起作用，不代表以後不起作用。經常玩魯班鎖會讓人變聰明，玩的人多了，變聰明的人就多了；變聰明了，以後他們讀書不就更厲害？如果這些人都去當官，那大晉不是就多了好多聰明的官員，這就給大晉儲備了人才，皇上治理國家就不會缺人了。所以，這是不是讓大晉變得更加強盛？」

簡小弟點頭。

簡秋栩見他聽得認真，繼續說道：「當然，這個見效比較慢，給你舉個見效快的。」

簡小弟急切地想要知道什麼是見效快的，盯著她的眼睛都發著光。

簡秋栩沒有直接說，而是問了一個問題。「你知道什麼是匠人嗎？」

簡小弟想了想。「木匠，鐵匠，石匠，這些是匠人。」

她弟弟的想法大概就是這時候的人對於匠人的想法。簡秋栩搖了搖頭。「是也不是。精於做木工，打鐵這些的，我們可以稱他為匠人，而大聖人孔子，我們也可以稱他為文壇巨匠。所以，只要是精通某一個東西的人，我們都可以稱他們為某一方面的匠人。我說的匠人是所有行當中精通自己所做的事情的人。這些人精通所做的事，更能創造出新東西。當然，這些你聽聽就好，不要說出去。」

畢竟這個時候，匠人地位比較低，如果讓人知道簡秋栩用匠人來形容孔聖人，估計要被那些讀書人噴死。

簡小弟點了點頭。「那二姊，匠人創造的東西讓大晉更快強盛的例子是什麼？」

「你喜不喜歡看書？」

「喜歡。」簡小弟點頭。

「前朝喜歡讀書的人也多，但是他們卻買不到書，這是為什麼？」簡秋栩問他。

「那是因為書少。」

「那書為什麼會少呢？」

簡小弟想了想。「抄書的人少。」

「對，以前的書都是靠抄的。抄出一本新書需要很多時間，所以書又貴又少。但是想要讀書的人多，需要好多書，那該怎麼辦呢？」

「印書？」簡小弟不是很肯定地說。

「對，因為對書需求量的增多，匠人們想出了印書的法子，也就是現在印書的法子，雕版印刷。這樣一來，只要前期花些人力、物力把一本書雕出來，那之後印出一本新書就很快，是不是能讓很多想要讀書的人買到書？買到書的人多了，識字的人就多了，大晉就有了更多人才。想出雕版印刷的匠人是不是很快就幫助大晉培養了大量人才？這些人才是不是很快就能投身大晉的建設，讓大晉更加強盛？」大晉之前，書籍幾乎都是手抄的，雕版印刷也多用於佛經印刷。大晉建國後，這項技術開始用於佛經以外的書籍，讓更多的人能夠買到書，讀書的人也更多了。

簡小弟使勁點頭，有些恍然大悟。「二姊說得對，沒有這些厲害的匠人，我們可能還沒有書買，他們真的能很快的讓大晉多了好多讀書人，這樣大晉就能多好多人才，所以他們應該受到重視。」

簡秋栩學他點了點頭。「所以我說民生之事無小事，皇上如果能多注重匠人，對大晉絕對只有好處沒有壞處的。匠人人多力量大，如果每一個匠人都能想出一個新點子，那大晉就多了無數新點子，這其中必有民富國強的點子。」

中國自古重文輕理，而大晉是古中國的分支，自然也是重文輕理的，匠人自然不會受重視。

「二姊，只有匠人才能想出好點子嗎？其他人想不出好點子嗎？」簡小弟有些疑惑。

簡秋栩搖頭。「這倒不是，只要一個人善於學習，善於觀察，善於總結，總會發現別人發現不了的東西，想出別人想不出的點子。」

「那二姊，妳想出了做香皂的點子，所以妳也是一個善於學習，善於觀察，善於總結的人。」簡小弟想了想，說道。

「香皂的點子可不是你姊想出來的，是你姊從別人那裡學到的，你姊我最多只能算善於學習。」簡秋栩實話實說，可不敢霸占別人的功勞。

「從哪裡學到的？」簡小弟一臉好奇。「熟石灰和純鹼換身體也是從別人那裡學來的嗎？」

簡秋栩點頭。「當然，這些都是你姊從別人那兒學來的。」

「二姊，那這些妳是從哪個人那裡學來的？」簡小弟越加好奇和急切了。

「你想學？」簡秋栩問道。

「嗯。」簡小弟使勁點頭。

「從哪裡學來的，我跟你說不清。不過你如果想學，我可以教你。但我可告訴你，你要跟我學的東西可不簡單，想學就要一直學下去，可不允許半途而廢。」簡秋栩不喜歡半途而廢，自然也不希望弟弟學東西半途而廢。

「我不會的，二姊，妳教我！」簡小弟興奮得眼睛發亮。

「行，等我今天回去整理整理，明天就開始教你。」科舉她不會，科學她會啊！她弟弟這麼聰明，而且好學，肯定能夠學得會。

「二姊妳真好！」簡小弟很是高興。簡秋栩想，如果她弟有尾巴，就跟那翹著屁股挖土的簡sir一個模樣了。

簡秋栩自己心裡也很開心，挑了一根大竹子砍了起來。突然，簡小弟停下了手裡的動作，疑惑了起來。「二姊，為什麼都有雕版印刷了，書還是這麼貴？」開心過後，他腦袋裡又想起了印刷的事。「現在書還是很貴，好多人還是買不起書。」

「除去紙貴，那是因為雕版印刷還不是最好的法子，還沒辦法很快地就印出一本書，印一本書還是需要很多人工。人工多了，需要付的工錢就多了，書自然也還是貴的。」簡秋栩邊砍著竹子邊回答。

「那有沒有更快、更便宜的印刷方法呢？」簡小弟蹲在一旁想著。

「這個，得靠有心人想了，說不定哪一天某一個人就想出更好的法子了。」

簡小弟歪著腦子想了想。「二姊，我覺得把字一個個雕出來，然後要印刷的時候再一個個排列好，這樣不是更快嗎？」

「小弟，你厲害啊！這麼快就想出了這種法子。」簡秋栩真驚訝了，她弟竟然把活字印刷的模型給想出來了，這腦子靈活啊！「確實，這個辦法更好。雖然前期工作量也大，但以後印刷可就簡單多了，而且需要的印刷工人也少。」

簡小弟聽到簡秋栩的誇讚很開心，也覺得自己的想法很好。不過他開心著又疑惑了。「二姊，妳說我這個法子好，可是其他人不知道這個法子好啊！怎樣才能讓人知道這個法子好呢？這樣書就不會那麼貴了。」

「這只是你腦子裡的想法，別人看不到實物，看不到效果，當然不知道它好了。」

簡小弟一聽，興奮地說道：「我知道了，二姊，我要把我的想法做出來，然後把書印出來給別人看，別人就知道我的法子好了。」

「把想法變成現實，可不是件簡單的事。小弟，這可得花好多時間的。」活字印刷也不是想做就能做出來的。她弟要做出活字印刷，首先面臨的一個難題就是雕反字。

「我不怕，二姊，我一定能做出來的。」簡小弟肯定地說。

「行，那二姊支持你。」難不難，只有自己動手了才知道。簡小弟這種自己動手的想法，簡秋栩非常贊同。看來她弟弟不僅對科學的好奇心重，也是一個喜歡實踐的人，她覺得把自己所學的東西教給小弟是個不錯的選擇。

不僅如此，她覺得自己可以嘗試把所學教給家裡的小孩。所謂學會物理化，走遍天下都不怕。說不定這樣以後他們自己能摸索出個一技之長，走到哪裡都餓不死。

對，就這麼幹！簡秋栩定下了心中的想法，隱隱有些興奮。

簡秋栩誇獎皇上英明的彩虹屁被暗衛擺在了武德帝的案頭。

候在一旁的章明德笑道：「皇上，看來這簡家女是個聰慧之人，能從小事中知道皇上您是位英明的君主。」

武德帝把摺子放到了一邊，敲了敲桌子，心裡琢磨著簡秋栩那句民生之事無小事。

這句話真真說中了他的心坎。武德帝心懷大志，立志要把大晉建成強國，讓萬邦來朝。大晉要成為強國，必定是每個大晉子民都得有飯吃、有衣穿，安居樂業；只要子民安居樂業，大晉才有足夠的錢糧用於壯大軍隊，才能夠威懾鄰國。所以，民生的每一件小事都關乎到大晉的強盛，確實不得不關心。

沒想到，一個小女孩卻懂得這樣的大道理，也不知道她背後之人是誰。教出這樣話的人，必定是個能人，若能招攬就好了。

武德帝沈思一番。「去把楊擎叫進宮來。」

農村婦女大多是有些手藝的。簡秋栩和她弟砍回來的竹子，很快就被她娘和大伯母破成片，大嫂和大堂嫂她們很快又把竹片剖成了絲。

竹絲大小幾乎一致，跟用機器剖出來的差不多，大嫂和大堂嫂都有一雙巧手。

下午的時候，她爹就編上了竹盒子。

人多力量大，這句話不管用到哪兒都是正確的。看一切井井有條，簡秋栩便拿著鋸子鋸下一小截的黑胡桃木，搬進廚房烘乾。

她要做的東西的零件設計圖已經畫得差不多了，等黑胡桃木烘乾後就可以開工了。

「小妹，我幫妳吧。」簡方榆跟著簡樂親他們學過烘乾木材的方法，見她扛著一截黑胡桃木進來，趕緊幫忙把它塞進了窯子裡。

這個時候沒有烘乾爐，烘乾木材都是用窯。她家的廚房、大伯家的廚房都有一個小窯，院子外還有一個大窯。製作家具前，木材需要放到窯中烘乾兩到三次，每次溫度不能太高，要一點點地排出木材裡的水分。水分排出後，需要把木材放置在陰涼通風處，讓它以自然的方式吸收空氣中的水分，一段時間後，才能用來製作家具。

簡秋栩沒有用過窯，不太會控制溫度，便把黑胡桃木交給她姊，她在一旁看著操作。

簡方榆把黑胡桃木放好，俐落地給窯子加火。黑胡桃木的香味被火一烘，瀰漫了整個廚房，淡淡的，很清香。

冬天，天氣乾燥，這一小截的黑胡桃木烘乾放置幾天就可以用了，也不知道二堂哥那兩把小刀打得怎麼樣了。

簡方樺走了一個多時辰，從大興城回到了郭赤縣。他剛走過縣大門，肩膀就被從後面拍了一下。一個瘦瘦黑黑，方臉粗眉，其貌不揚的男子從背後跑了過來。

「簡三哥，真是你啊！」王榮貴很是高興地說道。

「榮貴，你怎麼在這裡？」簡方樺注意到他右手拿著一包裝著吃食的東西。「過來買東西？」

「不是，我爹娘聽說簡二伯腿不好，讓我替他們過來看看他。正巧，在縣裡遇到了你。」王榮貴解釋道，而後面露擔憂。「簡三哥，簡二伯的腿怎麼樣了？我爹娘聽說了，都很擔心。」

簡方樺道謝。「多謝王叔、王嬸，我爹的腿好多了。」

「那就好，那就好！」王榮貴放心不少。「這樣我爹娘就放心了。對了，簡二伯的腿是怎樣受傷的？」

「上山砍樹不小心被樹壓到了。」簡方樺略過一些事，只說了簡明忠被樹壓到腿的事。

「那時候必定兇險，幸好現在人沒事了。」王榮貴唏噓慨嘆了一番，跟著簡方樺往簡家走。快到村口時，他突然說道：「對了，簡三哥，聽說你親妹子回來了，你這個親妹怎麼樣？」

「挺好。」簡方樺沒多說。

王榮貴眼珠子轉了一下，有些擔憂地道：「外面都在傳你這個妹子帶了好多東西回簡家，前兩天縣衙抓了幾個小偷，聽說他們就是去你家偷東西的時候被抓的。」

簡方樺這幾天沒回家，根本不知道這件事，一聽，心裡有些擔憂。「這是真的？你怎麼知道？」

「真的，我最近幾天在縣裡做工聽到的。簡三哥，你們家可得小心點，錢財還是要藏好，快過年了，小偷多。」

簡方樺擔憂著家裡，步伐便快了些。「多謝關心。小妹是雙手空空歸來的，並沒有帶任何錢財，外面說的不過是謠傳罷了。你又不是不知道，我們家就靠做幾套家具賺個買糧的錢，家裡根本就沒有什麼餘錢，藏都不用找地方藏了。」

小妹帶錢財回來是誰傳出去的？簡方樺有些疑惑，明明當初村裡人都看到小妹回來的情景了，也都知道小妹什麼都沒帶回來，怎麼到了村外，就傳出小妹帶錢回來了？外村人誰認識小妹啊？簡方樺想想就覺得有些不對勁。

「這事我信，可外面那些人不信，簡三哥，你還是得提醒伯父他們小心點。」王榮貴有些急切地提醒他。

簡方樺點了點頭，沒有再說話，快步地往家裡趕。

「方樺，你怎麼現在回來了？」簡母看到簡方樺大中午回來，驚訝了一下，又看到他身後的王榮貴。「榮貴怎麼來了？」

「李掌櫃放了我一天班，我便回來了。榮貴是替王叔、王嬸過來看爹的，娘，妳帶榮貴進去看看爹。」突然帶著王榮貴回來，簡方樺擔心家裡的香皂被他看到，打算回正堂用東西把香皂蓋起來。

「成。榮貴啊，你爹娘有心了，你二伯看到你過來，肯定很開心，快隨我進來吧。」簡母聽簡方樺說王榮貴是來看簡明忠的，心裡還是開心。

王榮貴的父親王大德是個泥瓦匠，十幾年前給別人建房子的時候和簡明忠認識，兩人關係不錯。王大德每次去給人建新房子的時候，都會給新屋主人推薦簡明忠做家具。簡明忠只要是從王大德那裡接到了生意，都會給王大德一些報酬，平常過年也會相互走走，一來二去，兩家人關係也好了起來。

萬祝村在郭赤縣西邊，而王家人住在郭赤縣的東邊，來回一趟得三、四個時辰。現在天寒地凍的，王家人聽到簡明忠腿受傷了，還大老遠讓兒子過來看，簡母心想，王家人對他們家還是比較上心的。

「簡二伯和我爹關係好，他們臨時走不開，讓我過來是應該的。」王榮貴跟在簡母身後走著，眼神不經意打量著簡家。見簡家的一應擺設跟之前見過的沒什麼區別，他有些懷疑地皺皺眉。

簡方樺見王榮貴被簡母帶進去了，趕緊進正堂找東西想把香皂蓋住，進去之後才發現裡面沒了香皂，連架子都不在了，心中一驚。莫不是香皂被那幾個小偷偷了？

「哥，找啥呢？放心，香皂被爺爺他們放到大伯那邊的小房間了。」簡秋栩在房間裡就聽到說話聲，她在窗戶邊看到他進了正堂才走了出來。「哥，李掌櫃又交代你什麼事了？」沒事不會在這個時候回來的。

「還真有事。」簡方樺聽簡秋栩這麼說才放心下來。「李掌櫃讓我回來跟妳拿松香膠，他想在詩畫活動鑑賞之前再畫一幅樹脂金魚。松香膠的方子他是得到了，但一時半刻也做不出松香膠，想把妳手頭上的松香膠都買回去。」

「看來李掌櫃是有大計劃。松香膠我這邊也沒多少，不過有五、六斤的松香，你一併帶給他吧。」簡秋栩估計李掌櫃是覺得她的畫技還不夠好，想要找個畫技更好的人，把樹脂金魚以更驚豔的方式公布在眾人面前。

「行，我先把蘋果魯班鎖賣的錢給爺爺他們，待會兒過來拿走。郝掌櫃那裡又多了十幾個魯班鎖的訂單，爺爺他們聽了，肯定高興。」

「這麼快就走？休息一、兩刻鐘再走也不遲啊。」來來回回幾個時辰，是個人都會累。

「李掌櫃心裡急，這事可不能等。」簡方樺攤了下手。「李掌櫃這幾日情緒激昂，就等著鑑賞大會那天能一鳴驚人，可不能出差錯。」

「好吧，我現在幫你把松香膠和松香拿出來。不過哥，下次你回來還是坐牛車回來吧，那樣快一點。」現在家裡有收入了，這車錢也沒有必要再省著了。

「行，聽小妹的。」簡方樺咧嘴朝她笑了笑，跑出去找爺爺和大伯他們，順便問一下小偷的事。

簡秋栩進廚房把松香膠和松香都拿了出來，為了防止被別人看到，她找大嫂要了一個麻袋，把松香都倒了進去，再把兩瓶松香膠塞進麻袋，紮緊。

她拎著麻袋出去，正巧遇到簡母帶著王榮貴出來。

看到簡秋栩，王榮貴愣了愣，而後眼裡閃過驚豔興奮的光芒，語氣激動地說道：「這位就是秋栩妹妹吧？」

簡母點點頭。「秋栩，這是妳王家榮貴哥。」

「榮貴哥好。」簡秋栩微笑著跟他打了打招呼。

王榮貴看到簡秋栩朝他微笑，又愣住了，眼神直直地盯著她看，心思都不知道飄到哪兒去了。

簡秋栩不著痕跡地皺了皺眉。「娘，我有事忙去了。」

這個王榮貴，給她的感覺並不好。不過她娘沒感覺到，她也不好說。

「好，妳先忙，我讓妳榮貴哥找妳大堂哥玩去。」

簡母帶著王榮貴去院中的茅草棚找簡方樺。

王榮貴在茅草棚裡，還時不時往簡秋栩這邊看過來。

「哥，那榮貴哥是什麼人？」簡秋栩把麻袋交給簡方樺，順便問了一句。

「爹朋友的兒子，是個泥瓦匠，好像最近在縣裡做工。怎麼了，妳問這個做什麼？」

「沒什麼，只是好奇。」看清況她哥也不是很了解這個王榮貴，簡秋栩便不問了。

「哥，家裡的松香和松香膠都在這裡了，你讓李掌櫃省著點用，再要就沒有了。」

「知道了。對了，小妹，李掌櫃給妳留了兩個位置，妳要不要去看？」

「去，當然去。」這是一個了解這個朝代的好機會，她當然不想錯過。

第二十五章

「那好，哥到時候給妳挑個好位置。」簡方樺把麻袋放到竹簍裡，走了兩步又回過頭來。「小妹，妳問起榮貴，真的沒什麼事？」

簡方樺剛剛問過爺爺他們關於小偷的事了，他們來簡家偷東西根本就不是因為王榮貴剛剛說的原因，他也不知道王榮貴從哪裡聽到的傳言。現在聽到簡秋栩問起王榮貴，瞬間也跟著疑惑起來。

「我真的只是好奇，沒事。」簡秋栩擺了擺手。

「有事可別瞞著我，妳哥我雖然在京城裡只是個跑堂的，但也有認識人，有些事還是能夠幫上忙的。」

「真沒事。哥，你既然在京城認識的人多，你幫我問問，城裡哪家做的牌匾最好。我打算過幾天去城裡的時候，順便把我要開的店的牌匾先做了。還有，麻煩再幫我找個好的小木作，我要修繕一下那個小隔間。」店一時半刻也開不起來，不過簡秋栩還是打算先把店名字做好，順便找人把它重新裝修一番。這樣到時候想要開店了，把牌匾掛上去就可以了。

「行，我這兩天就幫妳找好。」簡方樺見她這麼說，也沒有再問下去。

簡秋栩見他走遠了，關上門，拿出一張紙做起教學方案。鑑於家裡都是小孩，對於科學的認識幾乎為零，簡秋栩打算以擬人化的小故事和趣味小實驗開始，用故事和小實驗的方式慢慢吸引他們，從而引導思考，讓他們正確認識和了解世界，進一步有興趣跟她學習。

那就先從種子發芽的小故事開始。

簡秋栩想了想，結合種子發芽的過程，打算編一個小故事。順道再用上次剩下的顏料，勾勒出幾幅簡單的、擬人化的畫，家裡的幾個小孩即使不識字，也應該喜歡看。

說做就做，簡秋栩用上自己不多的文學細胞，儘量把故事寫得生動一點。

「啊！」坐在床邊縫新衣服的覃小芮突然嚇得大叫一聲。

簡秋栩手中的炭筆被她的驚呼聲嚇得在紙上劃出了一道長痕。「怎麼了？」

「姑娘，我剛剛好像看到窗戶邊有一雙眼睛，黑黝黝的，嚇死我了！」覃小芮顫著身體，明顯是被嚇壞了。

眼睛？簡秋栩蹙了下眉，快速走到窗邊打開窗戶。窗戶外面什麼都沒有，下面的雪地裡也沒有腳印。

「咦，難道是我看錯了？」覃小芮疑惑道。

「未必。」簡秋栩看了一下牆沿邊巴掌寬用於排水的小斜坡，雖然狹小，但還是能夠容納一個人走過來的。上面雖然也沒有腳印，但有幾處濕了，顯然是有人踩了雪後把雪留在了上面。

「那真的是有人在偷看我們？姑娘，會是誰？」覃小芮趕緊推開窗左右找尋一番。

簡秋栩搖了搖頭。「不清楚。」

雖然這麼說，但她懷疑偷看的人是王榮貴，家裡的人是絕對不會偷偷摸摸看她的房間。

「我出去看看。」

「榮貴哥，你在看什麼？」

簡小弟昨天想了一個晚上，覺得可以把字做成一個個小印章的模樣。石頭、木頭他雕不過來，可以用黏土做成柱狀小印章，這樣便容易把字雕上去。於是看完書練完字，他就拎著一個小竹筒出去挖黏土了。回來正好碰到躲在東側牆後面，探著頭往屋後看的王榮貴。

「哦，那個……」王榮貴看到簡小弟突然出現嚇了一跳。「我剛剛好像看到屋後有人，過來看的時候，那個人跳牆跑遠了。我擔心他還會回來，所以在這裡盯著。」

「有人偷看？」簡小弟疑惑。「我剛剛就在後面挖土，沒看到有人啊。」

「他從西邊跑了。」

「西邊？我去告訴爺爺。」簡小弟放下小竹筒就想跑去告訴簡樂親他們。前兩天家裡才來了賊，他擔心又是賊過來探路了。

「告訴爺爺什麼？」簡秋栩走了出來。王榮貴看到她，眼睛又亮了起來。

「二姊，榮貴哥說剛剛有個人在妳窗外偷看，被他發現後跳牆從西邊跑了。」簡小弟快速把原由告訴她。

「是嗎？」簡秋栩走到自己窗戶邊，仔細看了幾眼。「屋牆和院牆隔了十尺寬，如果真有人在我窗外偷看，跳牆逃跑的時候不可能沒有腳印。現在地面上都沒有腳印，我看，那個偷看的人是踩著牆邊的小斜坡偷看的，他應該還沒逃遠，說不定還在院子裡。」

簡秋栩說著，看了王榮貴一眼。

王榮貴被她看得眼神有些閃爍。「哦，我剛剛就坐在茅草棚那邊，沒看到有人從這邊跑開，可能是我看錯了。」

「看錯了？大白天的，應該看錯不了吧？」簡秋栩眼神有些冷地看著他。「我看有些人可能是賊喊捉賊。」

王榮貴神色變得有些不自然。

「榮貴，過來吃飯了！」大堂哥在廚房門口喊了一句。

「秋栩妹妹，我應該是看錯了，妳不用擔心。我先去吃飯了。」說著，王榮貴轉身就走了，不過腳步跨得有些大，人顯得有些心虛。

簡秋栩冷冷地看了他一眼。

「二姊，妳說賊喊捉賊是什麼意思？難道剛剛偷看妳的人是榮貴哥？」簡小弟皺了皺眉頭。「不會吧，榮貴哥為什麼要偷看妳？」

「行了，小孩子別亂想了。」簡秋栩揉了一下他的小腦袋。「知人知面不知心，人的心思是最難猜的。你只要記得，以後與人相處，要持有警惕之心就好，可別傻乎乎地隨隨便便就相信一個人。」

「二姊，我才不傻。」簡小弟有些不滿地把她的手拿開。

簡秋栩笑了一聲。「對，小弟不傻，還很聰明。所以，你打算怎樣實現你的印刷術？」

說到這個，簡小弟眼睛亮了起來。「二姊，我打算用黏土做成一個個小印章一樣的東西，然後在上面刻上單字，再用火把它燒硬，這樣字就可以放好久，印刷的時候，要用字了再把它挑出來。二姊，妳覺得我這個法子怎麼樣？」

簡秋栩這下更驚訝了，小弟難不成是畢昇轉世，都把活字印刷的精髓給搞清楚了。

「非常好，繼續努力，小弟，你會成功的。」

得到簡秋栩的誇讚，簡小弟開心地拎著那桶黏土跑到了茅草棚，開始捏起方塊。

簡秋栩笑著看了他一眼，而後冷下表情，看向廚房。她得找個機會提醒家裡人，這個王榮貴心思不純，偷看她房間的保准是他。

廚房裡，招待王榮貴吃飯的是簡樂親、簡明義和簡方櫸，還有幾個小孩。大堂嫂她們幫著簡母做了點菜，便都回了自己房間。簡母感念王家人惦記，特地多炒了兩個肉菜招待王榮貴，四菜一湯，已算是很豐盛了。

幾個小孩早上剛穿上家裡人做的新衣，還在興奮地嘰嘰喳喳的，廚房裡熱熱鬧鬧的，王榮貴不由得多看了他們幾眼，而後看著桌上的肉菜，吃得有些心不在焉且急切起來。

桌上，眾人的飯碗剛放下，他就急急忙忙地找藉口離開了。

「這孩子，才剛吃完飯呢，怎麼就匆匆走了？」簡母收著碗筷，心裡有些納悶。

「縣裡的房子要在年前建好，耽誤不得。不過他這麼累，還能抽空過來，確實有心了，王家人值得交往。」簡樂親稱讚了一句。

簡秋栩剛走進來就聽到了爺爺的話，心想，家裡人好像對王榮貴一家印象都不錯，難道王榮貴父母與王榮貴不一樣，還是他父母與他一樣，都瞞過了家裡人？她不由得皺了皺眉。

英貴村。

杜春華時不時地從家裡探出頭往院外看，顯得有些心急。

王大德坐在大堂的八仙桌上喝著酒，看到她晃來晃去有些心煩。「妳來來回回做什麼？去，坐一邊去。」

杜春華不理他，依舊過一會兒看一下外面。「當家的，你說那個人說的可是真的？」

「真的假的，妳等榮貴回來不就知道了。」王大德又喝了一口酒。他這人嗜酒，一天不喝個一斤酒是不罷休的。

「如果是真的，那我肯定明天就上門去！」杜春華又探了探頭，終於看到了往家裡趕的王榮貴。她倏地跑了出去。「兒啊，怎麼樣？」

王榮貴喘了口氣，急切道：「是真的，娘！簡二伯那個親生女兒肯定帶了不少錢財回來，雖然他們藏著掖著，但還是被我看出來了。簡家幾個小孩都穿上了新衣服，請我吃飯的時候還有兩個肉菜。誰不知道他們一家一年到頭沒有幾個餘錢，簡二伯腿斷了肯定要花一大筆錢，如果不是他這個親生女兒帶回了錢，他們家怎麼能穿新衣吃肉？娘，那個人肯定沒有騙咱們！」說著，王榮貴搓著手，有些興奮。「娘，妳明天就去。」

「去，去，明天就去！」聽了王榮貴的話，杜春華也有些興奮，進了門就去開櫃子拿錢。白花花的十兩銀子裹在布裡，杜春華越看越喜歡。

想到簡明忠閨女手中更多的銀子，杜春華狠心地拿了二兩銀子，打算明天去簡家之前買些東西帶過去。

「小姑，我今天還想聽種子的故事。」三歲的簡和淼早上一起床，就跑了進來。

昨天傍晚，簡秋栩跟他們講了小種子的故事。也許是因為從來沒有聽過這種把種子和其他動物的擬人故事，一個個聽得眼睛發亮，哇哇地驚嘆著。

看著他們聽得津津有味，連她弟和姊都加入了，乾巴巴地講著故事的簡秋栩那一刻覺得自己真是一個說故事小達人。

「小姑，我們也要聽。」五歲的簡和鑫和四歲的簡和溪也從外面跑了進來，眼巴巴地看著她。

果然，小孩子都是喜歡聽故事的，簡秋栩覺得自己用對了方法。她讓他們爬到自己床上，清了清嗓子，把昨天的故事又給他們講了一遍。

「有一顆種子埋在了地裡面，躺在鬆鬆的泥土裡面，沈沈睡著了。這時候，一條蚯蚓爬了過來。蚯蚓對種子說：『小種子，快醒醒吧，我幫你鬆鬆土。』小種子喝了一口水，慢慢地，身體變胖了；小蚯蚓又幫它施點肥，小種子又吃了一口肥，身體便裂開了，小種子醒了說：『喲，我好像睡了一覺，這是哪兒？』」

雖然聽過一遍了，三個小孩依舊津津有味。簡秋栩覺得自己很有成就感。「你們想知道種子長出來後會變成什麼樣嗎？」

「想。」三個小孩不約而同地點頭。

「那小姑現在給你們每人一個小任務。」簡秋栩把昨天跟簡母拿的菘菜種子和蘿蔔種子拿出來，一人給他們兩粒。「只要你們的種子都種出來了，我就會說種子長大後會變成什麼樣。」

「真的？小姑，我們現在就去種！」簡和鑫性急地跳下床，拿著種子就往門外跑。簡和淼和簡和溪也跟著他跑。

「等一下，小姑給你們準備了種種子的東西。」簡秋栩從床底下拿出三個底部鑽了孔的小竹筒。「一人一個，在裡面裝上土，就可以種了。」

「小姑，我們裝土去。」三個小人抱著小竹筒就往屋後跑，簡秋栩穿上鞋也跟著過去。

屋後的旱地裡，土壤都被掩蓋在雪下，簡秋栩幫著他們用鏟子把雪撥開，一一鏟了幾鏟土。「好了，土裝好了，現在可以種種子了。」

幾個小人小心地把種子種進了竹筒裡，小心翼翼地捧著回家。

院子裡，余星光和羅葵正在把豬油切塊的時候，有個人意想不到地出現了。

「春華嬸子，怎麼過來了？」羅葵有些手忙腳亂，來不及把豬油遮掩起來，只能側著身擋了擋，跟突然出現的杜春華打了聲招呼。

余星光趕緊把地上的豬油踢到了旁邊。

「喲，買這麼多豬油？」杜春華驚訝地問了聲。平時過年的時候都沒見簡家人捨得買豬油，這時候買這麼多，那豬油白花花的一堆，看起來有兩、三斤吧，簡家人肯定有錢了。她心裡更加相信簡秋栩從伯府帶了不少錢財回來。

「這不是因為天冷，去一趟縣裡不方便，所以多買些回來備著。」羅葵應道：「春華嬸子，妳怎麼今天過來了？」

羅葵心裡疑惑。王榮貴昨天才來，杜春華今天怎麼又來了？兩家雖然有來往，但感情也沒好到王家人三天兩頭就過來的分上。

杜春華拍了拍一路走來掉在頭髮上的雪花。「榮貴昨天回去跟我說了妳爹的情況，我當家的心裡還是放心不下，所以讓我過來再看看，順道跟妳爹娘說說其他的事。妳爹娘呢？」

羅葵聽了她的話，心裡有些嘀咕。這王家人也真是怪，看她公公比她婆婆外家人都積極。「我娘在廚房。娘，春華嬸子過來了。」

羅葵擔心杜春華直接進去廚房，在外面大聲喊了一聲。

「來了！春華，來，我帶妳去看看我家的。」簡母讓張金花把燒鹼那些收好，拍了拍衣服上的灰塵，出去招呼杜春華。

杜春華探頭往廚房裡看了一眼。「大嫂子也在呢！鐘玲，不急，我給你們帶了些吃的，妳先拿進廚房。」

說著，杜春華將東西一樣樣往外掏，一塊約一斤重的臘肉，半隻雞，半斤糕點和一小筐的雞蛋。

廚房裡的張金花挑眉。這杜春華也太大方了吧？他們簡家與王家也就普普通通的關係，王家人過來探視二叔，怎麼都不應該拿這麼重的禮。王榮貴昨天已經帶了一塊肉過來了，今天她又帶這麼多，難道王家發財了？

簡母也有些疑惑，把東西推回給她。「春華，妳帶的東西太多了，我們不能拿。」

「怎麼就不能拿了？能拿能拿！我今天來啊，不只是來看簡二伯的，我這是有事相求啊！」杜春華把東西又推到了簡母手上，說話的時候，眼睛不停地在院子裡搜尋著。

「這……什麼事啊？我不一定幫得上忙。」簡母還是推著她手上的東西。

「能幫能幫。」杜春花直接把東西放到桌上，拉著簡母。「我們進去說。」

簡母推脫不過，帶著她進了房間。

「娘，她找二嬸什麼事？」余星光見簡母帶著人進了房間，走過來低聲問道。

「不知道。」張金花搖了搖頭。她其實並不喜歡王家人，總覺得他們家人有些虛偽，但是公公和二叔他們覺得王家人不錯，她也不好說。「說是要跟妳二嬸說點事，但我總覺得不是什麼好事。」

「那娘可不能隨便答應她。」羅葵把豬油都搬了進來，聽到張金花的話，有些擔心。她婆婆這人什麼都好，就是心太軟，她真的擔心婆婆一心軟就答應了杜春華。

因為自己房間裡擺了一些簡明忠編織的香皂盒子，簡母沒有把杜春華帶進自己房間，而是去了簡方榆的房間。簡方榆在隔壁跟著蘇麗娘學習裁剪衣服的技巧，所以房裡沒人。

「春華，找我什麼事？」簡母也沒關門，就問她了。

「鐘玲啊，妳二閨女還沒許人吧？」杜春華眼睛轉了一下。

「還沒。妳問這個做什麼？」簡母詫異地看向她。

「沒有正好啊！鐘玲啊，我今天來就是跟妳說這件事的。妳看，妳二閨女跟我家榮貴年紀相仿，我家榮貴雖然沒多大本事，但也跟著他爹學會了泥瓦技術，以後不愁沒活幹。我們兩家相識十幾年，雙方都知根知底，所以我來啊，就是想跟妳提提妳家二閨女跟我家榮貴的事。妳看，把妳家二閨女許配給我家榮貴如何？」杜春華邊說邊觀察著簡母的表情，見她沒反應，立馬又道：「妳放心，我們王家是怎麼樣的人妳是知道的，如果妳把二閨女嫁到我們王家，我們王家一定會對她好，不會讓她吃苦的。」

「這……」簡母神色非常驚訝，而後為難起來。她根本就沒想過杜春華過來是要說這個的，此刻心裡也說不出是什麼滋味。雖然他們簡家跟王家關係是不錯，但是她下意識覺得，王榮貴是配不上她閨女的。「這我做不了決定。」

簡秋栩性格是什麼樣的，簡母這些時日已經了解得非常清楚了。簡秋栩的事，她是做不了任何主的。

「怎麼就做不了主？父母之命、媒妁之言，她當閨女的，肯定得聽妳這個娘的。」杜春華見簡母沒有答應，立即遊說起來。「你們簡家是木匠人家，我們王家是泥瓦匠，榮貴和妳二閨女就是天造地設的一對，再沒有其他人比我家榮貴更適合妳二閨女的了。」

簡母搖了搖頭。「我二閨女的婚事，我真做不了主。」

杜春華的話，簡母是不認可的。雖然他們簡家是木匠之家，地位和王家相當，但她二閨女和王榮貴可不是一類人。女兒聰明漂亮又識字，而王榮貴樣貌普通且不識字，根本就不般配。

杜春華見簡母仍是拒絕，轉了轉眼珠子就紅起了眼眶。「我家榮貴昨天見過妳家二閨女了，他昨天回來就跟我說，以後非妳家二閨女不娶。鐘玲啊，我王家就榮貴這麼一個孩子，難道妳忍心看著我們榮貴終身不娶，這樣我們王家就無後了……鐘玲啊，我保證我們一家以後都會對妳家二閨女好，比妳對她還好。這樁婚事，妳就應承我吧，不然我們王家就要絕後了。我對不起王家列祖列宗，以後死了都沒臉見他們……」

杜春華嗚嗚咽咽地哭著，簡母果然如羅葵想得那般有些心軟。「這個……」

「鐘玲啊，妳就答應我吧，我們王家一定會對妳二閨女好的。」

「這個不行啊，春華，不是我騙妳，我家二閨女的婚事，我真的做不了主。」簡母雖然見到杜春華傷心，心裡難受，但還是沒有答應她。

杜春華見自己賣可憐都不成功，心裡有些氣，臉上卻失望。「鐘玲，難道外面說的都是真的，妳二閨女從伯府帶回了不少的錢財，你們簡家這是有了錢，看不起我們王家了？」

「不是，妳別誤會。我家二閨女沒有從伯府帶回任何東西，我沒有看不起王家。」簡母趕緊搖頭解釋。

「那妳怎麼不同意我們兩家的婚事？父母之命、媒妁之言，我不相信妳二閨女的婚事妳做不了主。」杜春華有些咄咄逼人。「我看妳就是因為家裡有錢了，看不起我們王家了。鐘玲，我沒想過妳竟然是這種人！」

「我……」

「抱歉，我的婚事，我娘還真做不了主。」

第二十六章

簡秋栩走進來，冷聲打斷了她娘的話。

「鐘玲啊，這就是妳二閨女秋栩吧？真是個好姑娘！」杜春華看到走進來的簡秋栩，咄咄逼人的臉色立即變得和藹，眼睛也跟著一亮，上前就要拉住簡秋栩的手。

簡秋栩側身躲過。

她最是討厭隨隨便便就動手動腳的人，尤其是像杜春華這樣的，人都沒見過面，搞得自己跟她多熟似的。

杜春華彷彿沒有發現她的動作，依舊和藹笑著，眼睛一眨不眨地盯著簡秋栩。「秋栩，我是妳榮貴哥的娘親。今天我過來，是跟妳娘討要妳和妳榮貴哥的婚事的。妳給我做媳婦如何？我們王家肯定會好好待妳的。」

「不如何。」簡秋栩可不會給一個扮可憐逼婚不成，轉而咄咄逼人的人面子。「杜嬸子是吧？我現在就替我娘說清楚，我的婚事別說我娘做不了主，連我爺爺、奶奶都做不了主。對於妳所提的婚事，我是不會答應的。」

「哪有父母做主不了兒女婚事的？這婚事啊，還是得父母之命、媒妁之言。」杜春華笑著說道：「秋栩啊，妳嫁入我們王家，肯定會過得很好的，杜嬸子在這裡向妳保證。妳先出去，讓嬸子和妳娘好好談談。」說著，就把手上的金鐲子褪了下來，想要塞到簡秋栩手腕上。

簡秋栩沒想到她臉皮這麼厚，用力拍了拍她手腕，痛得杜春華後退了幾步，金鐲子也塞不過來了。

「妳不用再跟我娘談了，剛剛我說的話，妳聽不清楚，我再說一遍。這個世界就是有父母做主不了兒女婚事的，我就是。我的婚事不靠父母之命，不靠媒妁之言，我想嫁給誰，那是我自己的事，誰都做不了我的主。而你們王家，根本就不在我的選擇範圍內，這下夠清楚了吧？」

簡秋栩這話不僅是說給杜春華聽的，也是說給她娘聽的。她可不想哪天她娘就把自己的終身給定出去了。在這個朝代，她也不苛求什麼戀愛自由了，但婚姻還是得掌控在自己手中。

前世的她是個不婚主義，這一世她依舊想當個不婚主義者。

不過在這個朝代有些難，她無畏外人的眼光，但有家人，說不定哪天她不想家人受到外面異樣嘲笑的眼光，也就嫁了。

不過嫁不嫁人都無所謂，真要嫁人，她也得選一個外貌看得過，有共同話題的人，不然每天對著個醜陋的木樁子，生活多無趣。

「這……荒唐！哪有婚事是由自己做主的？簡直是違背倫理常綱！鐘玲啊，妳可不能這樣縱容秋栩，這是不對的。秋栩的婚事，還是得由妳和簡二伯做主。」杜春華對著鐘玲勸說起來，在她心裡，簡母是個好哄騙的人，原本以為這樁婚事手到擒來，沒想到竟然出了岔子，很是不悅。

自己閨女的婚事自己都做不了主，杜春華覺得簡母真是沒用，心中不屑。

「我是我娘的女兒，我娘疼我，讓我自己選夫婿怎麼是縱容我了？再說了，我娘真縱容我礙著妳什麼事？我的婚事就是由我自己做主，現在我已經拒絕妳了，妳也不用裝可憐或逼我娘了。妳沒有其他事了吧？沒有其他事就請回吧，我有事要跟我娘談，就不奉陪了。」對於這種聽不懂人話、臉皮厚的人，簡秋栩可沒有耐心應付。

「秋栩啊，妳誤會杜嬸子了，嬸子沒有裝可憐，也沒有逼妳娘。嬸子是真的想要妳當我的兒媳婦呀！」杜春華沒想到簡秋栩這麼難說話，雖然心中不喜，但說什麼都得讓簡家答應這門親事。等把人娶了，嫁妝抬過來了，她還對付不了她？

「秋栩啊，妳榮貴哥真的喜歡妳，想討妳做媳婦。妳榮貴哥說了非妳不娶，他以後一定會對妳好的。妳若是不答應，嬸子家以後就要絕後了，這都是因為妳啊，嬸子以後無臉見王家列祖列宗了……」

「妳王家絕後干我什麼事？逼我娘不行，現在想逼我？妳覺得我會因為妳這句話怕了就答應？」簡秋栩覺得杜春華這人真是好笑，道德綁架都用上了，冷笑一聲。「妳想有臉面見王家列祖列宗，我建議妳現在趕緊到別的地方找媳婦去，或者回家再生一個，說不定還有救。」

「妳！」威逼不成，還被簡秋栩反諷，杜春華心裡氣得要死，不過臉上還是帶著笑。「秋栩怎麼能這樣說嬸子，嬸子都是為妳好啊。」

「妳的好意我拒絕了，所以，妳可以走了嗎？我和我娘還有事要談。」要不是顧忌著她娘，對這樣聽不懂人話的人，簡秋栩早就直接把人丟出去了。她可不是什麼有耐心的人，再叨叨下去，那就不是她把人丟出去，而是讓簡sir把她咬出去了。

「春華，秋栩不答應，這事妳就不要再說了。妳先回去吧，謝謝妳來看我當家的。」簡母有些歉意地拉住她的手。

杜春華這時候也不裝了，氣憤地甩開簡母的手。「這樣縱容女兒決定自己婚事的家，我也是頭一次見，我看你們簡家綱常倫理都沒有。鐘玲，我勸妳還是多管管秋栩，別到時候給你們簡家捅個大婁子。我好言相勸於此，哼！」說完甩手就走。

不過經過廚房的時候，她步子慢了下來。廚房門口的張金花示意了一下羅葵，羅葵把桌上杜春華帶來的一應物品拎了出去，塞回杜春華手上。杜春華冷哼幾聲，拎著東西，頭也不回地走了。

「妳杜嬸子看起來很生氣。」簡母有些擔憂。他們和王家的關係會不會因為今天這事給斷了？她也是真沒想到杜春華今天想要說的是這事。

「娘，她生氣就生氣吧，妳不用為這件事擔心，若她因為我不同意婚事怪罪到妳頭上，那這種人也不值得再相交下去。」杜春華看起來就不是什麼好心思的人，她爹娘若真的跟杜春華一家斷了關係，那再好不過。於是簡秋栩問她。「娘，她一直都是這樣跟妳說話的嗎？」

「那倒不是。」今天杜春華的態度跟以往有些不一樣，讓她有些不適應。簡母想想，心裡覺得有些怪。

簡秋栩見她娘的表情有些疑惑，知道她心裡已經有了想法，便不多說。有些事情還是讓她慢慢發現吧！

「秋栩，妳要跟娘說什麼事？」簡母疑惑了下，才想起剛剛簡秋栩說有話要跟自己說。

「沒什麼事，只是想找妳再要幾顆種子。」剛剛她不過是想找個理由讓杜春華離開罷了。

「我還以為什麼大事。種子就在廚房的櫃子裡，妳自己去拿吧，我先進去給妳爹準備一些竹絲。」

「好咧。」簡秋栩轉身出了門。

余星光和羅葵在杜春華離開後，立即架上鍋開始炸豬油，簡秋栩進廚房時被熏了一身的豬油香味。

「我就說杜春華沒什麼好事吧，原來是打妳的主意，難怪捨得帶這麼多東西過來。」張金花也是擔心簡母心軟，答應了杜春華的事，見到簡秋栩回來，特意提醒她進去看看。沒想到杜春華今天過來是打她小姪女的主意。

張金花也不是勢利的人，並沒有因為家裡現在有了賺錢法子就嫌棄王家，只是，那王榮貴一看就是配不上小姪女的人。她這小姪女聰明識字，還懂得很多賺錢的法子，嫁個秀才舉人都是可以的。

「這杜嬸子都沒見過小妹，怎麼聽她兒子說幾句話就巴巴上門來談婚事了，我怎麼覺得有些怪？」羅葵納悶。

「我看那個王榮貴也不是個好的，昨天才見了小妹幾眼，主意就打到小妹身上了。娘，這事妳跟二嬸說說。」余星光心中越想越覺得王榮貴是看中了小妹的外貌，心中有壞心思。

翻著櫃子的簡秋栩眉頭一挑。大嫂和大堂嫂的直覺還是滿準的嘛，果然，女人有時候能直接看破真相。

「伯母，昨天有人在我窗邊偷看，雖然沒有證據，但我相信偷看的人是王榮貴。」昨天，她還想著要用什麼法子提醒爹娘，王榮貴這人心思不純，現在也不用想法子了，這事就讓她大伯母去跟她娘說。

她娘今天對杜春華的為人有了新的認知，再把王榮貴偷看的事說給她聽，估計她對王家人的為人會有更多考慮。

「真的？」張金花手中的勺子氣得揮了起來，裡面的豬油差點就甩到了大堂嫂身上。大堂嫂眼疾手快地躲了過去。

「娘……娘，油！」

張金花把勺子扔到一邊去，見簡秋栩點頭，聲音大了起來。「我就說怎麼就看他不順眼，原來這人心思不好，怎麼看都不順眼！不行，這事我得跟妳娘說去！」擦了擦手，就跑出了廚房。

「以後可千萬不能讓王榮貴再來我們家。小妹，以後妳遇到他的時候，小心點。這男人一旦起了壞心，一時半刻是消不掉的。」余星光有些擔心地說道。

「對，以後出門，得讓妳哥陪著。」羅葵在一旁點頭。她這小姑長得好，若出去被那些壞心思的男人看到，不安全。

「放心吧嫂子，一般人我應付得來。」她又不是手無縛雞之力的女人，再說為了應對羅志綺，她身上是有防身東西的，真有人敢對她動手，就等著吧。雖然不能像當初對付羅明一樣讓那些人有來無回，但有來難回還是做得到。

「那還是得小心。我看今天沒有答應杜春華結親的事，他心裡還不知道怎麼想。」

「娘，妳不是說簡家人一定會答應嗎？」王榮貴為了等消息，今天的工都不做了，滿腦子都想著自己與簡秋栩的婚事，一會兒興奮，一會兒激動。一聽杜春華沒能把婚事談下來，心就急了。

「我怎麼知道鐘玲這麼沒用，自己女兒的婚事都不能做主。她那個二閨女也不是什麼好的，嘴尖舌巧。」杜春華怒氣沖沖地拿著東西回來了，越想越氣。這板上釘釘的事，竟然讓鐘玲那二閨女搞黃了。

「那現在怎麼辦？」王榮貴心急。「娘，得想辦法把婚事定下來，不然秋栩妹妹的錢財就成為別人家的了！還有，那剩下的十兩銀子也拿不到了。娘，我還欠著賭坊三十兩銀子，三天後還不上，他們就要砍我的手抵債了，妳得快快想想辦法。」

王榮貴這麼急，不僅僅是為了錢。他之前想著簡秋栩的錢，現在連她的人都想著了。他長這麼大，還沒見過這麼漂亮的人，娶到人又能得到她的錢，以後就不用抹黑做泥瓦工，說不定還能當個老爺，再也不用怕欠錢了。而且自己有這麼漂亮的媳婦，肯定能讓其他人羡慕。

從杜春華去了簡家，他就作著這樣的美夢，現在婚事定不下來，眼看自己的美夢就要破了，心裡別提有多急了。

「對，得趕緊把你欠的錢還上。我們想想辦法，想一個簡家人不得不把婚事應下來的法子。」兒子沈迷賭博，在外欠了不少錢，杜春華掏光了家底都不能幫他把錢還上，如今滿心思都是錢，可不想讓快到手的錢財飛了。至於嘴尖舌巧的簡秋栩，她根本就不放在眼裡，只要把人娶進門，有她壓著，還能嘴尖舌巧到哪兒去？

杜春華蹙著眉頭琢磨著法子，還把又在喝酒的王大德拉出來想辦法。

「你們可真沒用，這點小事都做不好。」院外走進來一個人，眼神不屑，擺出一副高高在上的模樣。此人正是喬裝後的春嬋。

「春姑娘怎麼來了？」杜春華一看到春嬋，立即迎了上去，給她倒熱茶。

「哼，要不是你們這點小事都辦不好，我用得著大冷天的又過來一趟嗎？」春嬋心裡不滿，語氣相當不悅。

杜春華沒有惱怒，而是點頭。「春姑娘有什麼法子嗎？」

「那當然，不然我來這裡做什麼？」春嬋嫌棄地看了一眼杜春華手中渾濁不清的茶水，根本沒接。

「什麼法子？」一聽到春嬋有法子，杜春華和王榮貴的眼睛瞬間亮了起來。

「法子是這樣……」春嬋低聲說著，杜春華和王榮貴越聽，眼睛越亮。

「對，對，就這麼做！這樣簡家估計得求著我們把簡秋栩娶了。春姑娘，妳真是我們家的貴人。」杜春華對春嬋的法子非常滿意，眼睛的亮度又增了幾分，笑著說道：「春姑娘，這次我們一定能辦成。那剩下的十兩銀子，能不能先給我們？」

春嬋哼了一聲。「急什麼急，等你們真的把簡秋栩的婚事定下來，這錢我一分不差地交給你們。再說，事成了，你們還差這十兩？」

「娘，我們先照著春姑娘的法子做，事成了，春姑娘肯定會把剩下的十兩銀子給我們的。」王榮貴一臉急切。

杜春華想想也是，等把簡秋栩娶進來，肯定得到的錢不只那十兩。現在把事做成了才是最重要的，於是趕緊和王大德商量起對策來。

轉身出了王家大門的春嬋一臉鄙視。真是貪財的一家子，三小姐果然說得沒錯，十兩銀子就能讓他們上鉤。等他們把人娶進門，發現簡秋栩根本就沒有錢，使勁折磨她的時候，三小姐交給她的任務也就完成了。

這一回，三小姐肯定又會看重自己了！春嬋想著就興奮。

大伯母是怎樣跟她娘說王家人的，簡秋栩沒有去打聽，拿了幾顆種子就出了廚房。家裡的幾個小孩把竹筒放在茅草棚擋風處的架子上，一個個像小倉鼠一樣，趴在架子上盯著竹筒，等著種子破土而出，那模樣很是可愛。

「二姊，我不用種嗎？我也想知道種子長出來後的故事。」簡小弟眼裡有著期待。

「喏，給你準備的。」簡秋栩把菘菜和蘿蔔的種子都給他。「你不僅要種，還得種兩份。而且你的任務跟和淼他們的不一樣，你需要每天觀察種子的發芽狀況，並做記錄。你不是要跟我學東西嗎？那就從學會觀察開始。」培養科學興趣從觀察記錄開始。

「二姊，那個人也是這樣教妳的嗎？」簡小弟接過種子，拿出自己早已準備好的竹筒，有些好奇地問。

「差不多。」其實她小時候是玩泥巴、看電視長大的，根本就沒有人教過她。她喜歡上物理、化學，是因為從電視上看到了那些有趣的實驗，繼而產生了興趣。

「二姊，我一定會好好觀察它們，好好記錄的。」簡小弟拿起一個小鋤頭，拎著竹筒去裝土。

簡秋栩回房去把最後幾個零件圖畫完。二堂哥已經幫她把東西做好了，她可以開始做筆下的東西了。

窗戶對著不遠處的小河，簡秋栩剛把筆擱下，那邊就傳來吵嚷聲，且越來越大，好像很多人。

「姑娘，又打起來了！」覃小芮匆匆地跑進來。「方氏一族的人又跟我們打起來了，爺爺、奶奶、大伯他們都跑過去了！」

「走，去看看。」簡秋栩扔下筆，也匆匆地跑了過去。

河岸邊，兩批人在對峙著，河岸邊橫七豎八地散落著剛砍下的竹子。雙方一人一根長竹子，拚命互毆。

方氏一族四十幾人，其中青壯年就有三十多個。而他們簡氏一族這邊，加上她爺爺、大伯、大堂哥和大堂嫂也不過二十來人，婦孺就占了一大半，根本就打不過。

大伯和大堂哥擋在前面，根本就沒有還手之力。遠遠地，簡秋栩就看到他們被打了不只十下，而她娘和大堂嫂她們，身上也遭了好幾棍，其他一些婦人摔到了地上，被打得根本就站不起。

「姑娘，這可怎麼辦？我們打不過，會出人命的！」覃小芮焦急地衝了過去。

簡秋栩一把拉住她。「妳跑進去有什麼用？快跟我回去，去廚房把熟石灰拿出來。」

明打肯定打不過方氏一族的人，講道理什麼的根本就沒有用。簡秋栩跑去房間把用剩的牛筋拿出來，又跑到茅草棚裡尋找樹杈。

「方樟，回來！」簡秋栩低著頭找東西，簡小弟匆匆把竹筒放在地下，拿著一根木棍就往外跑。「你去了沒用，快，去幫我裁一塊巴掌大的布料出來。」

「二姊，可是爺爺他們人少，不過去就打不過他們了。」簡小弟心裡焦急。

「你去了就打得過了？打贏不一定要人多，有時候可以用方法，以少勝多。快，去我房間裁塊布出來。」簡秋栩攔住了他。

簡小弟覺得二姊聰明，這麼說肯定是想到了法子，於是扔掉棍子，跑進她的房間裁布。

「姑娘，熟石灰拿出來了，現在怎麼辦？」覃小芮心裡也著急啊，經過一個多月的相處，她已經把簡家當成家人了，可不能讓他們受傷。

「把受潮的塊狀熟石灰都挑出來，放進一邊的竹筒裡。」

「好！」覃小芮手快地把大大小小、潮濕成塊的熟石灰挑了出來。

簡秋栩終於找到了一根大小合適的樹杈，她迅速用牛筋纏住兩邊，把簡小弟裁出來的布邊各開了兩個小洞，做成一個簡易的彈弓。

為了讓射程遠一些，彈弓拉得很緊，簡秋栩在上面放了一顆石頭試了試，二、三十公尺的射程，夠了。

「走，我們偷偷進竹林裡。」

雙方打架的地方離竹林只有十幾公尺的距離，簡秋栩讓覃小芮和小弟兩人拎著熟石灰，三人從另一邊進了竹林，快速且不被人發現地躲在離雙方打架附近的竹林處。

「方氏一族的人又多了！」簡小弟忿忿說了聲。「二姊，快！」

明顯是有人去通知了方氏一族的人，才過了一會兒，他們又多了五、六人，簡家這一邊更弱勢了。

「大伯頭上好像流血了！」覃小芮小聲地驚呼一聲。「姑娘，現在要怎麼辦？」

簡秋栩神色凝重，從竹筒裡拿出一塊較大的熟石灰，用彈弓瞄準方氏那一群人，射了出去。

儘管簡秋栩瞄準得並不是太準，那塊白色的熟石灰還是射到了方氏一族那邊，恰巧讓他們揮舞的棍子打到了。一瞬間，那塊熟石灰破裂，熟石灰粉從他們頭頂灑落。

突然出現的粉末讓方氏一族的人下意識地抬頭看，而後不少人捂著眼睛大叫。

「眼睛！我的眼睛！」眼裡的灼痛讓那些人驚恐地丟下了手中的長竹，出現了混亂。

簡秋栩乘機又接連射出十幾塊熟石灰，那些熟石灰無一例外地發射到了方氏一族那邊，又被那些不明所以的方氏一族人用竹子揮打，幾乎都化成了粉末撒到了他們當中。

捂著眼睛哀號的方氏族人越來越多，他們丟下長竹，一個個撲到河水旁，拚命用河水沖洗眼睛。

隨著丟掉長竹的方氏族人越來越多，方氏一族瞬間弱了下來。雖然簡氏一行人不知道這些白色的粉末為什麼只出現在方氏那裡，卻見機而上，狠狠地打著那些方氏的人，發洩著心裡怒意。

大伯和大堂哥幾人揮著長竹，一個都沒放過。剛剛還氣勢洶洶的方氏一族，開始狼狽不堪地逃竄。

「打，打死他們！姑娘，妳這個法子真好！」看到方氏一族被打，覃小芮狠狠地跺了一腳。

「二姊，妳真聰明！」簡方樟沒想到他們真的以少勝多了，二姊真聰明，他以後一定要跟二姊好好學東西。

「對，姑娘就是聰明。下次他們再打我們，我們就這樣對付他們。」覃小芮已經和簡家人同仇敵愾了。

「這方法用一次還行，下次……」

「誰讓你們打人的？簡家人，你們給我住手！」喝斥聲從不遠處傳來，在不遠處，久久沒上來的方安平見族人落了下風，立即跑了過來。

「住手！都給我住手！簡氏眾人，你們無故毆打我方氏一族的人，眼裡還有沒有我這個村長？你們簡氏眾人如此刁蠻跋扈，我一定要上報里正，讓他上報朝廷，把你們驅逐出萬祝村！」

「明明是他們打我們！」簡小弟氣憤地說道。

簡秋栩冷眼看了一眼方安平。「走，我們先回去，小心點，別留下痕跡。」

——未完，待續，請看文創風1132《金匠小農女》2

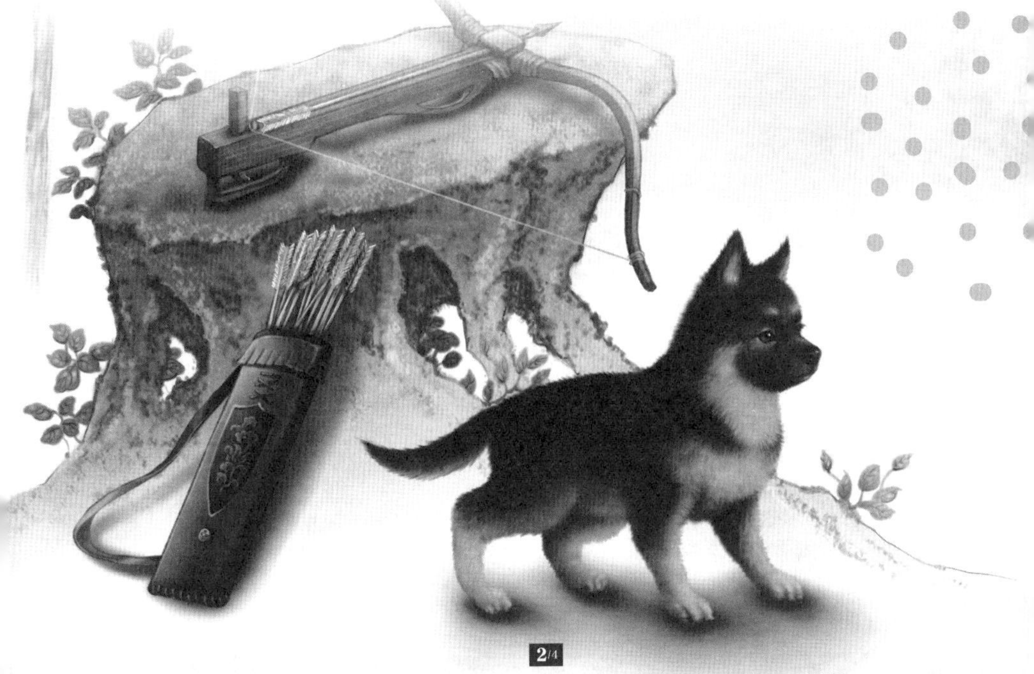

2023
過年書展
狗屋

繞圈轉個 surprise

活動1 ▶ 狗屋2023年過年書展問卷調查活動

抽獎辦法　活動期間內，請至 f 狗屋天地 或是掃描下方QR Code，皆可參加問卷活動。

我是QR Code

得獎公佈　2/22(三)於 f 狗屋天地 公佈得獎名單

獎項
- 2 名《醫躍龍門》全三冊
- 2 名 文創風 1137-1138《一勺獨秀》全二冊

活動2 ▶ 下單抽好禮

抽獎辦法　活動期間內，只要在官網購書並成功付款，系統會發e-mail給您，並附上抽獎專用之流水編號，買一本就送一組，買十本就能抽十次，不須拆單，買越多中獎機率越大。

得獎公佈　2/22(三)於狗屋官網公佈得獎名單

獎項
- 2 名 紅利金 666元
- 5 名 紅利金 300元
- 3 名《金匠小農女》全三冊

過年書展 購書注意事項：

(1)請於訂購後**三日內**完成付款，最後訂購於2023/2/2前完成付款才算有效訂單喔！
(2)寄送時間：若欲在過年前收到書，**請於1/13前下訂並完成付款**。
1/14後的訂單將會在1/30上班日依序寄出。
(3)購書滿千元(含)以上免郵資。未滿千元部分：
郵資65元(2本以下郵資50元)／超商取貨70元(限7本以內)／宅配100元。
(4)特賣書籍因出書時間較久，雖經擦拭、整理，仍有褪色或整飾痕跡，故難免不如新書亮麗。
除缺頁、倒裝外無法換書，因實在無書可換，但一定會優先提供書況較良好的書給大家。
若有個人原因需要換書，需自付來回郵資。
(5)各書籍庫存不一，若遇缺書情形可選擇換書或退款。
(6)歡迎海外讀者參與(郵資另計)，請上網訂購或是mail至love小姐信箱
(love@doghouse.com.tw)詢問相關訊息。

狗屋有權修改優惠活動的實施權益及辦法。

為流浪貓狗加油 和貓寶貝 狗寶貝
廝守終生(一定要終生喔！)的幸福機會

對人來說，貓寶貝狗寶貝只是生活的一部分，但妳（你）對牠們來說，卻是生活的全部，領養前請一定要考慮清楚——

▲ 美食第一的貓大王　幼咪

性　　別：男生
品　　種：米克斯
年　　紀：9歲
個　　性：親人、不挑食
健康狀況：血檢正常，愛滋白血陰性
目前住所：桃園市桃園區（新屋貓舍義工團市區送養中心）

本期資料來源：新屋貓舍義工團

『幼咪』的故事：

繼前輩包子成功被送養後，聰明、聽得懂人話的幼咪也來參一腳，希望過完年也能有新主人帶牠回家啦！

幼咪的毛髮是黑中帶白的灰色貓，親人到可以全身任人摸透透，很會撒嬌、賣萌，剪指甲也很安分，但前提是——需要有食物！因此，義工們常常笑說幼咪為了吃，什麼都能做，可能連訓練跳火圈都沒問題。

至於為何對吃這麼執著，主要是在前任主人家生活時，肚子餓了沒人理會便常自行推開櫃子打開飼料桶，因此養成不挑食的好習慣，還練就一身力氣，如果出門在外當貓老大，小弟們絕對不挨餓。

如此獨立自主有個性的幼咪，非常適合當好室友，更不需讓您操心牠生活上一切大小事，只要您願意動動手指頭，就能讓帥貓幼咪有走出貓舍的機會，歡迎親洽Line ID：@emo2390r，見個面聊聊貓咪是非也OK～～

※包子的故事，請參看第332期寵物情人，被認養後的美好生活請參看第339期寵物情人——2022年終幸福特別企劃。

認養資格：

1. 認養人須年滿23歲，有穩定工作。
2. 領養前須做好居家安全防護措施。
3. 須同意簽認養寵物切結書。
4. 領養後須捐贈2000元現金或等值飼料，以幫助跟幼咪一樣需要救援的貓咪，讓愛延續下去。
5. 能接受領養審核並定期回報，對待幼咪不離不棄。

來信請說明：

a. 個人基本資料：姓名、性別、年齡、家庭狀況、職業與經濟來源等。
b. 想認養幼咪的理由。
c. 過去養寵物的經驗，及簡介一下您的飼養環境。
d. 若未來有結婚、懷孕、出國或搬家等計劃，將如何安置幼咪？

命可算不可認，情可愛不可怕／懿珊

2022年12月出版

算什麼大師

算卦事業步上軌道後，她的煩惱就少了八成，
唯一遺憾的是，原主的執念居然是要考大學?!
去烹飪學校學做美食不好嗎？不用寫作業、練習冊，更不用考英文！
幸好，這張考卷還有選擇題，能讓她卜卦算答案混分數……

文創風 1124 1

神算門掌門林清音因專注修煉，不知世事，最終渡劫失敗，
本該魂飛魄散，可她轉眼成了家貧、被霸凌自殺的高中資優生。
再活一回，她決定好好體驗普通人的生活，用心享受人生，
但在世俗中凡事都要錢，她便趁著暑假在公園算卦，一卦千元。
她從群眾中挑出一個霉運當頭的青年試算開啟生意，算不準退費！
這人叫姜維，家境優渥、課業優秀，天生的氣運也是上佳，
本該是幸運兒，卻被人搶走了運氣，導致全家倒楣。
知道幫了個學霸，她開心極了，她的暑假作業就全靠他了！

文創風 1125 2

缺錢的林清音熱愛學習，只因為原主成績優異才能免付學雜費！
免費的課，上一堂，賺一堂，而且在學校還能到食堂吃飯。
最初，她被親媽的地獄廚藝嚇怕了，搞不懂為何大家都愛吃三餐，
如今她什麼都愛吃，還吃得特多，真的是用身體實踐把錢吃光這件事。
所以除了讀書，算卦賺錢也不能停，幸好新學期重分班後環境單純，
大家都一心專注於課業，直到她發現同學太單「蠢」，居然搭了黑車要回家。
有她在，女同學安然無恙，但這也驗證人不能只專注一件事，必須通曉常識。
藉此，她也交到了朋友，一起讀書、吃飯、住宿舍，友情……挺不賴的嘛！

文創風 1126 3

福兮禍之所伏，算命算得準確，林清音也換來同行眼紅檢舉迷信，
她雖不懼，但避免擾民仍是租用一間卦室，營造出舒適的環境。
替人排憂解難，總會收到額外的謝禮，吃的、喝的都很常見，但一車習題？
她平常讀書考試已經寫夠了好嗎？這確定是好意？人心真是太複雜了！
就像同樣是親戚，她媽媽家的純樸善良，她爸爸家的卻吃人不吐骨，
平常總是想占她家便宜也罷，逛街遇到了還要過來說她家窮？
她記得姜維曾經說：「看到別人被打臉是很痛快的事，有益身心健康。」
今天她就要體驗親自打臉了，想來肯定更痛快、更有益身心健康囉？

文創風 1127 4

順利考上想要的學校，林清音得趁著暑假將累積的算卦預約結單，
這忙碌時刻，卦室的助理卻要去度假，生活白癡如她只得另找助理。
所幸同在放暑假的姜維有空，替她把庶務安排妥當，還懂得做點心孝敬！
投桃報李，她見他對修煉有興趣，便指點一二，順利獲得徒弟一枚，
這徒弟資質只比她差一些，氣運也不錯，重點是讀同一所大學使喚方便。
上大學後，她幸運的發現一塊風水寶地，在連假時進山閉關，築基突破，
可突破後還沒來得及開心，一張開眼卻發現跟來的徒弟身上都是龍氣！
看著一點湯都不剩的鍋，她不禁嫉妒他的好運，抓個魚吃還能吃到龍珠？

文創風 1128 5 完

姜維到處撿龍碎片讓林清音很是眼紅，不過在謝禮中獲得靈藥跟謎之琥珀後，
她便為此釋然了短暫的時光，畢竟這時代能得到這些東西極其難得。
至於為何說短暫呢？只因接下來她就慘遭網上爆紅，預約排滿了外國人。
別說她最頭痛的英文了，光是面相判斷標準她就沒經驗，八字也得考慮時差，
雖然生意興隆，對她來說卻也是一場心靈風暴……她、她需要度假！
因此她到長白山泡溫泉，順手收了人參娃娃當徒弟，讓父母享受了當爺奶的樂趣。
說來人類的親情、友情她都覺得很美好，唯獨愛情她一直不知該怎麼體驗，
不過她很忙，而實踐才是真理，等她有空閒再挑個品行好的人來試試戀愛！

文創風
1131

金匠小農女 1

國家圖書館出版品預行編目資料

金匠小農女 / 藍斕著. --
初版. -- 臺北市 : 狗屋出版社有限公司, 2023.01
冊 ; 公分. --（文創風 ; 1131-1133）
ISBN 978-986-509-390-7（第1冊 : 平裝）. --

857.7　　111020567

著作者　藍斕
編輯　張蕙芸
校對　沈毓萍
發行所　狗屋出版社有限公司
地址　台北市104中山區龍江路71巷15號1樓
電話　02-2776-5889～0
發行字號　局版台業字845號
法律顧問　蕭雄淋律師
總經銷　知遠文化事業有限公司
電話　02-2664-8800
初版　2023年1月
國際書碼　ISBN-13　978-986-509-390-7

本著作物由北京晉江原創網絡科技有限公司授權出版

定價280元
狗屋劃撥帳號：19001626
網址：love.doghouse.com.tw　E-mail：love@doghouse.com.tw